아메리칸 서울

AMERICAN SEOUL

아메리칸 서울

헬레나 로

우아름 옮김

마음산책

옮긴이 우아름

건국대학교를 졸업하고 출판계에 몸담으며 좋은 책을 소개하는 일을 했다.
현재 캐나다에 거주하며 불한 · 영한 영상번역가로 활동 중이다.
옮긴 책으로 『나, 프랜 리보위츠』가 있다.

아메리칸 서울

1판 1쇄 인쇄 2023년 11월 5일
1판 1쇄 발행 2023년 11월 10일

지은이 | 헬레나 로
옮긴이 | 우아름
펴낸이 | 정은숙
펴낸곳 | 마음산책

편집 | 성혜현 · 박선우 · 김수경 · 나한비 · 이동근
디자인 | 최정윤 · 오세라 · 한우리
마케팅 | 권혁준 · 권지원 · 김은비
경영지원 | 박지혜

등록 | 2000년 7월 28일(제2000-000237호)
주소 | (우 04043) 서울시 마포구 잔다리로3안길 20
전화 | 대표 362-1452 편집 362-1451 팩스 | 362-1455
홈페이지 | www.maumsan.com
블로그 | blog.naver.com/maumsanchaek
트위터 | twitter.com/maumsanchaek
페이스북 | facebook.com/maumsan
인스타그램 | instagram.com/maumsanchaek
전자우편 | maum@maumsan.com

ISBN 978-89-6090-850-5 03840

* 책값은 뒤표지에 있습니다.

나의 어머니, 강현순에게

차례

일러두기

1 이 책은 Helena Rho의 『American Seoul』(Little A, 2022)을 우리말로 옮긴 것이다.
2 외국 인명·지명·독음 등은 외래어표기법을 따르되 관용적인 표기와 동떨어진 경우 절충하여 실용적 표기를 따랐다.
3 각주는 모두 옮긴이 주다.
4 원서에서 이탤릭체로 강조한 부분은 고딕체로 바꾸었다. 한국어 대화, 작품명 등에 사용된 이탤릭체는 반영하지 않았다.
5 책명은 『 』, 곡명·영화명 등은 〈 〉로 묶었다.

나는 가끔 이곳이 내가 있을 곳일까 상상했다.

들어가며

2003년 8월 29일 금요일 이른 아침, 피츠버그의 셰이디사이드는 화창했지만 덥지는 않았다. 다소 쌀쌀한 공기 속에 여름이 차츰 물러가고 있었다. 나는 침대에 누워 창밖의 오래된 나무에서 풍겨 오는 목련 향기를 맡으며, 다가오는 노동절 휴일 주말에 소불고기를 만들어야 하니 뭘 사야 할지 생각하고 있었다. 아이들이 가장 좋아하는 음식이었다. 하지만 일단 요가 수업부터 가야 했다. 그래서 침대에서 나와 탱크톱 운동복과 레깅스를 입고, 레깅스 위에 헐렁한 리넨 바지를 덧입었다. 지역문화센터 어린이집에 아들을 맡기고 채텀대학교에서 열리는 여름 캠프 마지막 날 일정에 참가하는 딸을 데려다줘야 하는데, 몸매가 너무 드러나면 신경 쓰인다. 빅토리아식 주택 2층 복도 끝에 있는 아들 방으로 가는 길에 딸의 방을 지나며 옷 입고 준비하라고 일렀다. 벌써 일어난 리엄은 서랍식 침대 밖에서 장난감 자동차를 갖고 놀고 있었다. "준비하자"는 말에 나를 보고 웃는 리엄의 작은 앞니가 하얗게 반짝였다.

잠시 후, 아이들은 주방에서 이케아 금속 그릇에 담긴 시리얼과 쉽게 집어 들 수 있게 둔 딸기 맛 요구르트, 원형 나무 식탁 한가운데 놓인 방금 썰어낸 신선한 딸기 한 접시로 아침 식사를 했다. 팬케이크나 와플처럼 신나는 메뉴는 주말에나 먹을 수 있고, 평일 아침에는 매일 똑같은 것만 먹는다며 불평하길래 아니라고 말해줬다. 요구르트가 블루베리 맛일 때도 있고 과일이 복숭아나 배, 사과, 산딸기일 때도 있었으니까. 어디선가 읽었는데, 어린아이들은 뇌에서 미엘린* 생성이 활발한 시기라 혼합 곡물 시리얼과 요구르트, 과일처럼 '파워' 있는 아침 식사가 필요하다고 했다. 나는 소아청소년과 의사로서 내 아이들에게 좋은 일을 하고 있다고 자부했다. 그게 무슨 뜻이든.

오늘도 어김없이 늦었기에, 빈 접시들을 깊은 금속 싱크대 안에 넣은 후 집 앞 길가에 세워둔 은색 승용차로 아이들을 재촉해 태우고 아들의 카 시트 벨트를 채워주었다. 에린은

* 뇌신경 세포를 감싸는 조직. 전기저항을 증가시켜 뇌신경의 신호전달 속도를 높이는 역할을 한다.

키가 너무 작아서 일곱 살인데도 여전히 보조 의자를 쓰지만, 벨트는 스스로 채울 수 있었다. 스쿼럴힐로 차를 몰아 채텀대학교 캠퍼스로 이어지는 구불구불한 길을 올라가다가 차량 대기 줄을 따라 움직이고 있으면, 캠퍼스 내 음악예술대학 건물 입구 앞에서 에린이 "안녕, 엄마!" 하고 외치며 쏜살같이 뛰어나갔다. 나는 룸미러로 리엄을 보며 미소 지었다. "이제 네 차례야, 아들." 리엄도 나를 향해 미소 지었다. 세 살인 리엄은 누나보다 말수가 적었다. 손에는 가장 좋아하는 짙은 초록색 스테이션왜건 장난감이 꼭 쥐어 있었다.

그날 아침에는 문화센터에서 주차할 곳을 찾지 못해 주차장을 여러 번 빙빙 돌아야 했다. 널찍하고 밝은 교실 문 앞에 도착했을 때 같은 반 친구들은 이미 모두 도착해서 놀이 중이었다. 나는 담당 교사에게 손을 흔들어 인사하고 리엄에게 입을 맞춘 뒤 자리를 떴다. 9시에 시작하는 요가 수업까지 아직 시간이 남아 있어 감사했다.

셰이디사이드 5번 대로를 지날 때, 인도에서 조깅하는 한 여성의 모습을 즐겁게 바라보았다. 아이들과 나는 그 사람을 '도리깨 아줌마'라는 다소 잔인한 별명으로 불렀다. 마구 휘둘러대는 팔과 다리가 얼핏 보면 따로 노는 것 같아도 몸을 앞으로 나아가게 하는, 독특한 조깅 스타일 때문이었다. "옆에서 같이 뛰는 사람이 없어서 다행이야." 에린이 감탄하며 목을 쭉 빼고 보는 동안, 리엄은 웃으며 손뼉을 쳤다.

몇 블록 앞에서 파란불이 노란불로 바뀌는 것을 보고 브레이크를 밟았다. 차가 잠시 속도를 줄였다.

뒤이어 발생한 일을 조금이라도 조리 있게 설명하려면 슬로모션으로 일어났다고 가정하는 게 좋겠다. 내 오른발은 브레이크를 단단히 밟고 있는데 차가 왜 계속 움직이고 있는지, 빨간불을 올려다보며 궁금해하던 기억이 난다. 거의 동시에 허리에 어마어마한 통증이 느껴졌고, 가슴팍이 운전대에 부딪쳤다. 룸미러에 비친 한 여자의 겁에 질린 얼굴이 눈에 들어왔다. 운전석 바깥의 나무들이 회전하며 희미한 녹색이 되어 눈앞을 스쳤다. 모든 움직임이 멈췄을 때, 내 손은 운전대를 꽉 움켜쥐고 있었고 나는 차의 시계를 보고 있었다. 어떡해, 요가에 늦겠네라는 생각이 가장 먼저 들었다. 깨졌겠거니 하며 눈을 들어 앞 유리를 쳐다보았다. 유리가 산산조각으로 부서지는 소리와 금속이 충돌하는 소리, 타이어의 날카로운 마찰음을 들어서였다. 나는 숨을 참고 있었다. 아직도 몸이 헝겊 인형처럼 팽개쳐지고 머리가 앞뒤로 격렬히 흔들리는 기분이었다. 시야가 흐려졌다. 눈을 힘주어 감았다. 한 남자가 운전석 창문으로 다가와 물었다. "괜찮으세요?" 그 말이 마치 터널 안에서 울리는 듯했다. 나는 아직도 운전대를 부여잡고 있는 내 손을 내려다보았다. "네, 그럼요." 다친 상처나 피가 보이지 않는다면 괜찮은 게 확실하다고 믿으며 대답했다. 허리에 퍼지는 욱신욱신한 통증과 목의 뻣뻣함은 무시했다.

차에서 어떻게 내렸는지는 기억나지 않는다. 뒤에서 나를 받은 빨간색 SUV의 앞부분이 완전히 파손되어 후드가 아코디언처럼 접힌 모습을 인도에서 바라보며 깜짝 놀랐던 기억은 있다. 범퍼가 떨어지고 전조등 자리도 휑하게 비어 있었다. 문득 수국 향기가 났다. 5번 대로의 어느 집에서 사생활 보호용으로 울타리처럼 줄지어 심은 수국이 눈에 들어왔다. 입 안에서 느껴지는 비릿한 맛에 혀를 손등에 대보며 피가 나는 곳을 찾으려 했지만, 눈에 보이는 건 맑은 침뿐이었다. 나는 인도에 우두커니 서서 햇빛에 눈을 찡그리며 화창한 날씨에 감탄했다. 구름 한 점 없이 맑고 밝은 햇살. 그것 말고는 주변이 온통 소란이었다.

교차로에 왜 그리 많은 소방차가 있는지 어느 순간 궁금했던 기억이 난다. 소방차와 경찰차, 구급차가 서로 경쟁하듯 울리는 사이렌이 불협화음을 자아냈다. 아스팔트 위로 흩어진 유리 조각의 반짝임과 그 위를 밟고 지나가는 구급대원들의 신발 소리도 기억난다. 머리가 아파서 집에 가고만 싶었다. 구급차에 타라던 한 구급대원의 말도 거부했다. "충격이 심하시니 응급실에 가셔야 합니다"라고 말하는 그의 염려 가득한 파란 눈과 인상 쓰던 얼굴도 기억난다. 난 소아청소년과 의사니 몸에 이상이 있으면 내가 먼저 알 거라고 말하며 괜찮다고 거듭 강조했다. 구급대원은 고개를 절레절레 저었다.

집까지 가는 길은 5분 넘게 걸렸지만 남아 있는 기억이 없다. 짙은 푸른색의 빅토리아식 주택인 우리 집을 보고 깊은 안도감을 느꼈던 기억은 있다. 차를 어디에 세웠는지도 기억나지 않는다. 극심한 고통에 허리를 움켜잡으면서도 괜찮아, 괜찮아 하고 되뇐 기억이 난다. 목과 어깨 근육이 뻣뻣해져서 고개도 돌릴 수 없었다.

간신히 주방에 도착해서는 바닥에 쓰러졌다. 넘쳐흐르는 눈물에 모든 것이 희미해져 코에서 손으로 쏟아지는 따뜻하고 끈적한 점액도 흐리게만 보였다. 이윽고 내 목에서 터져 나오는 찢어질 듯한 비명이 들렸다. 처음에는 낮았다가 점점 높아져서 나중에는 내가 정말 이렇게 높은 소리로 울부짖고 있는지 믿을 수 없을 정도였다. 멈추고 싶었지만 그럴 수가 없었다. 나는 빅토리아식 주택의 길쭉한 창으로 들어오는 빛줄기 속에서, 주체 못 할 아픔에 움직일 수조차 없어 주방 마룻바닥 위에 아무렇게나 쓰러져 있는 작은 형체였다.

지금까지 수년간 왜 의사를 그만두었느냐는 질문을 셀 수도 없이—너무 많아서였거나, 내가 귀찮아서 세지 않았거나—많이 받았다. 2004년에 의료계를 떠날 당시에는 "행복하지 않아서"란 답변이 시시해 보여서 "글을 쓰고 싶어서"라고 답했다. 작가가 되고 싶어서, 라고는 하지 않았다. 겸손을 강조하는 한국식 가정교육이 뼛속 깊이 박인 나에겐 너무 건방진 답변이었다. 겸손할 줄 모르면 혼난다고 어머니가 몇 번이나 말씀하셨던가. 어머니에게는 자기 가치를 전적으로 믿는 자신감이야말로 한 사람이 저지를 수 있는 가장 큰 죄였다. 그리고 백인 남자와의 결혼도. 나중에 알고 보니 백인 남자에 관해서는 어머니가 옳았다.

"왜 이제 와서 그만두려고요?"라는 질문을 받을 때마다 어깨를 으쓱하며 넘기곤 했다. 소아청소년과 의사 일을 그만둘 당시 내 나이가 마흔이어서 중년의 위기라고 농담할 때도 있었다. 내 목과 어깨 근육 손상, 만성적인 허리통증으로 이어진 두 개의 허리 디스크 탈출, 오른쪽 다리의 저림과 무감각, 절뚝거림, 그리고 현재까지도 고질적인 목 뻣뻣함을 유발하며 크나큰 상처를 남긴 교통사고 이야기를 그 오랜 시간 피하고 있었을 줄은 몰랐다.

내 몸은 충격의 상흔을 고스란히 안고 있다. 여덟 살과 아홉 살 때 당한 성폭력. 심각한 우울증을 앓는 한국인 이민자 어머니의 종교 집단과도 같았던 양육 방식. 그리고 감정적, 신체적으로 날 학대하던 남자와의 결혼이라는 악몽. 의대생 시절 하루가 멀다 하고 시달렸던 성희롱의 상처. 소아청소년과 레지던트와 전문의 시절에 동료 의사들과 나를 고용한 의료기관들이 가했던 인종차별의 상처. 여성과 유색인종을 처벌하면서 정의 구현이라고 우기는 부당한 백인 가부장적 사법 체계에 억눌렸던 상처. 그 탓인지 가끔 핑크의 〈나 여기 있어I Am Here〉라는 노래를 부르고픈 갑작스러운 욕구가 치밀기도 한다. 그렇게라도 내 존재를 확인시키고 싶다. 내 생존을.

교통사고를 당하고 9년이 지난 2012년, 이혼소송 중 전남편의 변호사를 만나 증언하는 자리에서 사고 당시를 설명하다가 느닷없이 눈물이 차오르고 목소리가 갈라졌다. 소아청소년과 의사직을 잠시 내려놓을 수 있게 허락해준 전남편의 배려와 관대함, 몸 상태가 온전하다고 추정되는 상태에서도 복직하지 않은 내 불찰과 가계에 기여하지 않은 태만을 인정하도록 몰아가는 게 상대 변호사의 의도였다. 두 아이의 양육과 책 쓰기만으로는 부족했나 보다. 전남편이 뉴욕시의 한 병원에서 호흡기내과 과장으로 받는 급여와 제약 회사들이 넉넉히 지불하는 각종 강의료를 합친 것만으로는 부족했나 보다. 수십만 달러나 되는데도. 나는 아직도 허리에 통증이 있다고 증언했다. 다리 전체에 퍼지는 통증도 있었고 발에 감각이 없을 때도 있었다. 매번 말하지 않았을 뿐이다. 의료계를 떠난 이유와 교통사고를 연관 지어 분명하게 설명한 적은 아마 그때가 처음이었던 것 같다. 원인과 결과. 아무런 부끄러움 없이 설명했다. 앞날이 탄탄한 직업을 포기했다는 죄책감도 남아 있지 않았다. 하지만 과거의 상처에 그렇게 감정적인 반응을 보인 나 자신에게 무척 놀랐다. 우리 몸은 상처를 품고 있음을 그때는 알지 못했다.

이제는 사람들이 왜 의사를 그만두었는지 물으면 이렇게 답한다. "글쎄요, 시작은 교통사고였어요. 하지만 만 개의 다른 이유도 있죠." 만萬은 한국인에게 무척 중요한 숫자다. 예를 들어, 산이 많은 한국을 두고 어머니는 한국에 산이 만 개나 있다라고 했다. 실제로 그 정도는 아니겠지만. 조선시대에는 왕의 장수를 기원할 때 '만수무강'이라고 했다. 또한 '만'은 장수와 승리를 의미하는 만세라는 단어에도 포함된다. 의료계를 떠나 자유와 기쁨을 만끽하기까지는 만 번의 굴곡을 겪어야 하는 여정이었다. 하지만 나는 승리했다.

오롯이 내 의지만으로 그만두지는 못했으리란 것을 지금은 안다. 말 그대로 나를 부수는 충격이 있어야만 빠져나올 수 있었다. 내 삶의 어두웠던 불행—원치 않았던 직업, 나를 학대하던 남편, 입 밖으로 낼 수 없는 것들을 글로 쓰고 싶은 갈망—을 뒤로하겠다는 의식적 결정을 내리기까지 너무 큰 죄책감과 부끄러움을 이고 살았다. 나는 파국을 맞고서야 자아 발견이라는 긴 여행을 시작할 수 있었다. 그렇지 않고는 그 길에 발을 들일 수 없었을 것이다. 나의 고향 서울로 돌아가지 못했을 것이다.

갈림길

1961년 8월, 한국. 여자가 갈림길에 서 있었다. 흐느끼지도 않고, 그저 눈물만 끊임없이 쏟아내고 있었다. 지나가는 차를 보고 몸을 돌리며 눈을 감았지만, 얼굴과 옷이 먼지로 뒤덮였다. 노란 원피스 자락을 내려다보며, 막처럼 덮인 적갈색 먼지를 털어냈다. 소용없었다. 작열하는 태양과 이글대는 파란 하늘. 한국 남부 내륙지방의 여름은 지독했다. 여전히 저 멀리 보이는 군 막사가 열기의 아지랑이 속에서 흔들리는 듯했다. 갈림길에는 버스 정류장임을 알리는 그 어떤 표식도 없었다. 가림막도, 앉을 곳도 없었다. 여자는 가혹한 태양 아래 서서 기다리고만 있었다. 모든 소지품은 발치에 놓인 작은 여행 가방 두 개 안에 담겨 있었다. 먼지투성이 뺨 위로 눈물이 흐르며 길을 만들었다. 임신 8개월, 그녀는 더럽혀진 명예를 안고 고향의 부모님 댁으로 돌아가고 있었다.

실패한 인생. 결혼 생활은 파경으로 끝나고, 임신한 몸으로 아버지 댁에 기어들어가는 망신은 감당하기 힘들었다. 두 눈을 질끈 감았다. 이런 상황에 놓일 줄은 생각도 못 했다. 하다못해 친구들에게도 충격일 거다. '완벽한 공주님 현순이'라는 별명을 지어준 친구들. 하인과 정원사를 거느리고, 최신 미국 영화를 보러 영화관에 가는 특권을 누릴 수 있어서이기도 했지만, 영화 취향처럼 화려한 주인공이 되겠다던 현순의 일편단심 꿈을 빗댄 표현이기도 했다.

그러나 현순의 결혼으로 그 모든 것은 끝을 맺었다. 남편이 법에 따라 의무적 군복무에 임할 때 두 사람의 결혼 생활도 시작되었다. 아버지의 재력 덕분에 집에서 일꾼들을 부리며 국에 간 한번 안 해봤던 현순은 군 막사의 단칸방 집에서 요리하는 법을 익혔다. 얌전한 한국 규수답게 예전에 배워두었던 바느질과 뜨개질이, 찻잔 받침과 주전자 덮개 등의 장식품이 아닌 임부복과 담요처럼 실용적인 물품을 만드는 데 쓰일 줄은 몰랐다. 빨래도 하층민 농부들이 하듯 바깥의 빨랫줄에 널었다.

남편은 의사였고, 한국 사회에서 동경을 받는 귀족층인 양반 출신이었다. 그의 혈통은 조선시대 어느 공주까지 거슬러 올라간다고 했다. 현순의 집안은 상인계급 출신이었다. 두 사람의 결혼은 현순의 가족에게 신분 상승을 의미했다. 시대에 걸맞게 이들의 결혼은 중매가 아니었다. 현순의 사촌과 남편의 가장 친한 친구가 주선한 둘의 만남은 양가 부모의 허락이 떨어진 후에야 비로소 이루어졌다. 교제 기간에도 단둘이 있을 수는 없었다. 만나는 동안 고개를 숙이고 눈은 아래로 내리깐 채 남편의 모습을 흘긋대며 조마조마해했던 기억이 선명했다. 긍내는 미남이었다. 빼어나다기에는 피부가 다소 까무잡잡했지만, 그래도 잘생긴 편이었다. 성격도 적극적인 듯했다. 활달하고 따뜻하며, 조금은 충동적이기도 했다. 외과의사였고 자기 일에 헌신적이었다. 현순은 그의 열정과 목적의식이 무척 존경스러웠다. 본인에게는 금지된 자질이었으니. 현순은 여자니까 야망을 품어서는 안 된다고 했다. 결혼해서 아이를 낳아야 한다고 했다.

현순은 남편이 장손임을 알고 있었다. 장남의 장남, 중요하디중요한, 한 가문의 한 세대에서 가장 높은 서열인 남성. 500년간 이어진 부계 혈통을 이을 사람. 남편의 집안에서는 대를 이을 아들을 기대했다. 하지만 현순은 걱정하지 않았다. 어머니가 세 아들을 낳았으니 자신도 다음 장손을 낳을 수 있으리라 확신했다. 아들을 낳으면 사랑받는 며느리가 될 터였다.

현순의 가족이 늘 동반하는 자리에서, 둘은 함께 식사를 하고 차를 마셨다. 한번은 케리 그랜트와 데버라 커가 나오는 영화 〈잊지 못할 사랑〉을 보러 극장에 가기도 했다. 현순은 영화를 무척 좋아했고, 남편도 비슷한 관심을 보였다. 그들의 연애가 영화 같다는 말까지 했다. 하지만 비극으로 끝나진 않으리라고 웃으며 덧붙였다. 현순은 그 순간 사랑에 빠졌다.

둘의 교제는 수개월간 이어졌다. 긍내는 현순의 고향에서 멀리 떨어진 서울에서 의사 수련 과정을 밟으며 주말에 현순을 보러 왔다. 함께 있는 동안 대체로 피곤해 보였어도, 늘 현순의 관심사에 대해 물었다. 정원 가꾸기, 자수 놓기, 책. 현순은 부끄러움에 소설을 쓰고 싶다고 말하지 못했다. 교제 초기의 한 만남은 특히 기억에 남았다. 검게 옻칠한 상을 두고 마주 앉아 차를 권할 때, 우아한 청자 찻잔을 건네받는 그의 손이 스쳤고 그 손길에 피부가 화끈거렸다. 남편은 매력적인 미소와 함께 감사 인사를 하며 이런 말을 했다. “고전 명작을 많이 읽으신다고 들었습니다. 셰익스피어와 헤밍웨이 작품이요. 저는 여성의 지성미를 존경합니다. 저희 어머니께서도 독서를 좋아하시지만, 저는 안타깝게도 문학에는 문외한이에요. 지성을 갖출 수 있게 현순 씨가 도와주셔야겠습니다.” 현순은 얼굴을 붉혔다. 상대는 의사였고, 자신은 대학에서 영문학을 전공한 교사에 불과했다.

전부 현순이 바라던 대로는 아니었어도, 또 남편이 실제로 영화광은 아니었어도, 둘은 10개월간 괜찮은 결혼 생활을 이어갔다. 바로 어젯밤까지는. 현순은 그 순간의 기억이 떠올라 고개를 흔들었다. 영화 〈그늘과 양지〉에서 연인의 이중생활을 노골적으로 보여주는 증거를 마주했을 때 눈을 질끈 감던 수전 헤이워드가 된 기분이었다.

남편의 바지를 세탁하기 전 으레 그렇듯 주머니를 비우고 있었다. 주머니에서 나오곤 하는 이상한 물건들에 현순은 미소를 지었다. 담배뿐만 아니라 잔돈과 찢어진 종잇조각, 이쑤시개, 청진기에서 빠진 고무마개 등. 이번에는 다른 게 있었다. 빨간 립스틱이 묻은 손수건이었다. 현순은 빨간 립스틱을 바른 적이 없었다. 결혼한 여자에게는 분홍색이 더 수수하고 점잖은 색이었다. 가슴이 조여오며 답답해졌다. 현순은 의식적으로 공기를 들이마시고 내보내는 데 집중했다. 숨 막히는 더위 속에서 얼음장 같은 추위가 느껴졌다. 억지로 몸을 이끌고 침대에 누워 이불을 머리끝까지 덮었다. 점차 희미해지는 벽의 빛을 응시했다. 어둠이 위안이 되었다.

잘그랑거리는 열쇠 소리와 현관문이 열리는 소리, 불 꺼진 집으로 들어오며 놀라는 남편의 소리가 들렸다. 그래도 움직이지 않았다. 남편은 이인용 침대와 서랍 하나가 겨우 들어가는 좁은 침실로 들어와 현순의 상태를 염려했다. "몸이 안 좋아?" 현순은 편두통이 있다고 대답했다. 남편은 현순의 병약함을 이미 알고 있었다. 뭐라도 해줄 것이 있는지 묻는 말에 현순은 몸을 웅크리며 됐다고 했다. 뭔가 단단히 잘못됐음을 눈치채길 기대하기까지 했다. 〈잊지 못할 사랑〉에서 케리 그랜트가 이상한 기미를 눈치챈 순간은 데버라 커가 배웅하러 일어서지 않았을 때였다. 쓸모없는 다리는 담요에 덮여 있었다. 그제야 알았다.

남편은 식사를 하고, 몸을 씻고, 현순의 옆에 누워 잠들기 전 현순의 팔을 한 번 지그시 잡을 뿐이었다. 남편은 조용히 코를 골았다. 현순은 그 옆에서 흐느꼈다. 다음 날 아침, 현순은 부은 눈으로 몸이 아프다고 했다. 제복을 갖춰 입고 군 병원으로 출근하는 남편은 언제나 그랬듯 조금의 이상 신호도 감지하지 못했다. 누워서 벽을 바라보다 붉은 립스틱 자국으로 도배된 벽을 상상하자 가슴에서 분노의 열기가 치밀며 현순을 집어삼켰다. 임신해서 몸이 무거웠어도 상관없었다. 이런 굴욕은 용납할 수 없었다.

현순은 아버지를 무척 존경했지만, 아버지의 외도에 괴로워하던 어머니의 모습을 똑똑히 보았다. 그리고 본인은 절대 그런 꼴을 당하지 않겠다고 다짐했다. 손에 여행 가방을 들고 현관 앞에 서서 가구도 몇 점 없고 장식이랄 것도 없는 삭막한 집 안을 돌아보았다. 시멘트 바닥에 회색 콘크리트 벽, 무늬 없는 흰색 커튼에 가린 직사각형의 창문까지, 군대에서 제공하는 평범한 숙소였다. 하지만 지난 1년간 이곳이 현순의 집이었다. 반항심이 다소간 사라지며 어깨에 힘이 빠졌다. 그래도 다시 가방을 들고 갈림길로 나섰다.

현순은 기다렸다. 간혹 지프차를 탄 군인들이 지나가며 태워줄지 묻기도 했다. 현순은 고개만 저었다. 아무도 현순을 예전 삶으로 다시 데려다줄 수 없었다. 과거로. 남편의 주머니에서 손수건을 꺼내던 바로 그 순간이 머릿속에서 몇 번이고 천천히 반복되었다. 〈그늘과 양지〉에서 꼭 타야 하는 비행기를 놓친 수전 헤이워드가 연인의 집으로 전화를 걸었다가 존 개빈이 유부남이었음을 알게 되면서 역설적으로 그의 부정을 깨닫는 장면 같았다.

끈질기게 울려대는 요란한 경적과 외치는 목소리에 갑자기 정신이 들었다. 이렇게 부적절한 행동은 분명 시골 농부처럼 계급 낮은 누군가의 짓이라 믿었기에, 미친 듯이 팔을 흔드는 남편의 모습이 놀라웠다. 남편은 차를 급히 세우고 뛰어내려 현순에게 달려왔다. 현순을 품에 끌어안았다. 현순은 안정감이 주는 따스함과 다시 고개를 드는 희망에 잠시 몸을 맡겼다. 그러다가 생각났다. 갑자기 몸이 오싹해졌다. 머리를 다시 들어 올리고 남편의 품에서 빠져나왔다. 케리 그랜트와 데버라 커가 다시 서로의 품에 안기는, 〈잊지 못할 사랑〉의 마지막 장면이라 믿고 싶은 유혹을 떨쳐냈다.

"당신 괜찮은지 보러 집에 갔더니 없지 뭐야! 짐 챙겨서 떠나는 걸 봤다고 옆집 여자가 알려줬어. 무슨 일이야?" 남편이 말을 마구 쏟아냈다.

"떠날 거예요." 몸을 돌리며 현순이 말했다.

"그게 무슨 말이야?" 남편이 팔을 잡았다. "난 당신 남편이야! 설명을 들어야겠어!"

현순은 얼어붙은 기분이었다. 어제의 감정을 되살리려 했지만 소용없었고, 아무것도 느껴지지 않았다. 죽음이 이런 느낌일지 궁금해졌다.

"여보." 남편이 애원했다.

여보는 남편이 현순을, 현순이 남편을 부를 때 쓰는 호칭이었다. 친밀한 부부 관계의 표시로, 이 세상에서 오직 한 사람만을 위한 단어였다. 서로의 사람이라는 증거인 이 말에 현순은 뿌듯함을 느끼곤 했다.

"내가 뭘 잘못했어? 말실수라도 했어?" 남편이 재차 물었다.

현순은 길가의 먼지 덮인 돌들만 바라보았다. 남편이 말을 멈추기만 바랐다. 이 결혼 생활은 끝이었다.

"제발 왜 이러는지 말해봐. 난 당신 사랑해." 남편은 괴로운 목소리로 말했다. 미간은 찌푸려지고, 손은 그의 숱 많은 검은 머리를 아무렇게나 쓸어대고 있었다.

현순은 움찔했다. 내면에서 둑이 터졌다. "거짓말하지 마요! 당신은 날 사랑하지 않아. 사랑한 적도 없고!" 분노의 불길에 휩싸여 서럽게 오열했다. 다시 품으로 끌어안는 남편을 뿌리치지 않았다. 남편의 가슴에 얼굴을 묻은 채 속삭였다. "내가 봤어요. 당신 손수건에 묻은 립스틱 자국이요."

"무슨 소리야?" 남편은 반듯하게 접힌 희고 깨끗한 손수건을 꺼내 보였다.

현순은 남편을 밀어냈다. "어제 주머니에서 찾은 손수건이요."

남편은 망설임 없이 희고 고른 치아를 드러내며 환하게 웃었다. "그거 내 거 아냐. 친구가 집에 못 가져가겠다고 걱정하길래 내가 대신 빨아서 갖다준다고 했어. 깜빡하고 당신에게 말을 안 했네."

현순은 의심이 가시지 않은 채 남편을 쳐다보았다. 하지만 그의 표정은 속이는 낌새 없이 정직했다. 편안하고 부드러운 곡선의 입술. 그는 긴 손가락으로 현순의 얼굴을 쓰다듬었고, 볼에서 느껴지는 손길은 가볍고 따스했다.

"괜한 상상을 하고 그래." 남편은 현순의 어깨에 팔을 두르며 차로 데려갔다.

남편의 말을 믿고 싶었다. 현순이 좋아하는 영화들에서는 항상 가장 마지막 순간에서야 아슬아슬하게 이별을 피했다. 수전 헤이워드는 도덕적으로 모호한 선택을 하며 존 개빈과 계속 함께하기로 한다. 비록 유부남이지만, 사랑하니까. 케리 그랜트는 데버라 커의 곁에 남는다. 비록 교통사고를 당했지만, 사랑하니까. 남편도 현순을 사랑한다. 그렇지 않고서야 케리 그랜트가 데버라 커에게 했듯 이렇게 쫓아

올 이유가 뭐란 말인가?

그러나 의심의 속삭임은 사라지지 않았다.

~

이게 내가 상상한 어머니의 이야기다. 어머니는 내가 열 살 때 처음으로 이 이야기를 들려주었고, 그 후로도 여러 번 반복했다. 그 장면을 그리면 아직도 가슴을 불로 지지는 듯하다. 열기와 먼지, 아무것도 없는 버스 정류장. 울고 있는 임신한 어머니와 절박하게 간청하는 아버지. 첫 아이가 태어난 후 나를 포함해 세 명의 아이를 더 낳았다는 사실과는 관계없이, 어쩌면 두 분의 파경은 피할 수 없는 결과였을지 모른다.

어머니는 아버지와 이혼 절차를 밟을 당시 다시 한번 이 이야기를 들려주었다. 갈림길에서의 그날로부터 30년도 더 지났을 때였다. 어머니가 묘사한 장면은 이랬다. 마침내 버스가 도착하자 어머니는 갈림길을 돌아보았고, 아버지는 그런 어머니를 끌어당겼다. 버스에서 내린 승객은 한 명이었다. 기사는 기다렸다. 어머니에게는 영원 같았던 순간이 지나고 버스의 문이 닫혔다. 어머니는 덜덜거리며 먼지구름 속으로 사라지는 버스를 바라보았다. 내륙지방 여름의 열기 속에 기회가 사라졌다. 내게 처음으로 그 이야기를 들려줄 때 어머니의 눈빛에는 끝없는 회한이 담겨 있었다.

고작 열 살의 나이였지만 묻지 않을 수 없었다. "왜 떠나지 않았어요?"

어머니는 당신이 어쩌다 불행한 결혼 생활에 갇히게 되었는지 보여주는 일화로서 그 이야기를 해주신 것 같았다. 달리 방법이 없었음을 설명하려고. 하지만 그 이야기는 내게 설명 대신 경고였다. 한국 남자들은 믿을 게 못 된다는 경고. 내가 성인이 되었을 때 살던 곳에 한국인 소년이나 남자가 많지는 않았다. 하지만 아버지가 술을 너무 마시고, 담배를 너무 많이 피우고, 한눈을 판다는 어머니의 불평을 수도 없이 들어왔다. 그리고 어머니와 같이 보던 한국 드라마 속 남자들은 임신한 애인을 무책임하게 버렸다가 몇 년 후 미안해하는 기색도 없이 다시 돌아오는 사람들이었다. 한국 남자와 결혼만 하지 않으면 안전할 것 같았다.

의대에 입학하고 한 달이 지났을 무렵, 어머니는 같은 학교에 한국인 남학생이 있는지 물었다. 몇 명 있다고 하자 "그중 한 사람이랑 만나봐. 너도 이제 스물셋이니 빨리 결혼할 사람을 찾아야지"라고 하셨다.

"무슨 소리예요? 학부 시절에는 절대 연애하지 말라고 했잖아요. 남자 만나면 공부에 방해된다고요."

"그건 그때고."

"겨우 1년 전 일이에요. 근데 이제는 최대한 빨리 결혼하라고요?"

"당장은 아니고 의대 졸업하면 바로 해야지."

"아니, 결혼까지 4년의 시간은 주겠지만 남편감은 바로 찾으란 말이에요?"

"한국 남자로."

"왜요? 엄마도 아빠 싫어하잖아요. 왜 저는 한국 남자와 결혼하라고 하세요?"

"당연히 한국 남자랑 해야지. 네가 한국 사람이니까."

어머니는 본인 행동의 모순 따위는 전혀 생각지 않았다. 결혼 생활을 하는 동안 아버지는 수차례의 외도로 어머니를 비참하게 했다. 친할아버지는 어머니를 몹시 싫어해서 하인 취급을 하며 모욕감을 주었다. 이런 이야기를 들으며 자랐는데, 이제는 내게 한국 남자와 결혼하라고 하다니. 어머니는 우리 자매들의 행동이 한국 딸들 같지 않다고 여러 번 말씀하셨다. 한국인이 아닌 미국인 같다고 했다. 내게 한국인이라는 의미는 평생 고생하며 살아야 한다는 불운의 의미였고, 여자라면 특히 더 그랬다. 내가 전남편과 결혼한 이유 중 하나가 바로 한국 사람이 아니어서였다. 운명을 바꾸려는 노력이었는지도 모른다. 그러나 내 운명은 훨씬 더 가혹했다.

마지막 장손

1972년 서울. 남자가 의자에 앉아 있었다. 어깨는 구부정하고, 손은 차가운 금속 팔걸이를 꽉 잡고 있었다. 커다란 유리창 바깥의 총천연색 마당에서 흥에 겨워 소리를 지르며 뛰어노는 아이들을 바라보았다. 딸만 넷이었다. 고개를 돌려 반대쪽에 있는 날개 달린 금속 원통으로 시선을 옮겼다. 그들을 우간다로 데려다줄 비행기였다. 태어난 곳의 지구 반대편에 있는 나라. 그는 머리를 떨구었다. 가슴이 텅 빈 것 같았다.

친척들과 작별 인사를 하는 동안, 남색 정장을 한 남동생의 몸이 아버지의 검은 정장 앞을 방패처럼 가로막고 있었다. 하지만 곧 때가 오리란 걸 알고 있었다. 남자는 아버지의 강건한 풍채가 다가올 때 피하지 않았다. 아버지는 그가 눈을 들어 자신을 바라보길 기다렸고, 그는 의자에서 움직이지 않았다. 광이 나는 아버지의 검은 구두만 응시했다.

"뭐 하는 거냐?" 아버지가 물었다.

그는 모르는 척했다. "먼 길 가야 하니 쉬어둬야죠."

"너는 장손이야. 장손으로서 책임을 다해야지." 아버지가 고압적인 어조로 말했다.

더 이상 모른 척할 수 없었다. 의자에 앉은 몸에 힘이 빠지고, 가녀린 손가락이 크롬 팔걸이에서 떨어졌다. "아버지, 이러시면 더 힘들어요."

"지금 이게 옳은 행동이냐!"

그는 분노에 찬 아버지의 표정을 보지 않으려 눈을 감았다. "아버지, 제발요. 이미 힘든데 더 힘들게 하지 말아주세요."

"네 가족을 버려? 고향을 버려?" 아버지는 여전히 완강했다.

"제 아내와 딸들을 버리는 일은 없습니다. 우간다에 가면 모두에게 좋을 거예요." 팔짱을 끼며 말했다. 새로 산 회색 정장이 구겨졌다. 몇 번째인지 모를 똑같은 대화가 지긋지긋했다.

"너 나한테 화나서 이러는 거냐? 아내와 자식들을 버리라고 한 적 없다. 단지 아들을 낳으라고 한 것뿐이야. 대를 이을 장손을 낳아야지. 우리 가문의 명예가 걸린 일이야." 흔들리지 않는 아버지의 검은 눈동자가 그의 눈동자에 꽂혔다.

“마을의 다른 여인을 씨받이로 들여서요? 18세기 이전의 구식 풍습을요? 너무 가난해서 거절 못 할 여인으로요? 아들을 낳으면 어미와 생이별을 시킬 테고, 딸을 낳으면 그 여인이 먹여야 할 입만 하나 더 늘잖아요.”

“돈 준다지 않느냐. 딸을 낳으면 더 주면 되고. 탈 없게 잘 처리할 거야.”

아버지의 정당화에, 이성과는 담을 쌓은 가차 없는 맹목에 그는 이를 악물었다. 뜻하는 대로 이루고야 말겠다는 고집이었다. 지금까지도 항상 아버지 뜻대로였다.

조상 대대로 내려오던 집을 잃고, 체면도 잃고, 술주정뱅이였던 할아버지가 노름으로 가문의 재산을 모두 탕진한 탓에 아버지가 갑작스럽게 생업에 뛰어들어야 했다는 사실을 그는 잘 알고 있었다. 무일푼 신세가 됐지만 양반 가문의 자제였던 덕에 수년간 공부의 특권을 누린 아버지는 가르치는 일에 적임자였다. 아버지는 말단 교사에서 시작해 교장을 거쳐 교육청장까지 고속 승진을 거듭했던 이야기를 여러 번 들려주었다. 아버지에게 인생은 마치 이겨야 하는 시합 같았다.

아버지의 허영심에 호소해보기로 했다. “우간다는 훌륭한 기회입니다. 급여도 높고, 의과대학 교수로 좋은 일도 많이 할 수 있어요. 알베르트 슈바이처처럼 명망을 얻고 유명해질 수 있다고요. 연세대학교 동기들도 부러워할 겁니다."

"서울에서도 좋은 자리에 있었지 않느냐. 재 때문이지? 저런 애랑 결혼하는 게 아니었는데. 너보다 급 낮은 하층민이잖아. 아들도 못 낳고. 저런 여자를 어디에 쓴단 말이냐? 난 처음부터 재 마음에 안 들었다. 너희 엄마는 좋아했지. 판단력 없는 불쌍한 인간."

그의 어머니는 1년 전에 위암으로 세상을 떠났다. 어머니의 온화한 성정이 아버지의 강압적 성격을 견디지 못해서가 아니었을지 싶을 때도 있었다. "아버지, 어머니 이야기 그렇게 하지 마세요. 훌륭한 여인이셨고, 좋은 아내이자 어머니셨습니다."

"그 사람을 나쁘게 말하는 게 아니다. 나도 그리워. 그저 사람 보는 눈이 없었던 게지."

"아버지, 제 아내 욕보이지 마세요."

아내의 모습이 그의 머릿속을 스쳤다. 검은색과 흰색의 원피스를 입은 아담하고 곡선미 있는 체구. 그의 가장 친한 친구와 아내의 사촌 자매가 함께했던 첫 만남에서도 입고 있던 옷이었다. 수줍음을 타면서도 웃을 때는 빛이 났다.

"다섯째까지 딸이어야 했냐? 그때 그 사내 녀석만 살았더라면 좋았을 것을. 너무 어렸어." 아버지의 공격적인 태도가 누그러들며 목소리도 차츰 작아졌다.

"이제 동생이 아버지를 모실 겁니다." 그는 단호한 시선을 유지하려 했지만, 오른쪽 눈 아래의 연약한 근육이 떨리면서 시야도 흔들렸다.

"긍내야, 이러지 마라." 표정 하나 변한 적 없는 아버지의 둥근 얼굴에 주름이 잡히며 입술마저 떨리기 직전이었다.

이렇게 괴로워하는 아버지의 모습은 처음이었다. 애원하듯, 친근하게 '야'를 붙여 이름을 부르는 소리에 마음이 풀어질 뻔했다. 애써 마른침을 삼켰다.

"아들을 낳지 못해 기대를 저버렸습니다. 죄송합니다."

그는 몸을 일으켰다. 아버지보다 한 뼘 정도 키가 더 컸다. 몸을 숙이며 가늘고 긴 두 팔을 내밀었다. "부디 안녕히 계십시오. 돌아오면 좋은 모습으로 다시 뵙겠습니다."

검은 정장을 한 아버지의 꼿꼿한 몸은 동상처럼 요지부동이었다.

그는 몸속 세포를 총동원해 힘을 끌어모으며 숨을 깊게 들이쉬었다. 그리고 아버지에게서 몸을 돌려 걸음을 떼었다. 차가운 타일 바닥 위로 그의 발걸음 소리가 울려 퍼졌다.

갓난아기인 큰언니를 감싸 안고 어르는 스물일곱 살의 아버지 사진이 있다. 넓은 가슴에 고개를 당당히 들고 풀숲 사이에 서서 물가를 바라보는 자신만만한 모습. 얼굴 생김새는 날렵하고 입술에는 포물선이 나타날 기색이 보인다. 마치 사진을 찍은 직후 미소가 번졌을 것처럼. 티셔츠와 몸에 꼭 맞는 바지를 입었는데, 흑백사진이어서 무슨 색인지는 알 수 없다. 햇빛이 아버지 뒤로 그림자를 만들었지만, 아버지의 얼굴은 밝게 빛나고 있다. 눈에 띄는 미남이다. 짙고 풍성한 머리가 이마 위로 날리고, 오뚝한 콧날에 깎은 듯한 턱선. 한국인 케리 그랜트 같다. 어머니가 사랑에 빠질 만도 하다.

그 사진은 아마 어머니가 찍었을 것이다. 아기와 함께 신혼여행지였던 제주도를 다시 찾은 부모님의 모습을 상상해 본다. 결혼 1주년 기념이었을지도 모른다. 어머니가 사진을 찍으면서 "여기! 여기 카메라 봐요!"라고 했을지도 모른다. 시간이 참 빠르다며, 혹은 10월의 동해가 얼마나 차가웠는지 잊고 있었다며 함께 웃었을지도 모른다. 앞날이 창창한 부부였다. 잘생긴 의사와 아름답고 젊은 여인.

아버지는 한국이 여전히 잔혹한 일본 치하에 있었던 1934년에 태어났다. 일제강점기는 1945년에 제2차 세계대전이 끝날 때까지 이어졌다. 어렸을 때는 일본이 자행한 문화와 언어 말살 정책 때문에 모국어보다 일본어를 먼저 배워 유창하게 구사했다. 청소년기에는 한국전쟁이 발발했다. 아버지는 열일곱 살 때 의무병이 되어 구급차를 운전했다. 미국과 소련, 중국은 한반도를 서로 차지하려 다투었고,

5천 년 역사의 이 땅은 삼팔선을 따라 남한과 북한으로 분열되기에 이르렀다. 그 후 양쪽은 전혀 다른 길을 걸었고, 더 이상 단일국가로 인정되지 않는다.

아버지는 외과 전문의가 되었다. 아버지의 가늘게 뻗은 손가락은 베어내고 절제하고 꿰매는 민첩한 일에 제격이었다. 몇 시간씩 서서 자르고 고쳐야 하는 일에 걸맞은 집중력도 갖췄다.

1972년, 아버지는 우간다의 수도 캄팔라에 있는 마케레레대학교에서 의대생과 레지던트를 가르칠 의사를 모집한다는 연락을 받았다. 악명 높은 독재자 이디 아민은 1971년에 군사쿠데타를 일으켜 정권을 장악하고 소위 '외국인'들을 모두 추방했다. 우간다에 거주하던 이민 2세대, 3세대 인도인과 파키스탄인, 방글라데시인, 그리고 식민 통치가 끝난 후 남아 있던 영국인 주재원들이 대거 떠나자 나라를 운영할 기반이 부족해지는 상황에 처했다. 이에 아민은 전 세계를 돌며 도움을 요청했고, 경제적 보상도 아끼지 않아 세계 곳곳에서 인재가 모였다. 의사들은 한국에서 왔다.

나는 나의 기억과 내가 엿들었던 부모님의 싸움, 그리고 아들을 낳지 못해 한국을 떠났다는, 2006년에 만난 이모가 해주신 이야기를 토대로 우간다로 떠나게 된 아버지의 사연을 재구성했다.

이후에 아민이 출국 비자를 발급하자 한국인은 모두 미

국으로 이민했다. 아버지는 미국에서 내과의가 되기엔 준비가 턱없이 부족했다. 좀 더 온화한 태도와 유창한 영어라는 기술이 필요했다. 나도 아버지의 긴 손가락을 닮았지만, 소아청소년과를 택했다.

아버지는 내가 스물일곱 살 때 건강보험 사기로 연방 교도소에 갔다. 아버지의 수감은 부모님의 이혼으로 이어졌다. 면회는 거의 가지 않았다. 아버지가 부끄러웠다. 그렇지만 전직 의사이자 사법 체계를 직접 겪어본 사람으로서, 어떻게 된 일인지 이제는 알 것 같다. 아버지가 구체적인 확인 없이 메타돈*을 처방한 것은 사실이다. 형식적인 검사만 했을 수도 있다. 안일한 마음에 철저한 확인 없이 규제약물을 처방했을 수도 있다. 하지만 금단증상과 통증을 호소하는 중독환자들이 안쓰러워 도우려는 마음이었을 것이라 생각한다. 아버지는 불공정한 사법 체계에 잘못 걸린 유색인종이어서 더 가혹한 처벌을 받았다. 백인 의사였다면 18개월 징역형 대신 집행유예였을지도 모른다. 아버지는 감옥에서 신앙에 눈을 떴고, 기독교신자로 새롭게 태어났다. 출소 후에는 중국과 북한 접경 지역에 있는 어느 오지에서 치료가 필요한 한국인 후손들을 대상으로 의료선교 활동을 이끌었다. 그때 나는 소아청소년과 레지던트 3년 차였다.

* 헤로인 금단증상 완화에 사용되는 합성 아편 진통제.

결혼식 후 1개월, 그리고 아버지 출소 후 6개월쯤 지났을 무렵 어머니가 내게 전화했다.

"너 돈 얼마나 받았어?" 어머니가 한국어로 물었다.

"무슨 돈요?"

"외할머니가 너 결혼한다고 6천 달러 보내셨잖아." 웬 바보 같은 소리를 하느냐는 말투였다.

"받은 적 없어요."

"정말이야? 외할머니 말씀으로는 네 아빠가 다녀갔을 때 전달했다던데." 어머니의 목소리가 한 옥타브 높아졌다.

"저한테 없어요." 불안한 마음에 어깨가 뻣뻣해졌다.

"나중에 사촌 동생 중에 결혼하는 애 있으면 너도 같은 액수를 줘야 하는 거 알지?"

한국 풍습에 대한 내 무지가 갑자기 날 공격했다. 알지도 못하는 사촌에게 몇 년 후 6천 달러를 선물로 줘야 한다는 사실이 가슴을 짓누르며 모든 공기를 앗아가는 기분이었다. 말을 할 수가 없었다.

"아빠한테 전화해봐."

나는 아버지에게 전화했다.

"아빠, 외할머니가 주신 돈 어디 있어요?"

"무슨 돈?"

"제 결혼 축하금이요."

"나 쓰라고 주신 돈이야. 고생 많이 했다고 도와주고 싶어 하셨어."

"왜 엄마의 엄마가 아빠한테 돈을 줘요?"

"내게 주신 돈이다."

"아니잖아요."

"나한테 더 필요했어."

"저한테 다시 주셔야 해요."

"이제 없다."

"네?"

"다 썼어."

"저한테 어떻게 이러세요?"

아버지의 침묵.

"안녕히 계세요, 아빠." 나는 손으로 얼굴을 감쌌다. 목선을 따라 흐르는 눈물이 타는 듯 뜨거웠다.

당시에는 그게 아버지와의 마지막 대화가 될 줄 몰랐다. 이후에 아버지는 다른 한국인 여성과 재혼했다. 전남편과는 사별하고 여러 자녀를 둔 이였다. 나를 결혼식에 초대하지는 않았다. 내가 가지 않을 것을 알았기 때문일지도 모른다. 아버지는 한국과 미국을 오가며 남은 생을 보냈고, 아버지가 가장 아끼는 딸이라고 모두가 동의한 큰언니 수전에게만 가끔 연락했다. 그래서 돌아가시기 약 1년 전 신경 문제로 병원에 입원했을 때 가장 아끼는 딸이 나였다는 말을 듣고 깜짝 놀랐다. 큰언니는 충격에 빠졌다. 작은언니와 동생은 서운했겠지만 아무 말 하지 않았다. 나는 아버지 말을 믿지 않았다. 결국 아버지가 심장질환으로 돌아가셨을 때 장례식에도 참석하지 않았다. 당시에 나는 병원 수술실 앞에서 암 때문에 유방절제술을 받은 친구가 나오길 기다리고 있었다. 죽은 사람에 대한 의무보다 산 사람에게 다해야 할 책임이 우선이니 외과의로서 아버지도 이해할 거라고 말했지만, 자매들은 내 행동을 책망했다.

나는 성장과정에서 아버지의 역할을 지켜보았기에 아버지라고 해서 꼭 자식들을 사랑하는 건 아니라는 사실을 알게 되었다. 아버지의 관심을 거의 받지 못해도 받아들일 수 있게 되었다. 아버지란 존재는 자식들과 함께 시간을 보내지도, 살뜰히 챙기지도 않음을 알게 되었다. 남편이란 존재는 이기적이고, 무심하고, 아이들을 방치하는 사람이며, 감정이나 재정적 지원을 기대할 여지도 없다는 것을 알게 되었다.

풀숲 사이에 서 있는 아버지를 담은 그 사진은 없어졌다. 한국에 거주할 당시의 우리 일상을 담은 흑백의, 컬러의 수많은 사각형 인화지와 함께. 제주도에서 그 사진을 찍을 때, 끝없이 펼쳐진 듯한 바다를 바라보며 아버지가 어떤 생각을 하고 있었을지 궁금하다. 아내와 아이가 있는 안정된 삶을 꾸렸으니 만족스러웠을까? 아니면 첫아이가 아들이 아니어서 기운이 다소 꺾였을까? 500년 전 어느 공주로까지 거슬러 올라가는 가문의 마지막 장손, 마지막 장남이라는 의식이 아버지 마음에 가시로 남았을까?

우간다의 핏빛 플라밍고

내가 처음으로 배운 영어 단어는 Axe(도끼)와 Basket(바구니)이었다. "Axe 할 때 A, Basket 할 때 B"라던 영어 과외 교사의 예시 때문이었다. 우리는 과거 영국 식민지였던 우간다에 살았다는 특이한 우연 때문에 이런 방식으로 알파벳을 배웠다. 자매들과 나는 과외 교사의 식탁에 둘러앉아 첫 영어 수업을 위해 준비한 공책에 단어를 받아썼다. 때는 1972년 여름이었다. 수업 후 우리를 데리러 온 부모님은 수업이 어땠는지 물었다. "영어 쉬워?"라고 한국어로 묻는 말에, 우리 자매들은 웃으며 답했다. "소리가 이상해요." 그 후로는 영어를 하지 못했던 기억이 없다. 영어는 내가 모르는 사이 의식 속에 슬며시 자리 잡았다. 나는 영어로 읽고, 영어로 생각하고, 모두에게 영어로 말했다. 심지어 한국인 부모님에게도 마찬가지였다. 그래도 한국어가 사라지고 영어만 남기 전 분명 과도기를 겪었을 것이다. 자각할 수 없이 서서히 일어난 변화였을까? 아니면 갑작스럽게? 돌과 콘크리트로 지어진 캄팔라의 우리 집에서 어느 날 아침 문득 눈을 떴을 때 영어만 할 수 있게 됐을까?

나는 1972년 3월 서울에서 1학년을 시작했지만, 우간다로 넘어오면서 영국 학제를 따른 학년이 적용되는 바람에 1학년을 마치지 못한 채 9월에 2학년이 되었다. 눈에 띄고 싶지 않았던 나는 교실 뒤에 앉았다. 하지만 같은 반에 다른 한국인은 없었고, 또 브루노 때문에 눈에 띄지 않을 수가 없었다. 유고슬라비아에서 온 이 금발 소년이 나를 좋아해서 학교 식당이나 운동장으로 손을 잡고 이동할 때면 항상 내 옆에 서려고 하니, 여자아이들이 질투했던 기억이 난다. 하지만 나는 순한 인상과 부드러운 목소리를 가진 우간다 소년 대니얼을 좋아했다. 대니얼의 손을 더 꽉 잡았고, 더 오래 잡고 싶었다. 그 아이도 나를 좋아하는 듯했지만 다른 남자아이들처럼 내 옆에 서고 싶어서 브루노와 싸운 적은 없었다. 그리고 다른 여자아이들은 파란 눈의 브루노가 날 좋아하니 행운이라고 했다. 행운이라니.

열두 살의 한국 남자아이가 내 속옷 안으로 손을 넣어 더듬을 때 난 행운이라고 생각했다. 처음에는 흠칫 놀랐지만 이내 숨을 참고 움직이지 않았다. 우리 부모님 침대 한가운데에 그 아이와 내가 나란히 누워 있었고, 양옆에는 언니들이 있었다. 그중에서 나를 선택했다. 같은 반이었던 큰언니 수전이 남몰래 좋아하고 있었지만, 그 아이는 언니에게 아무런 관심을 보이지 않았다. 당시 여덟 살이었던 나는 그 아이가 나를 좋아하니 나도 좋아해야 한다고 생각했다.

그날은 한국대사관에서 파티가 있어 부모님들은 파티에 참석하고, 그 아이는 여동생과 함께 우리 집으로 하룻밤 자러 왔다. 1974년 캄팔라의 한국인 의사와 그 아내 들은 거의 매주 파티를 열었다. 장소는 주로 대사관저였다. 어머니는 아버지가 술을 너무 많이 마신다며 거의 매번 불만을 토로했다. 그때 어머니의 주량은 와인 한 잔 정도였다. 어느 날 밤, 두 사람은 서로에게 불같이 화를 내며 집으로 돌아왔다. 나는 자매들과 침대 밑에 숨어서 손으로 귀를 막았지만, 부모님의 고함 소리를 막을 방법은 없었다. 어머니는 아버지의 부정한 행실을 비난했다. 아버지는 어머니가 너무 차갑고 뻣뻣하다며 받아쳤다. 어머니는 우간다를 떠난 이후 다시는 술을 마시지 않았다. 부모님의 싸움은 멈추지 않았다.

나는 나보다 나이 많은 그 아이가 내 성기를 만지작거리는 내내 숨을 참고 있었다. 그때 갑자기 어머니들이 거실로 들어오는 소리가 났다. 우리는 재빨리 침대에서 내려왔다.

나는 불빛에 눈을 찌푸리며 복도로 나갔다가 어머니가

우는 모습에 멈춰 섰다. 그 무렵 어머니는 소리를 지르거나, 입술에 힘을 주고 인상을 사납게 찌푸린 채 팔짱을 낀 자세로 화를 낼 때가 많았다. 가끔은 미소를 지었다. 드물게 웃음을 터뜨리기도 했다. 하지만 우는 모습을 본 적은 없었다.

"죽을 뻔했다고요." 어머니가 말했다.

"이제 병원에서 회복 중이잖아요. 그 정도면 다행이죠." 다른 아주머니가 말했다.

아버지에게 무슨 일이 생겼나? 무슨 일이지?라고 생각했다. 하지만 아무것도 묻지 않았다. 조용하고 고분고분해야 착한 딸이었다.

"얘들아, 아버지께서 교통사고를 당하셨어. 고속도로 반대편에서 오던 트럭이 빗길에 미끄러져 부모님 차와 충돌했거든. 아버지는 차창 밖으로 튕겨 나가서 머리를 부딪히셨지만 괜찮아." 아주머니가 말했다.

"여전히 의식이 없잖아요! 머리가 온통 피투성이였어요. 저러다 죽는다고요." 어머니가 펑펑 울었다.

나는 숨을 쉴 수 없었다. 우리는 어떻게 되지?라고 생각했다.

"호들갑 떨지 말고 마음 단단히 먹어요. 애들까지 겁먹겠네." 아주머니가 엄마를 꾸짖었다.

어머니는 계속 흐느꼈지만 더는 말하지 않았다. 아주머니는 울기 시작한 언니들을 달랬지만, 나는 울지 않았다. 울면 약해지는 거란 말을 어머니에게 몇 번이나 들었는지 모른다. 난 약하지 않았다. 며칠 후, 우리는 입원한 아버지를 문병했다. 아버지는 웃고 있었지만, 머리에는 하얀 붕대를 감고 있었다. 일주일 후 퇴원한 아버지의 머리에는 꿰맨 자국이 있었고, 그 주변으로 분홍색 새살이 성난 듯 돋아 있었다. 아버지가 죽지 않아서 감사했다. 우리는 그 후로 다시 사고 이야기를 꺼내지 않았다.

난 사람들에게 우간다에서의 어린 시절이 더없이 행복한 시간이었다고 말하곤 했다. 햇살과 그늘이 어우러진 나날과 앞마당의 망고나무, 아버지가 휴가를 맞는 8월이면 매년 방문했던 사파리. 그 햇살 뒤에 감춰진 두려움과 불안은 전혀 언급하지 않았다. 1975년, 부모님은 그릇장부터 옷가지에 이르기까지 모든 세간을 처분했고, 우리는 캄팔라 교외에 위치한 콘크리트블록 집을 떠나 캄팔라인터내셔널호텔로 이사했다. 원래는 며칠만 묵을 예정이었으나, 폭군 이디 아민이 출국 비자를 허가해 미국으로 이민할 수 있기를 기다리는 동안 몇 달이 흘렀다.

호텔에 도착했을 당시 부모님은 그곳 생활이 마치 대단한 모험인 양 이야기했다. 고급 호텔에서의 사치스러운 생활. 이제 우리 자매들은 방이 따로 있어서 온 식구가 같은 화장실을 쓸 필요도 없었다. 방에는 바닥부터 천장까지 이어지는 통유리 창이 있었고, 창밖의 발코니 아래에는 초록의 우거진 정원이 펼쳐졌다. 어머니는 방을 청소할 필요도 없다고 했다. 호텔에는 하우스키핑 서비스가 있었고, 식사할 수 있는 곳도 많았으며 야외 수영장은 말할 것도 없었다. 그때는 몰랐지만 '우간다의 학살자' 아민은 고문과 처형, 대량 학살 등 셀 수 없이 많은 인권범죄를 저질렀다. 부모님은 무섭지 않은 듯 행동했어도, 가끔 두 분의 속삭임을 들을 수 있었다. "이번 주말에는 떠날 수 있으려나? 다음 달? 너무 위험해지면 어떡하지?" 지금 생각하면 얼마나 두려웠을까 싶지만, 그때 부모님은 우리에게 아무 말도 하지 않았다. 두려움에 판단력이 흐려져서였는지 보호자도 없이 열세 살, 열한 살, 아홉 살 난 딸을 삼십대 남성에게 맡겨 수학을 배우게 했다. 나는 매주 받는 그 수업이 몸서리치게 싫었다. 그래도 부모님께 말하지 않았다.

식사 때마다 턱시도와 조끼를 갖춰 입고 손에는 순백의 장갑을 낀 우간다인 웨이터들이 화려한 만찬을 차려주었다. 저녁에는 열두 개의 은식기와 크리스털 잔이 준비되고, 나이와 관계없이 여자들은 드레스, 남자들은 재킷을 입었다. 내가 거의 매일 입었던 제일 좋은 옷은 사프란 향신료처럼 진한 노란색에 흰 도트 무늬 원피스였다. 거기에 흰색 레이스가 달린 양말과 약간의 굽이 있는 검은색 구두를 신었다. 그리고 식사하러 내려가기 전에는 항상 긴 머리를 귀 뒤로 단정하게 넘겼다. 어머니는 때때로 우리 자매들이 호텔 수영장을 둘러싼 정원에서 점심을 먹을 수 있게 허락했다. 흰색 사기 접시 위에 놓인 완벽한 조합의 샌드위치가 원형의 유리 식탁에 마련되었고, 우리는 20세기 중반 모던 디자인의 상징이었던 베르토이아의 다이아몬드형 철사 의자에 물을 뚝뚝 흘려댔다. 안락한 빨간색 벨벳 좌석이 있는 호텔의 호화로운 극장에서 제임스 본드 시리즈인 〈007 황금총을 가진 사나이〉와 같은 영국 영화도 감상했다. 겉으로 보기에 아홉 살 때의 내 삶은 마법과도 같았지만, 표면 아래로는 공포가 도사리고 있었다. 나는 매주 수학 선생님이 우리 스위트룸에 들어올 시간이 되면 누가 배를 쥐어짜는 듯 몸이 아팠다. 선생님이 들어와 경쾌하고 큰 목소리로 어머니에게 인사를 건네면, 어머니는 옆에 있는 본인 방으로 들어갔다.

선생님은 두툼한 손가락으로 여린 피부의 내 팔을 힘주어 잡으며 선선하고 어두운 호텔 방 안에서 그의 품으로 날 끌어당겼다. "이리 와, 우리 예쁜이!"

나는 담배 냄새가 밴 숨결을 피하려고 그의 무릎 위에서 몸을 비틀며 절박하게 공기를 들이마셨다.

조금 전까지만 해도 나는 발코니에 앉아 햇살을 받으며 수학 숙제에 열중하고 있었다. 방에서는 큰언니가 숙제 검사를 받고 있었다. 하지만 이제 내 차례였다. 호텔의 알록달록한 정원이 보이는 발코니에서 방까지 최대한 천천히 걸어갔다. 미닫이문이 닫히자마자 그가 나를 끌어안았다.

무릎에서 벗어나려고 애썼지만 다리 사이에 꽉 붙잡혔다. 나는 숨을 참았다.

"이 귀엽고 깜찍한 것!" 하며 그는 내 목과 볼 위로 소리 내어 입을 맞췄다.

나는 최대한 고개를 돌렸다. 하지만 어느 순간 그의 입술이 내 입술에 닿았다. 토하고 싶었지만 울지는 않았다.

"가만히 좀 있어! 착한 아이는 그러는 거야." 달래듯이 말했다. 나를 감싼 두 팔이 벗어날 수 없는 감옥 같았다.

나는 고개를 숙인 채 가만히 있었다. 그렇게 있으면 지루해서 그만둘 줄 알았다.

하지만 그는 한 손으로 내 두 손을 잡고, 다른 손을 내 속옷 안으로 넣어 체모가 나지 않은 음순을 벌렸다. 그리고 발기된 성기를 내 엉덩이에 비벼대며 신음했다. 나는 그 순간들을 대부분 머릿속에서 지운 것 같다. 그다음 기억 속에서는 다시 발코니에 앉아 호텔 정원의 다홍색 꽃들을 보고 있었다.

아버지가 교통사고를 당한 날에도 나보다 나이 많은 그 아이가 날 건드리면 안 된다는 걸 알고 있었다. 내가 뭔가 잘못했단 걸 알고 있었다. 하지만 어머니에게 아무 말도 할 수 없었다. 말 잘 듣는 착한 아이에게는 아무 일 없을 거라고 우리 자매들에게 거듭 강조했기 때문이다. 한국 여자아이답게 얌전히. 나는 수학 교사의 추행이 내 탓이라고 자책

했다. 나는 착한 아이가 아니었다. 남자아이, 그리고 성인 남성까지 내게 손을 대게 했으니까.

퀸엘리자베스 국립공원이었는지 머치슨폭포 국립공원이었는지 확실하지 않지만, 언젠가 한번은 사파리에서 끔찍한 광경을 목격했다. 느긋하고 화창한 오후, 나는 거대한 호수의 배 위에서 아른거리는 수면에 반사되어 사방으로 반짝이는 햇살을 감상하고 있었다. 그 물 안으로는 아무것도 들어갈 수 없을 것 같았다. 나는 배의 난간 위에 팔을 걸치고 머리를 묻었다. 고요한 물을 넋 놓고 바라보다 나를 달래는 듯한 따스한 온기에 잠이 들 뻔했다. 갑자기 악어 한 마리가 물에서 불쑥 솟아오르더니, 하품을 하듯 입을 크게 벌렸다가 잽싸게 닫았다. 주변에서 놀라는 함성이 터져 나왔다. 나는 난간에서 몸을 일으켰지만 이 광경에서 눈을 뗄 수가 없었다. 물가에 있던 분홍빛 플라밍고 한 무리가 새된 소리를 내며 하늘을 향해 날개를 퍼덕여 날아올랐다. 그 아래로는 공격에 성공한 악어가 수면 아래로 사라지며 휘저은 물이 요동쳤고, 잠잠해진 후에도 흩뿌려진 피로 붉게 물들어 있었다. 머리 위로는 구름이 몰려들며 태양을 가렸다.

그런 난폭함은 절대 없었다고 숨기듯 물이 악어를 삼킨 그날, 나도 같은 방식으로 수치심을 삼켰다. 쉰 살이 될 때까지 내게 일어났던 일을 인정하지 않은 채 내면에 가두었다. 인정하지 않으면 괜찮아질 줄 알았다. 다시 '착한 아이'

가 될 수 있을 줄 알았다. 내가 착한 아이면 부모님도 싸우지 않고, 어머니도 행복해지고, 나는 두려움 없이 햇살 속에 앉아 있어도 될 테니까. 착한 아이라는 흐름을 이어가려면 침묵을 지켜야 한다는 뜻임을 그때는 알지 못했다. 표면의 거짓을 유지하려면 그 아래 놓인 것을 부정하는 법을 배워야 함을 알지 못했다.

하지만 나는 그 물 아래 무엇이 있는지 알고 있었다. 가장 고요하고 평온한 물 밑에 위험한 어둠이 도사리고 있음을 알고 있었다. 앞으로는 수면 밑의 악어를 보지 않으리란 것도 알고 있었다. 플라밍고를 볼 때마다 피 묻은 모습이 떠오르는 것을 어찌할 수 없었다.

친절한 행위는 헛되지 않다

시에라 로드리게스는 제멋대로였다.

개인적으로 받아들일 일은 아니었다. 시에라는 모두에게 그랬다. 제임스 올레스키 박사님을 제외하고. 박사님의 환자는 절대 박사님께 제멋대로 행동하지 않았다. 환자 대부분이 어린이여서가 아니라, 올레스키 박사님은 제멋대로에 화 많은 십대들마저도 누그러들게 하는, 뭐라 말할 수 없는 분위기를 지니고 있어서였다. 성인군자여서, 하는 이들도 있었지만 그분의 깊이 있는 친절함에는 열네 살 시에라까지 무장을 해제할 수밖에 없었다.

나는 시에라의 병실 문을 두드리고 대답을 듣기도 전에 들어갔다. 시에라는 침대를 세워 기대앉은 채 내게 등을 돌리고 있었다. 아침이었지만 블라인드가 창문을 빈틈없이 가렸고 형광등도 꺼져 있어 병실은 어둠 속이었다.

나는 소리 없이 한숨을 내쉬었다. "좋은 아침이야, 시에라."

시에라는 대답을 거부했다.

"심장이랑 폐 소리 좀 들을게, 알았지?" 달래듯이 말했다.

시에라는 움직이기도 거부했다.

단호하게 침대로 다가갔지만 손을 대기는 망설여졌다.

시에라가 사납게 외쳤다. "나가요!"

"시에라, 나는 널 진찰해야 해. 내가 이래 봬도 네 의사잖아." 고작 의대생에 불과했지만 목소리에 권위를 담아보려고 했다. 하지만 내 목소리에는 확신이 없었다.

시에라가 다시 소리를 질렀다. "나가라고요!"

"진찰을……."

"나가요!"

나는 병실에서 나왔다. 아무리 아이일 뿐이고, HIV에 감염된 아이라지만, 시에라 로드리게스가 싫었다.

7개월 후의 어느 날 밤까지는 그랬다.

그날 새벽 2시, 의대 4년 차였던 나는 소아청소년과 당직 인턴이었다. 로타바이러스의 또 다른 희생자가 되어 설사와 탈수에 시달리는 6개월 영아의 입원 기록을 작성하던 중, 갑자기 나타나 옆자리에 앉는 동기 의대생을 보고 깜짝 놀랐다.

"제리, 여기서 뭐 해?"

수척한 얼굴과 눈앞을 가리고 있는 헝클어진 검은 머리로 보아, 꽤 오랜 시간 울었다는 것을 짐작할 수 있었다.

"괜찮아?"

대답이 없었다. 제리는 우리 과에서 종종 놀림거리가 되던 실없는 친구였다. 동기들이 잔인하게 놀려도 사람 좋은 미소나 농담으로 받아치곤 했다.

"무슨 일이야?"

"시에라가 죽어가는데 나는……." 제리가 눈을 질끈 감자 눈물이 또 왈칵 쏟아졌다.

나는 카운터에 있던 티슈 상자를 건넸다. 간호사들은 지시에 따라 담당 환자들의 활력징후를 확인하러 가서 간호사 스테이션은 텅 비어 있었다. 환자 기록에서 지시 사항을 확인하거나 서류를 처리하는 소아청소년과 담당 직원은 다른 볼일이 있어 자리를 비웠다. 나는 환한 조명 한가운데서 제리가 울음을 그치기를 기다렸다.

"괜찮아, 괜찮아." 슬퍼하는 제리에게 뻔한 위로를 건넸다.

"시에라가 죽어가는데 할 수 있는 게 없어. 걔 겨우 열네 살이야." 눈물이 폭포처럼 뺨을 타고 흘렀다.

"알지, 제리. 나도 알아."

시에라의 에이즈는 걷잡을 수 없이 진행되었다. HIV 감염 사실이 확인된 건 폐렴 증세로 입원했다가 일반적인 항생제 치료에 차도를 보이지 않았을 때였다. 관을 통해 산소를 주입해야 해서 소아청소년과 집중치료실에서 호흡기를 달고 있다가, 폐에서 채취해 배양한 검체에서 주폐포자충이 발견되자 올레스키 박사님이 담당하게 되었다. 주폐포자충 폐렴(PCP)이었다. 시에라는 첫 PCP 발병에서 회복했지만 재발하는 폐렴과 계속되는 체중감소, 심각한 영양부족으로 입원을 반복했다. 그리고 이제 죽어가고 있었다.

제리는 나를 쳐다보았다. "내가 시에라를 처음 만났을 때 시에라가 어떠했는지 알아?"

나는 고개를 저었다.

"소리를 지르면서 나가라고 했어."

"나한테도 소리 질렀어." 내가 말했다.

"그래도 안 나가고 계속 이야기했어. 무시하려고 하더라. 난 매일 찾아갔어. 난 볼수록 정드는 타입이라고 말해줬지." 장난스러운 함박웃음이 보였다. 내가 아는 제리의 모습이었다. "근데 어느 날 내 말에 대꾸를 해주는 거야. 생각도 못 했는데. 실은 말이야, 난 십대 애들 좋아해."

"난 못 견디겠던데." 내가 말했다. "예의도 모르고 늘 버릇없이 쏘아대기나 하고."

"그건 네가 한국 사람이라서 그래. 어른 존중하는 법 같은 걸 배우면서 자라잖아. 너는 부모님께 말대꾸도 안 해봤겠지? 나는 부모님과 매일 다퉈." 제리가 말했다.

"난 부모님과 다퉈본 적이 단 한 번도 없어." 새침한 표정을 지으며 내가 말했다. 당시 나는 본받아야 할 모범적 소수집단인 '한국인'의 전형임에 자부심을 느꼈다. 그리고 어렸을 때는 부모님의 의견에 반대한다는 개념 자체를 이해하지 못했다. 큰언니가 말을 듣지 않았을 때 어떻게 됐는지도 보았다. 회초리였다.

제리가 웃었다. "그럼 시에라를 보고 충격받았겠네. 내가 지금까지 만난 다른 십대들보다 두 배는 더 공격적이야. 아주 독종이지. 근데 그럴 수밖에 없었어. 그게 유일한 생존 방법이었으니까."

"너는 그런 걸 어떻게 다 알아?"

"작년에 처음 만났어. 입원하면 항상 찾아가고." 제리가 갑자기 침묵했다. "시에라가 어쩌다가 에이즈에 걸렸는지 알아?"

나는 고개를 저었다.

"아버지에게 강간당했어."

나는 머리를 뒤로 젖혔다.

"그 자식이 HIV 감염자였거든. 남동생은 아기였을 때 양성 판정을 받았어. 나중에 시에라 어머니도 검사를 받았고. 시에라는 몇 년 후에야 받았어. 아버지가 한 짓을 누구에게도 말하지 않았으니까. 어머니가 세상을 떠났을 때는 아동보호국이 동생을 절대로 못 데려가게 했대. 동생은 몇 달 전에 죽었어."

나는 탁자를 응시했다. 몸이 굳어졌다. 울지 마, 울지 마, 울면 안 돼.

시에라가 성적 학대를 당했다는 사실에 나의 본능이 반응했다. 의사 생활 내내 성적으로 학대당한 아이의 사연을 들을 때마다 같은 반응이었다. 몸이 얼어붙고 숨이 막혔다. 아홉 살 때처럼 공포가 나를 덮쳤다. 머리로는 거부해도 몸은 당시의 충격을 기억하고 있음을 그때는 알지 못했다.

"시에라도 그때부터 의지를 잃었어." 제리가 말했다. "아버지—그 아이 표현으로는 '그 망할 놈의 인간'—보다 오래 살겠다고 내게 장담했었는데. 어느 마약 소굴에서 죽어가고 있다고 무척 고소해했거든. 근데 동생이 죽고 나서는 포기했지."

나는 제임스 올레스키 박사님을 직접 만나기 전부터 그분에 관해 익히 들어 알고 있었다. 신문 기사에서는 에이즈에 걸린 아기와 어린이를 치료하는 성인聖人으로 그분을 추대했고, 동유럽 어느 작은 공국의 공주는 올레스키 박사님의 소아에이즈 연구에 써달라며 10만 달러 이상의 금액을 기부하기도 했다. HIV에 감염된 입양아의 치료를 올레스키 박사님께 맡기려고 뉴올리언스에서 뉴어크까지 스물아홉 시간 동안 기차를 타고 온 위탁모도 있었다. 그분도 나처럼 텔레비전 방영용으로 제작된, 올레스키 박사님의 일대기를 다룬 영화 〈가장 작은 피해자들The Littlest Victims〉을 봤다고 했다. 올레스키 역할은 배우 팀 매더슨이 맡았다. 나는 두 사람이 닮았겠다고 짐작했다.

의대 3학년 시절 올레스키 박사님을 실제로 만났을 때에는 그분의 외모에 놀랐다. 산타 할아버지 같은 통통한 체구와 그에 어울리는 부스스한 흰머리까지. 그리 많지 않은 중년의 나이에도 불구하고 말이다. 턱수염은 없었지만 검은색의 큰 뿔테 안경을 쓰고 계셨다. 그렇게 친절한 눈은 지금까지도 본 적이 없다. 나는 진료 과목을 결정하는 시기인 의대 3학년 때 소아청소년과 실습에서 올레스키 박사님을 담당 교수로 만난 게 예상치 못한 행운이라고 생각했다. 돌이켜보니 그건 운명이었다.

에이즈 유행 초창기에 아이들의 감염 경로는 주로 엄마에게서 아기로, 태반을 통한 전염이었다. HIV를 낫게 할 해결책은 존재하지 않았고 치료 방법도 태부족이었다. 아이들이 크게 고통받는 이유가 태반을 통한 HIV 감염이라는 올레스키의 의견이 처음으로 발표되자, 미국에서 가장 권위 있는 연구 기관인 국립보건원(NIH)을 포함한 여러 과학자의 반응은 간단히 말해서 '미쳤다'였다. HIV와 에이즈는 한 사람에게 낙인을 찍는 질병이었다. 동성애자와 약물중

독자의 전염병으로 여겨지는 병이 아이들에게도 옮는다니, 에이즈 유행의 초기 몇 년간은 그런 의견을 낸다는 것 자체가 신성모독에 버금가는 행위였다. 올레스키 박사님의 경력도 끝날 뻔했다.

하지만 박사님은 억울한 기색 없이 당시의 이야기를 들려주셨다. "그만 포기하라고 했어. 계속했다간 의사 경력 끝장난다고 하는 사람이 한둘이 아니었지." 하지만 올레스키는 포기하지 않았다. 본인의 이론을 뒷받침할 자료를 신중하게 수집해 논문으로 발표했다. 정치적 의도나 대중의 편견에 구애받지 않고 소아에이즈 연구와 치료법을 개척한 선구자였다.

올레스키는 미국에서 에이즈 유행이 한창일 당시 명성을 떨쳤음에도, 대학병원 사무실의 미로 속에서 다른 명패들과 딱히 구분되지 않는 단순한 명패를 문에 달고 있는 의사였다. 회청색 명패 위 유일한 장식이라곤 흰 종이 위에 그려진 검은색 나무 모양과 이솝의 격언이 전부였다. "친절한 행위는 아무리 작은 것이라도 헛되지 않다." 처음에는 진부하다고 생각했다. 하지만 올레스키 박사님을 알아가면서, 그 말을 진심으로 믿는 분임을 눈으로 보았다. 그 말이 얼마나 정확한지를.

1991년 7월, 나는 의대 4학년이었고 선택과목으로 올레스키 박사님의 소아감염병 수업을 들었다. 나와 마음이 잘

맞으면서도 합리적인 성격의 2년 차 레지던트 마리아와 함께 박사님 가까이서 감염병 치료 업무를 돕게 되었다. 근무 중에는 빠짐없이 회진을 했고, 주말에도 마찬가지였다. HIV에 감염된 아이가 어린이병원에 입원하는 아이의 절반은 되는 듯했다. 각각 일곱 살, 열 살이었던 혈우병환자 카를로스와 이노센시오 형제는 오염된 혈액으로 인해 HIV에 감염되었다. 6개월 난 아기 타마르는 PCP와 에이즈로 산소텐트 안에서 힘든 시간을 보내고 있었고, 고통스럽게 호흡할 때마다 갈비뼈와 목 근육이 팽팽히 당겨졌다.

감염 병동은 본질적으로 끔찍한 곳이었지만, 암울하지만은 않았다. 올레스키 박사님은 일상 이야기와 환자 이야기로 우리에게 종종 웃음을 주었다. "에모리대학교에서 소아감염병 전임의로 있을 때, 난 내가 꽤 똑똑한 줄 알았어"라며 이야기를 시작하셨다. "온몸에 병변이 발생한 아이가 있었는데, 막 생기기 시작한 단계여서 혹시 수두 환자로 격리해야 하는지 간호사들이 묻더라고. 나는 진찰해보고 물사마귀 증상이라 결론 내렸지. 다들 내 실력에 놀랐어." 박사님은 미소 지으며 이야기를 잠시 멈추었다. "다음 날이 되자 병변 부위에 물집이 생기고 진물이 흐르기 시작했어. 수두였던 거야. 간호사들이 나한테 어찌나 화를 내던지."

올레스키 박사님은 에이즈에 걸린 십대 소년 환자의 이야기도 들려주었다. 에티엔은 PCP에서 회복했지만 위장관

운동장애로 영양분을 흡수하지 못하고 식욕도 없어서 몹시 힘들어했다. 그래서 기력 소진을 막기 위해 영양실조를 관리할 수 있는 만성질환 치료 시설로 옮겨졌다. "매주 찾아가서 내가 제일 좋아하는 햄과 달걀, 치즈샌드위치를 줬어. 나는 몇 입이면 다 먹는데, 에티엔은 하나를 다 먹기까지 한 시간이 걸리는 거야. 한 입 먹을 때마다 보는 나도 고통스러웠어." 올레스키 박사님이 미소 지었다. 이따금 호출기를 엿보면서 한숨을 참는 올레스키 박사님의 모습을 상상하니 웃음이 났다. 그리고 에티엔과 박사님이 함께 앉아 있는 장면을 떠올리자 울고 싶어졌다.

어느 날, 나는 박사님의 일대기가 영화화된 사연을 물었다.

"처음에 그 제안을 받았을 때는 거절했어." 박사님이 말했다.

"왜요?" 내가 물었다.

답변은 겸손했다. "적절한 처신이 아닌 것 같았어. 아내와 아이들이 어떻게 생각할지도 몰랐고."

"그런데 왜 마음을 바꾸셨어요?"

"우리 HIV 진료소에 사회복지사 근무를 지원해주겠다지 뭐야. 그건 거절할 수 없었지."

1992년, 의대 졸업을 몇 달 앞두고 나는 올레스키 박사님의 HIV/에이즈 연구 발표회에 참석했다. 화면에 나타난 자료 사진 중 하나는 1미터도 넘게 쌓인 서류들로 가득한 박사님의 책상이었다. 박사님과 연구진이 지원금 신청을 목적으로 준비했으나 NIH에서 승인하지 않은 서류들이라고 했다. 나는 올레스키 박사님의 집요함에 놀랐다. 나였으면 진작 포기했을 텐데.

올레스키 박사님은 정말이지 대단한 사람이었다. 그렇게 많은 난관에도, HIV에 감염되어 에이즈로 죽어가는 어린이들을 위해 고단한 노력을 아끼지 않았다. 그 과정에서 인내와 친절도 잊지 않았다. 슬픔이 절망이나 괴로움으로 굳어버리는 것도 용납하지 않았다. 그 아이들을 돕기 위해 본인이 할 수 있는 최선을 다했고, 포기하길 거부했다. 하지만 소소한 승리는 마음껏 즐겼다. 꾸준히 줄어들던 한 환자의 체중이 몇백 그램 증가했을 때나, 땀이 머리를 흠뻑 적시고 윗입술에 맺힐 만큼 열이 치솟던 아이의 체온이 내려갔을 때나, 혀가 온통 허옇게 뒤덮였던 아이의 입 속에 난 염증 증상이 가라앉았을 때 그랬다. 작은 변화지만 호전의 징표임을 알았기 때문이다. 자잘하고 힘겹지만, 그래도 용감한 승리였다. 박사님은 꼭 치료와 완치만이 의사가 할 일의 전부는 아니란 것을 알고 있었다. 때로는 환자들 삶의 증인이 되어 그 삶이 얼마나 중요한지 알게 해주는 것이 우리의 의무라고 생각했다. 그리고 가끔은 환자들이 우리에게 귀중한 삶의 교훈을 주기도 함을 박사님은 알고 있었다.

나와 시에라 로드리게스도 그런 경우였다. 비록 나는 어렸을 때 겪은 일을 인정하길 거부했지만, 시에라와 시에라의 용기에 본능적으로 깊은 존경심을 느꼈다. 시에라는 울부짖고, 몸부림치고, 침묵하길 거부하며, 자기 몸에 가해진 폭력의 고통과 슬픔을 분출하고 있었다. 시에라의 분노는 자신을 지키려는 극단적인 행동이었다. '착한 아이'가 아니어도 개의치 않았다.

누구의 말도 듣지 않는 시에라에게 남은 단 한 명의 중요한 사람은 올레스키 박사님이었다. 레지던트와 의대생 들이 함께하는 회진 때 박사님이 병실에 들어서면 시에라는 자는 척하지 않았다. 박사님 곁의 우리는 무시했지만, 박사님에게는 웃기도 하고 칭찬받고 싶어 했다. 박사님도 시에라와 농담을 주고받고, 이야기도 들어주고, 고통의 호소에 귀 기울였다. 시에라에게 이 세상이 조금은 덜 외로운 곳이라 느끼게 해주었다. 지금 생각하면 시에라에게서 내 모습이 보인다. 박사님 곁에서 얼마나 활짝 피어났던가. 상처 입은 소녀들에게 완벽한 아버지상이었다. 소아청소년과 회진 때 올레스키 박사님은 내 환자 평가와 치료 계획을 칭찬했다. 그분의 인정은 빛처럼 나를 밝혔다. 좋은 의사가 될 수 있을 것 같았고, 의대에 진학하길 잘했다고 생각했다.

올레스키 박사님은 균형을 잃지 않았다. 삶이 버겁게 느껴질지라도 재미를 찾아야 한다고 항상 웃으며 주변의 모두를 격려했다. 또 한 명의 아이가 에이즈로 사망해 장례식에 참석할 때면 수심에 잠기곤 했지만, 그래도 그 아이를 알았던 모두에게 다정하고 너그럽게 대했다. 장례식이 조문객에게 얼마나 큰 위안이 되는지도 자주 말씀하셨다. 아름다움과 기쁨은 슬픔과 비애와 같은 영역에 있었다.

1992년 그날, 올레스키 박사님은 이야기를 하나 들려주며 발표를 마무리했다. 정장 차림에 검은 뿔테 안경을 쓰고, 손을 주머니에 꽂은 채 청중을 바라보았다.

"세찬 폭풍이 지나고, 수천 마리의 불가사리가 해변으로 밀려왔습니다. 한 남자가 그 해변을 걷고 있었어요. 그 사람은 불가사리 한 마리를 잡아 바다로 던졌습니다. 그리고 그 행동을 쉬지 않고 반복했죠. 이를 보고 있던 한 소녀가 남자에게 물었습니다. '왜 이런 행동을 하세요? 어차피 다 구할 수 없잖아요. 그래봤자 의미 없는 일이에요.'"

올레스키는 잠시 말을 멈추었다.

"남자는 불가사리를 또 한 마리 잡아서 바다로 던졌습니다. 소녀에게 이렇게 말하면서요. '이 불가사리에게는 의미 있는 일이야.'"

나는 올레스키 박사님이 그날 들려준 이 우화를 아직도 기억한다. 당시에는 그게 본인의 일을 두고 하는 말이라 생각했다. 에이즈 폭풍이 몰아친 후 HIV에 감염된 어린이들은 불가사리처럼 약한 존재지만, 의사로서 그 아이들을 살리기 위해 최선의 노력을 다하는 것이 우리의 의무라고 말이다. 그리고 좀 더 넓게 해석한다면 모든 환자를 불가사리에 비유했다고 생각했다. 모든 환자를 도울 수도, 모든 환자의 삶을 바꿀 수도 없지만 노력해야 한다고. 친절한 행위는 결코 헛되지 않으니까.

지금은 생각이 달라졌다. 훨씬 더 많은 의미가 담긴 이야기였다. 우리가 살면서 만나는 모든 폭풍의 여파에 관한 이야기였다. 우리가 할 수 있는 일은 다시 일어서서 나아가는 것뿐이다.

내가 소아청소년과 의사가 된 이유는 올레스키 박사님이었다. 어리고 이상주의적이었던 그때의 나는 좋은 의사가 되려면 그분처럼 '성인'이 되어야 하는 줄 알았다. 그만큼 할 수 있다는 희망은 없었다. 이 세상에 올레스키 같은 사람은 많지 않다. 그래도 그분이 내게 가르치려고 했던 용기와 친절에 관한 교훈은 따를 수 있었을 것이다. 균형과 관점을 유지하려고 노력은 할 수 있었을 것이다. 그렇지만 사회의 무관심과 질병이 아이들에게 준 영향을 보고 내 환상은 깨졌다. 그 아이들을 돕고 싶은 내 마음과는 다르게, 점점 줄어만 가는 한정적인 자원 앞에서 속수무책일 수밖에 없는 현실을 받아들이기 어려웠다. 질병으로 죽어가는 도시 빈민가 아이들은 누구의 관심도 받지 못했다.

세월이 흐르면서 올레스키 박사님에게 실망을 안겼다는 생각에 두렵기도 했다. 나는 원래 일반 소아청소년과 레지던트를 마치고 뉴어크로 돌아가서 박사님과 함께 알레르기와 면역학, 감염병 전임의로 일할 계획이었다. 그분 밑에서 HIV/에이즈 환아들을 도울 계획이었다. 하지만 나는 결혼을 하고, 아이들을 낳고, HIV 전문 감염병 학자가 아닌 일반 소아청소년과 의사가 되었다. 전일제에서 시간제로 바꿨다가, 결국 의사 일 자체를 그만두었다. 그동안 올레스키 박사님에게 내 선택을 정당화하는 내용의 편지를 여러 통 작성하고도 보내지 않았다. 나를 질책하지는 않으셨겠지만, 마음 깊이 실망하셨으리라 생각한 탓이었다.

하지만 그 생각에 조금씩 의심이 들었다. 친절의 힘을 굳게 믿는 올레스키 박사님 같은 분이라면 쉽게 판단하실 리 없었다. 의사로서 실패했다고 실망하기보다는 글쓰기로 기쁨을 느끼는지 물으실 분이었다. 인생이 우리를 어디로 데려가는지는 도착하기 전까지 알 수 없음을 이해하실 분이었다. 그 옛날, 올레스키 박사님이 내게 가르치려 했던 사랑과 용기의 교훈을 귀담아들었다면 얼마나 좋았을까.

그리고 죽어가는 시에라를 걱정하며 제리와 이야기를 나

누던 그날 밤으로 돌아갈 수 있다면. 시에라의 호흡이 느려질 때, 그 아이의 병실에 갔더라면. 그럴 수 있다면 엄마와 남동생을 만날 수 있으니 이 세상을 떠나도 괜찮다고 말해주고 싶다. 용맹한 전사에게도 휴식이 필요하다고 말해주고 싶다. 시에라가 병들고 피폐해진 몸을 벗어나 병실 문을 열고 걸어 나갔다고 믿고 싶다.

호흡곤란

어린이병원에는 매년 크리스마스가 다가올 때면 모두 두려워하면서도 반기는 관례가 있었다. 레지던트들은 크리스마스나 새해 첫날을 쉴 수 있는 대신, 쉬지 않는 날에는 스물네 시간 근무와 스물네 시간 비번이라는 잔인한 일정을 소화해야 했다. 하지만 실제로는 스물여섯 시간이나 스물일곱 시간쯤 한숨도 자지 않고 근무한 후 다시 병원에 돌아와 마라톤처럼 업무를 이어가기까지, 지친 몸을 이끌고 집에 돌아가서 샤워하고 밥 먹고 겨우 몇 시간 잘 수 있는 시간이 주어질 뿐이었다. 항상 켜져 있는 형광등 조명에 낮과 밤을 구분할 판단력도 흐려졌고, 어차피 자연광 없는 병실에서 주로 일하다 보니 그런 건 중요하지도 않았다. 레지던트들이 절반으로 나뉘어 각각 크리스마스와 새해 첫날 쉬다 보니, 한쪽이 없는 동안 다른 쪽이 스물네 시간 근무와 스물네 시간 비번 일정을 나누어 맡아야 했다. 그래서 크리스마스와 새해로 이어지는 연휴 동안 병원에 실제로 상주하는 레지던트는 총인원의 4분의 1에 불과했다. 병원을 움직이는 최소한의 뼈대였다.

아이러니하게도 어린이병원에는 휴일에 입원환자가 물밀듯 밀려든다. 어느 해는 3년 차 레지던트인 나와 내 동기가 병원 하루 최대 입원 기록을 경신했다. 1년 차 레지던트 넷과 이들을 통솔하는 레지던트 둘로 구성된 두 팀이 크리스마스 다음 날 60명 어린이의 입원을 처리한 것이다. 내가 알기로 그 기록은 여전히 깨지지 않았다. 나는 밤낮을 가리지 않고 이 병실에서 저 병실로, 소아병동에서 응급실로, 간호사 스테이션으로, 처치실로, 그리고 다시 다른 병실과 환아 사이를 오갔다. 그다음 날 아침이면 움직이지도 못할 만큼 지친 몸으로 구내식당에 앉아, 집까지 운전하는 동안 깨어 있을 수 있을지 걱정했다.

의사로서의 부담과 피로에 파묻힌 레지던트 첫해에는 간신히 버티다가 크리스마스 근무 일정에 무너질 뻔했다. 소아청소년과 일반 병동 처치실 바닥에 주저앉아 진료대에 등을 기대어, 무릎에 팔꿈치를 올린 채 손으로 머리를 감싸고 울음을 그치지 못했다. 수액을 맞아야 하는 젖먹이 아기에게 정맥주사를 놓으려 하는데 도저히 할 수가 없었다. 바늘로 어찌나 찔러댔는지, 아기는 바늘꽂이와 같은 꼴이 되어 팔과 다리에 온통 빨간 점이 생기고 피부에 멍이 들어 있었다. 담당 간호사는 아기를 다시 병실로 데려갈 채비를 했고, 나는 내가 만든 난장판을 정리해야 했다. 낭비된 바늘과 거즈, 주사기와 반창고가 널브러져 보란 듯이 내 실패를 상기시켜주었다. 처음에는 눈물 한 방울이었다. 그런데 조금 전까지만 해도 서 있었던 내가 어느 순간 바닥에 앉아 있었다. 눈물과 콧물을 들이마시고 삼키는 소리를 막으려고 두 손으로 입을 막았지만, 손가락 사이로 진득한 액체와 눈물이 비어져 나왔다. 간호사와 참관 의대생은 처치실에 없었다. 진짜 싫다라고 생각했다. 난 의사로서 소질이 없어. 병원 문 밖으로 걸어 나가 다시는 돌아오고 싶지 않았다. 하지만 수만 달러의 학자금대출이 남아 있었다. 그리고 이거 말고 달리 할 수 있는 일도 없었다. 의대에서는 의사 되는 법만 가르쳐주었다. 그뿐이었다.

부모님은 우리 자매들에게 말하곤 했다. 한국에서는 여자들이 누릴 수 없는 기회를 주기 위해 미국에 왔다고. 하지만 한국에서 의대를 졸업한 아버지는 미국에서 레지던트 과정을 다시 밟아야 했다. 레지던트 실습 자격을 얻으려면 우선 해외의대졸업생 교육인증위원회(ECFMG)에서 주관하는 시험을 치러야 했다. 미국 의대 졸업생들이 치르는 국가자격 시험보다 일부러 어렵게 출제되는 시험이어서 다른

이들은 훨씬 더 오래 걸리거나 결국 성공하지 못했지만, 아버지는 단 2년 만에 합격했다. 그리고 마흔셋에 뉴욕의 한 병원에서 주당 100시간 근무하는 레지던트 실습을 시작했다. 우리 여섯 식구는 뉴저지 링컨터널 부근으로 이사했고, 라틴계 이민노동자들이 주로 거주하는 건물의 방 두 개짜리 집에 살게 되었다. 우리 네 자매가 함께 쓰던 방에서는 허드슨강 건너편의 엠파이어스테이트빌딩이 보였다. 나는 학부에서 약학을 전공했다. 의대 진학 예비 단계로는 약리학과 유기화학 전공이 탁월한 선택이라는 아버지의 단호함에 군말 없이 응한 고분고분한 딸이었다. 몰래 셰익스피어 수업과 18세기 영국 소설 수업을 들으며, 가끔은 영문학 박사과정을 밟는 꿈을 꾸기도 했다.

내 위로 언니가 둘 있었지만 가족 중 의사가 된 건 나뿐이었다. 내 생각에도 난 '시키는 대로 한 바보'였다. 아들이 없는 아버지는 네 딸 중 하나는 의사가 되어야 한다고 강조했다.

내가 의대에 합격한 날은 어머니의 손이 내게 닿은 드문 날 중 하나였다. 작은 발에 하이힐을 신은 어머니는 튼실한 팔을 뻗어 나를 안았다. 어머니 볼의 부드러운 살결이 내 목에 닿았고, 에스티로더 향수 냄새가 코끝에 남았다.

"예쁜 데다 똑똑하기까지 하구나."

어머니가 내게 똑똑하다고 하는 경우는 별로 없었지만,

학교에서 좋은 성적을 받으면 책이나 사탕, 롤러스케이트 등이 보상으로 주어졌다. 그래도 내게 예쁘다고 한 적은 한 번도 없었다. 같은 날, 값비싼 식당에서 저녁 식사를 하며 축하하고 난 뒤 주차장으로 걸어갈 때, 아버지는 내가 자랑스럽다고 했다. 늘 내 행동의 잘못을 지적하기에 바빴던 아버지였기에 나는 그 칭찬에 깜짝 놀랐다. 술기운에 붉어진 얼굴로 미소를 지으며 아버지는 손을 뻗어 내 등을 두드렸다. 아버지도 어머니처럼 신체적으로 감정 표현을 하는 사람이 아니었다. 예상조차 못 한 갑작스러운 손길이었다. 아버지의 길고 가느다란 손가락이 내 어깨를 누르던 느낌은 절대 잊지 못할 것이다.

의대를 그만두고 싶은 마음이 절실할 때마다—자주 있는 일이었다. 특히 육안해부학 시간에 의료용 톱으로 해부용 시신의 두개골을 열어 뇌를 절개해야 할 때는 더욱—그날 나를 바라보던 부모님의 눈빛이 앞을 막아섰다. 두 분이 간절히 소원하던 장손은 될 수 없었지만, 바라는 대로 의사는 될 수 있었다. 나는 날카로운 금속의 회전에 뼈가 타는 매캐한 냄새가 비강을 공격할 때마다 토하지 않으려고 안간힘을 썼다. 시신으로 가득한 스테인리스스틸 실험실에 들어설 때마다 포름알데히드와 살 썩는 냄새에 구역질이 났다. 그래도 무사히 졸업했다.

"괜찮아?" 선배 레지던트 올리비아가 처치실로 들어와 문을 닫았다.

나는 고개를 저었다. 입을 벌리고 숨을 헐떡이면서도 여전히 폐 속으로 충분한 공기를 넣지 못했다.

"왜 그래?" 나를 내려다보며 올리비아가 물었다.

"더는 못 하겠어요." 딸꾹질과 헐떡거림, 신음에 뭉개진 발음으로 내가 말했다.

"왜 이래, 정맥주사 못 놓은 게 오늘뿐이야? 앞으로도 많을걸. 피곤해서 머리가 안 돌아가는 거야. 나도 그랬어. 그래도 일어나야지."

올리비아를 쳐다볼 수가 없었다. 주체할 수 없을 만큼 몸이 떨렸고, 고개를 숙이고 있는데도 쏟아지는 눈물 때문에 리놀륨 바닥이 보이지 않았다.

올리비아가 내 옆에 앉았다. "힘든 거 알아. 더럽게 힘들지." 한숨을 내쉬며 말했다. "그래도 아이들에게 우리가 필요하니 힘내야 해" 하는 올리비아의 목소리는 나지막하면서 다급했다.

내가 다시 힘차게 일어나 하던 일을 계속하길 바란다는 걸 알고 있었지만, 죄책감도 통하지 않았다. 나는 완전히 풀어지고 말았다.

"그만 울고 일어나." 올리비아가 일어나서 내 팔을 잡아당겼다.

나는 몸이 이끌리는 대로 따랐다. 부드러운 비닐 표면을 팔꿈치와 손으로 누르며 진료대에 기대 웅크리자 울음도 조금씩 잦아들었다. 나는 올리비아를 바라보았다. 속눈썹에 달라붙은 끈적하고 짠 액체에 가려 파란색 수술복이 뿌옇게 보였다.

올리비아의 표정에 친절이 없지는 않았지만, 공감하는 표정도 아니었다. "다시는 이러면 안 돼. 간호사가 봤잖아. 의대생도 봤고. 금방 소문날 거야. 사람들이 능력 없는 레지던트로 본다고. 그래서 좋을 거 없어. 강하고 자신감 있게 행동해야 해."

나는 올리비아의 말을 절대 잊지 않았다. 나약한 모습을 보이면 분명 내게 불리하게 작용할 텐데, 그 정도로 자제력을 잃었다는 사실이 너무 부끄러워서 차라리 무관심의 갑옷 속에 나를 가두는 방식을 택했다. 가식이었지만 나를 지켜주리라고 생각했다. 난 어쨌거나 울음을 혐오하는 어머니 밑에서 자란 사람이기도 했다. 어머니는 우리 자매들이 울 때면 아기처럼 왜 우느냐며 비웃었다. 어머니 본인도 거의 울지 않았다. 울더라도 나중에는 그런 일이 전혀 없었던 듯 행동했다.

아버지도 눈물을 용납하지 않기는 마찬가지였다. 고등학교 2학년 때, 보건교사가 내게 척추측만증이 있다고 해서 불안한 마음으로 집에 돌아왔다. 문제가 생겼을까 봐 걱정된 마음에, 고통스러운 불안감 속에서 아버지의 퇴근을 기다렸다. 내 상태를 진찰한 아버지는 보건교사의 의견을 묵살하며 괜찮다고 했다. 나는 울음을 터뜨렸다. 아버지는 멸시하는 눈빛으로 나를 보았다. "애가 왜 그렇게 멍청하냐?"

처치실에서 무너지고 1년이 지난 어느 날, 나는 뒤꿈치에 체중을 싣고 서서 파란색 수술복 위로 팔짱을 끼고 입을 약간 벌린 채 서 있었다. 숫자들이 조금씩 줄어들다가 경고 수치가 깜빡이는 화면을 뚫어지게 바라보았다. 경고음이 끊이지 않고 맹렬하게 울렸다. 아이의 심장이 기능을 잃고 있었고, 신체의 다른 장기들도 하나씩 멈추고 있었다. 신장은 소변을 만들지 못했고, 간 효소 수치는 측정 가능 범위 이상이었으며, 호흡기에 연결된 폐도 유연성을 잃어갔다. 그리고 수많은 약물을 주입했음에도 이제는 심박수마저 떨어지고 있었다. 심장이 몇 번이나 멈췄는지, 그걸 몇 번이나 되살렸는지 셀 수도 없었다. 인두에 발생한 염증이 예상치 못한 방향으로 번져서 다발성장기부전으로 소아청소년과 집중치료실로 오게 된 이 일곱 살 소년은 죽어가고 있었다.

나는 뭐라도 바뀌길 기다리며 화면을 주시했다. 아무것도 바뀌지 않았다. 격리병실의 벽에 기대어 머리를 떨구고 눈을 감았다. 다시 눈을 떠보니 머리 선생이 울고 있었다. 담당 주치의인 머리는 한 시간 전 소년의 심장이 처음 멎었을 때 도착했다. 그때가 마치 까마득한 오래전 같았다. 2년 차 레지던트로 그날 밤 소아청소년과 집중치료실 당직이었던 나는 '관례'에 따라야 했고, 이는 소생술 시행을 의미했다.

"에피네프린 투여 중이고, 노르에피네프린도 투여했어요. 브레틸리움도요. 더 해야 할 일이 있나요?" 머리에게 물었다. 브레틸리움은 최후의 수단으로 쓰이는 약물이다.

"이제 그만해요." 머리가 말했다. 눈물이 그녀의 얼굴 위로 하염없이 쏟아지고 있었다.

나는 아무 대답도 하지 않았다.

"그만해야 해요." 머리가 말했다. 눈물을 닦아내지도, 울고 있음을 감추려는 그 어떤 시도도 하지 않았다.

나는 머리 선생을 보지 않으려고 했다. 주치의가 울고 있다니, 너무 당황스러웠다. 그런 행위는 규칙 위반 같았다. 소문날 거라고 했던 올리비아의 말이 떠올랐다. 주치의라면 자신감이 온몸에서 흘러넘쳐야 했다. 긴박한 상황에서는 침착하고 중심을 잃지 말아야 했다. 그런데 왜 우는 거지?

화면 속 숫자가 '0'이 되었다. 멈추지 않고 깜빡였다. 소아청소년과 집중치료실의 야간 간호사들이 격리병실의 입구로 몰려왔다. 호흡치료사와 레지던트 코드팀*도 충격에

* 병원 내 응급 상황 발생 시 환자에게 즉시 긴급 소생술을 시행하는 전담 이동 치료팀.

빠진 채 서 있었다.

머리가 돌아서서 우리에게 말했다. "모두 수고해주셔서 고맙습니다. 더는 할 수 있는 게 없어요. 이제 보호자가 오셔야 해요." 병실을 나설 때도 여전히 울고 있었다.

아이의 부모가 들어오자 모두 물러섰다. 어머니의 애끓는 절규가 간호사 스테이션까지 들렸다.

"괜찮으세요?" 눈이 퉁퉁 붓고 충혈된 간호사 한 명이 내게 물었다.

몇몇 간호사가 모여 서서 나직한 목소리로 대화를 나누며 서로의 어깨, 팔, 등을 토닥이고 있었다. 손으로 눈물을 훔치는 모습도 눈에 띄었다. 소년이 죽어가던 순간에 병실에 있던 간호사들도 아니었다. 그런데 왜 우는 거지?

"괜찮아요." 내가 대답했다.

사망진단서도 작성해야 했고, 정확한 사망 시각도 확인해야 했다. 발생한 일을 모두 정리한 문서도 작성해야 했다. 나는 흰색 카운터에 앉아 펜을 꽉 쥐고 환자 차트의 금속 집게 위로 머리를 숙였다.

내가 열 살 때 어머니가 울음을 터뜨린 적이 있었다. 아들을 낳지 못했으니 여자로서 실패했다고 내게 말했다. 딸만 낳았다고. 수치심에 휩싸여 어쩔 줄을 몰라 했다. 그 이후로는 어머니가 그렇게 가슴 아프게 우는 모습을 다시는 보지 못했다.

의대 재학 시절에는 처음이자 마지막으로 아버지가 우는 모습을 보았다. 아버지가 건강보험 사기로 18개월 형을 선고받고 복역 중이던, 최소 경비 시설의 연방 교도소로 자매들과 함께 면회를 갔을 때였다. 면회실은 삭막했고, 주황색 죄수복을 입은 아버지가 뿌연 유리 반대편에서 검은색 수화기를 들었다. 그런데 말을 할 수 없을 만큼 울기만 했다. 나는 아버지의 모습을 볼 수 있었다. 손으로 눈을 가린 채 어깨를 들썩이고, 입으로는 가쁘게 숨을 헐떡이던 모습을.

집중치료실에서의 그날을 생각하면, 병상에 누워 있던 소년과 미동도 없는 그 아이의 마른 몸, 점점 느려지기만 하는 심박수를 보여주던 화면, 가파르게 줄어들다가 0이 되어 깜빡이던 숫자, 그리고 눈물로 축축하게 젖어 번들거리던 머리 선생의 얼굴이 떠오른다. 전혀 그 사실을 숨기려 하지 않고, 마치 울어서 기쁘기라도 한 듯했다. 그게 바로 애도의 증거였다. 애도를 보류하거나 감추려 하면 처참한 대가를 치러야만 한다.

유리 파편

첫 장을 읽는 순간, 누군가 폐에서 공기를 쥐어짜는 듯했다. "원고 스티븐 쿤, 피고 헬레나 로와 어린이병원." 종이가 내 무릎 위로 흩어졌다.

수련 과정 3년째이자 마지막 해, 나는 지속 진료 기관*의 레지던트 전용실에 앉아 있었다. 어느 환자의 검사 결과를 기다리며 신혼여행 동안 쌓인 2주 치 우편물과 씨름하는 중이었다. 보통 때라면 레지던트의 우편함을 채우는 것들은 다가오는 그랜드 라운드** 일정을 알리는 병원의 주간 소식

* 미국 레지던트 과정에서, 일정 도하에 환자들과 관계를 형성 및 지속하기 위한 목적으로 정기적으로 출근하며 수련하는 일반 진료 기관.

** 의사들이 정기적으로 모여 입원환자의 상태를 논의하고 조언하는 자리.

지, 환자의 가족들이 남긴 연락요청서, 퇴원확인서 작성을 마칠 것을 당부하는 의무기록팀의 독촉장 등이다. 의료과실 고소장이 아니라.

나는 떨리는 손으로 고소장을 넘겼다. 문장의 파편들이 눈에 들어오긴 했지만, 방금 읽은 내용을 이해하지 못한 채 다음 줄로 넘어갈 뿐이었다. 내 머릿속에서 반복되는 단어라곤 어떡해, 어떡하면 좋아뿐이었다.

이건 기억난다. "스티븐 쿤의 모친이자 보호자 베티 쿤은 피고 헬레나 로와 어린이병원에 원고가 입은 중대한 피해의 책임을 물으며…… 육체적, 정신적 고통에 대한 보상으로 10만 달러를 지급할 것을 요청하는바……"

이 아이가 누구였지? 내가 뭘 어쨌는데?

나는 카운터 위에 팔꿈치를 올리고 손으로 머리를 움켜쥐었다. 속이 너무 뒤틀려서 토할 것만 같았다.

다른 레지던트 한 명이 들어왔다. "헬레나, 무슨 일 있어?"

"응?" 돌아서며 쳐다봤지만 눈의 초점은 흐렸다.

"무슨 일 있어?" 그는 큰 소리로 다급하게 물었다.

"나 고소당했어." 말하면서도 믿을 수 없다는 목소리였다.

"맙소사."

침묵이 흘렀다.

"법무팀의 루이즈에게 가봐. 챈 선생님께는 내가 말해줄게."

"아직 환자 보는 중이야." 나는 버텨보았다.

"알아서 할게. 어서 가."

~

루이즈는 커다란 마호가니 책상에 앉아 고소장을 읽더니, 금빛 눈썹에 힘을 주며 나를 보았다. "더 진행하기 전에 조언 하나 하자면, 이 일은 아무에게도 말하지 마세요. 나랑 변호사 말고는요. 우리에게 말하는 모든 내용은 기밀에 부쳐집니다."

"네?"

"상대편에서 선생님 말을 불리하게 이용할 수 있거든요." 루이즈가 말했다.

"어떻게요?" 나는 어리둥절했다.

"예를 들어 남편에게 이 일을 이야기하면서 '내 잘못이야'라고 말할 수도 있잖아요. 증언할 때 상대 변호사가 누구에게든 사건 관련해서 이야기한 적 있는지 물으면, 선생님은 정직한 사람이니 그렇다고 하겠죠. 그럼 망하는 거예요. 본인 잘못이라 생각했다는 말을 끄집어낼 거라고요." 루이즈는 고개를 좌우로 갸우뚱거렸다. 몸이 메트로놈이 되어 자기 말에 박자를 맞추는 듯했다.

"거짓말할 수도 있겠죠." 루이즈가 잠시 말을 멈췄다. "하지만 말하지 않는 편이 나아요. 다른 레지던트나 담당 의사, 누구에게도요."

내게 일어나는 일을 비밀로 하라고? 물론 고소당했다고 주변에 말하고 싶어서 안달이 나지는 않았다. 남편이 의지할 만한 사람이 아니란 건 이미 알고 있었고, 비밀을 지키고 침묵을 유지하는 데 익숙하기도 했다.

"다시 사건 이야기로 돌아가서, 이 아이 기억해요?" 루이즈가 물었다.

바보가 된 기분이었다. "아뇨. 이런 말 좀 그렇지만, 응급실에서 일할 때 환자가 정말 많았거든요."

루이즈가 수화기를 들었다. "의무기록팀에 환자 차트를 요청할게요. 다시 보면 기억이 나겠죠."

1년 차 레지던트였던 2년 전에 있었던 일이 내 글씨로 기록되어 있었다. 차트 안에는 내가 해당 환자의 손을 대강 묘사한 그림까지 있었다. 기록을 보니 그날 밤의 기억이 밀물처럼 밀려왔다.

늘 그렇듯 정신없는 토요일 밤의 응급실이었다. 진료를 기다리는 환자들의 차트가 쌓여만 갔고, 야간 간호사들이 레지던트들을 재촉하고 있었다. 내가 집어 든 차트 맨 위에는 주요 증세로 "손 열상"이 휘갈겨 쓰여 있었다. 진료실에 들어가니 옅은 금발에 푸른 눈의 남자아이가 엄마 무릎 위에 앉아 있었다. 당시 나이는 일곱 살이었다.

"안녕하세요, 저는 담당 의사 로입니다. 괜찮으세요?" 나는 미소를 띠며 쾌활하게 말하려고 노력했다.

아이의 엄마는 텅 빈 푸른 눈으로 나를 멍하니 보고만 있었다.

"어디가 아파서 오셨나요?" 다시 시도해보았다.

"의사 선생님 불러주세요. 간호사 말고요." 못마땅한 시선이 나를 훑었다.

"제가 의사입니다." 나지막하지만 단호한 어조로 내가 말했다.

작은 체구의 동양 여성인 나는 의사가 아닌 간호사로 오인되는 일이 잦았다. 대부분의 부모는 잘못을 깨달으면 내게 사과하거나 적어도 실수를 인정했다. 그러나 이 엄마는 목을 빼고 내 뒤를 살피며 여전히 진짜 의사를 찾고 있었다.

"오늘 환자가 무척 많아서 다른 의사를 만나시려면 한참 기다리셔야 해요." 내가 경고했다.

"더는 못 기다려요." 입꼬리가 샐쭉해지며 주름이 잡혔다. "선생님이 하셔야겠네요."

나는 비꼬는 투로 고맙다며 인사하고 싶었지만 꾹 참았다.

"응급실에 오신 이유는요?" 대신 이렇게 말했다.

"아들이 손을 베였어요." 엄마가 아이의 손바닥을 들어 보였다. 여러 군데 긁히고 베인 상처에서 여전히 피가 났고,

말라붙은 피에 흙과 돌 조각이 지저분하게 묻어 있었다.

"어쩌다 이렇게 됐죠?" 나는 엉망인 손을 더 자세히 보려고 다가섰다.

내가 들어선 순간부터 날 의심스럽게 쳐다보던 금발 소년은 급기야 울음을 터뜨렸다.

"아프게 안 할 거야." 아이를 안심시켰다.

울음소리가 더욱 커졌다.

아이 엄마가 목소리를 높여 말했다. "놀이터에서 뛰어다니다가 넘어졌어요."

아이가 손을 빼려고 했지만 나는 잡은 손에 힘을 주었다. "이건 유리인가?" 빛에 반짝이는 이물질에 의문이 생겨 혼잣말로 중얼거렸다.

"네, 놀이터에 깨진 유리병이 많더라고요. 근데 깜깜해서 잘 안 보였어요." 아이 엄마가 말했다.

깨진 유리병? 일곱 살짜리가 늦은 시간에 그렇게 깜깜한 곳에서 뭘 하고 있었지?

상처를 씻어내려고 식염수가 든 커다란 주사기를 들고 다가가자, 아이는 엄마의 무릎에서 몸부림쳐 빠져나와 아예 바닥에서 울부짖기 시작했다. 일으키려 했지만 나를 발로 차냈다. 도움이 필요할 것 같다고 말하고 진료실에서 나왔다. 한동안 귓속에서 소리가 울렸다.

속박 기구인 '자루'를 씌워 이마와 가슴, 배, 다리까지 넓은 벨크로 줄로 고정했지만, 아이는 금발 머리가 땀으로 젖을 만큼 계속 소리를 질러댔다. 나는 이 소란이 끝날 때쯤엔 귀가 멀고 말겠다고 믿어 의심치 않았다. 아이의 손이 움직이지 않도록 같이 잡아달라고 아이 엄마에게 부탁했다.

"못 하겠어요." 눈길을 피하며 아이 엄마가 말했다. 떨리는 손가락으로 떡 진 긴 머리를 뒤로 넘기고, 팔짱을 끼며 몸을 앞으로 숙인 채 피부를 긁기도 했다. 눈가가 붉게 충혈되어 있었고 손을 가만두지 못하는 것으로 보아 약에 취한 듯했다.

"손 움직이지 말고 참아보자. 금방 끝날 거야." 내가 아이에게 간청했지만 소용없었다.

울음은 계속되었다.

상처를 씻으려는 나와 손을 빼내는 아이의 실랑이가 계속되던 중, 아이가 세척 통을 엎어 물이 사방으로 튀었다. 머리와 얼굴, 옷까지 흠뻑 젖은 나는 잠시 한숨 돌리려고 아이를 엑스레이실로 보냈다. 조명 판에 사진을 끼운 뒤 응급실 담당 의사 한 명을 불러 함께 봐달라고 했다. 연한 조직 안에 아직도 다수의 이물질이 남아 있었지만 골절은 없었다. 담당 의사가 말했다. "최대한 많이 빼내요. 이물질 때문에 감염되는 일은 없겠지만, 환자가 불편해할 수 있으니까요."

나는 조언대로 하려고 노력했다. 아이가 내 귀에 대고 무자비하게 악을 써도 끈질기게 돌과 유리 조각을 제거했다. 그 후 다시 한번 엑스레이 촬영을 했고, 이번에도 담당 의사와 함께 결과를 확인했다. 가운뎃손가락 근처에 유리 파편이 보였다. 나는 다시 들어가서 아이가 몸을 비틀고 배배 꼬며 정신을 쏙 빼놓을 만큼 소리를 지르는 동안 손을 검사하고 씻는 과정을 반복했다. 파편은 제거했다고 생각했다.

베인 곳이 많았지만 꿰매야 할 만큼 깊고 긴 상처는 손목 근처의 딱 한 군데뿐이었다. 나는 피부 가장자리가 깔끔히 맞닿게 잡고, 나중에 흉터가 남지 않도록 좁은 간격으로 고르게 다섯 번을 꿰맸다. 나는 피부봉합이 좋았다. 기술적으로도 능숙했다. 처치가 끝났을 무렵, 아이는 지쳐서 곯아떨어져 있었다.

나는 아이 엄마에게 상처 관리법을 알려주었다. 비눗물로 봉합 부위를 잘 씻고 거즈로 물기를 제거한 후 항생제 연고를 바를 것. 붕대는 하루에 두 번 갈아주고, 붉게 부어오르거나 고름이 생기는 등 염증반응이 나타나면 바로 다시 내원할 것. 실밥은 상처가 아무는 속도를 보고 열흘에서 2주 후 제거 예정.

마지막으로 이렇게 덧붙였다. "꿰맨 부위는 깨끗하고 건조하게 유지해주세요."

나는 루이즈의 사무실에서 응급실 차트 맨 아래 있는 내 서명을 바라보았다. 뒷장을 보니 추가 사항이 있었다. 아이의 엑스레이 사진을 다시 검토한 영상의학 전문의가 가운뎃손가락 근처에 여전히 유리 파편이 보인다고 응급실 담당 의사에게 전달한 내용이었다. 제거를 완료했다는 기록은 없었다. 아이의 집에 여러 번 전화해 메시지를 남겼으나, 아이 엄마에게서는 소식이 없었다고 했다.

3일 후, 소년은 다시 응급실로 돌아왔다. 치료를 맡은 레지던트는 봉합 부위에 감은 붕대가 더러워져 있었고 한 번도 갈지 않은 상태였다는 기록을 남겼다. 아이는 부어오른 손의 꿰맨 부분에서 고름이 비어져 나왔기에, 손을 쓰지 못하게 될 수도 있는 위험한 부작용인 구획증후군을 막기 위해서 입원한 후 항생제 정맥주사를 맞았다. 손의 다른 위치에 있던, 내가 놓친 유리 파편도 제거했다. 입원하고 이틀 동안 별다른 일은 발생하지 않았고, 무사히 퇴원했다.

나는 안도의 한숨을 크게 내쉬고 눈을 감았다. 다행이다.

"보다시피 아이는 괜찮아요." 루이즈가 말했다.

"제 실수였어요." 나는 손으로 머리를 감싸고 몸을 웅크렸다.

"실수 한 번이잖아요. 너무 자책하지 마요." 루이즈가 나무랐다.

"좋은 의사는 실수 안 해요." 나는 손으로 관자놀이를 눌렀다.

"그럼 이런 일이 있었으니 나쁜 의사라고요?" 루이즈가 물었다.

"네." 내가 말했다.

"아는 사람 중에 절대 실수 안 하는 사람 있어요?" 루이즈가 말했다.

"제가 아는 의사들 전부요." 팔짱을 끼고 곧게 앉으며 내가 말했다.

"한 명만 대봐요." 루이즈가 종용했다.

"아이라 루빈스타인요." 망설임 없이 말했다.

내가 아는 의사 중 아이라처럼 꼼꼼한 사람도 드물었다. 다른 의사들이 모두 퇴근하고 한참이 지나도록, 아이라는 환자의 크레아티닌* 수치가 왜 0.4에서 0.5가 되었는지, 두 수치 모두 정상 범위임에도 머리를 싸매고 고민했다. 흰머리가 듬성듬성 섞인 머리를 손으로 연신 쓸어 넘기며 이렇게 중얼거렸다. "왜? 왜 수치가 변했지?"

"아이라도 고소당한 적 있어요." 루이즈가 말했다.

* 근육에서 생성되는 노폐물. 대부분 신장을 통해 배출되기 때문에 신장 기능 확인의 지표가 된다.

"네?"

"약물 거부 반응이 심했던 환자가 있었거든요. 아이라 잘못은 아니었지만, 환자가 사망해서 그 아버지가 고소했어요. 맞대응하라고 조언했는데, 아이라가 재판까지 갈 용기가 없다고 해서 합의로 마무리했고요."

"끔찍한 일이네요. 그래도 그건 결과의 문제지, 실수는 아니었잖아요." 내가 말했다.

"알면서 왜 이래요. 아이라도 실수한 적 많아요." 루이즈가 내 말을 일축했다. "또 누구 있어요?"

"모르겠어요."

루이즈가 내 눈을 꿰뚫을 듯 응시했다. "존 에인즐리도 고소당했다면요?"

너무 놀라서 말을 할 수가 없었다. 루이즈가 말하는 존 에인즐리는 어린이병원에서 가장 존경받는 의사로 꼽히는 사람이었다. 소아청소년과 관련 서적까지 썼다. 지속 진료 기관 근무 당시 내 담당 교수이기도 했던 에인즐리 박사님께 키가 작은 환자에 관해 상담한 적이 있었다. 그는 아이의 얼굴이 삼각형이고 전두부 돌출이 있는지, 즉 이마가 튀어나왔는지, 또 음경이 작은지도 물었다. 환자를 직접 보거나 진찰하지 않고도 뇌하수체왜소증을 정확히 진단해냈다. 이후 소아내분비 전문의의 확진도 같은 결과였다.

"패혈증 위험 때문에 한 아기가 입원했을 때 존이 주치의

였어요. 요추천자*로 항생제도 투여했는데, 이미 늦었어요. 뇌수막염으로 사망했죠. 아이 어머니가 고소했고, 우리는 합의하자고 했지만 존이 재판까지 가겠다고 했어요." 루이즈가 볼펜으로 책상을 두드렸다. "배심원들은 의사가 괘씸해 보인다 싶으면 거액의 보상금을 설정하기로 악명 높잖아요. 존이 똑똑한 척 잘난 체한다고 생각했던지, 엄청난 벌을 내렸죠."

루이즈는 천천히 고개를 옆으로 숙였다. "존은 그 재판 이후로 직접 진료를 그만뒀어요. 삶이 망가질 정도는 아니었겠지만, 그 일로 많이 변했죠."

내가 존경하는 의사들도 고소를 당했다니. 나처럼. 그러나 그분들은 좋지 않은 상황과 결과, 또 배심원단을 잘못 만난 희생자라고 생각했다. 실력이 좋지 않았던 게 아니다. 나는 아이의 손에 유리 파편을 남겨두었다. 이는 피할 수 없는 사실이었다.

1983년 4월, 나는 고등학교 졸업반인 열일곱 살이었다.

* 수액을 채취하거나 약액을 주입하기 위해 요추에서 척수막 아래 공간에 긴 바늘을 찔러 넣는 일.

대학이라는 희망에 부푼 수많은 가정에 합격통지서가 속속 도착하고 있었지만, 내게는 오지 않았다. 며칠이 지나도 아무것도 받지 못했다.

교무의 날*처럼 특이할 것 없는 휴일이라 집에 있었던 어느 날, 우편물이 도착했다. 위층 침실에 있던 어머니는 합격통지서가 왔는지 물었다. 나는 아니라고, 여전히 아무것도 오지 않았다고 답했다. 나는 거실로 가서 오후 드라마의 끝부분이라도 보고 싶은 마음에 텔레비전을 켰다.

어머니가 거실 입구에 모습을 드러냈다. "하버드대학교 합격통지서 여태 안 왔어?" 어머니가 물었다. 한국어가 더 편해서 내게 말할 때는 한국어로 했다.

"엄마, 하버드 가고 싶지 않다니까요." 나는 영어가 더 편해서 영어로 답했다.

나는 예일대학교에 가고 싶었다. 친구 테리와 함께 방문했던 예일은 그 역사와 고딕식 건물, 상아로 장식된 벽이 나처럼 소속감이 절실한 이민 2세대에게 마치 사회적 지위와 인정이란 이런 것이라고 외치는 듯했다.

어머니는 고개를 저으며 내 말을 무시했다. "하버드 가야지." 확신에 찬 말투였다.

나는 반박하지 않았다. 해봤자 소용없었다.

* 교사들이 수업 외의 행정 업무에 전념할 수 있도록 지정된 학생 휴교일.

"전화해봐." 어머니가 단호하게 말했다.

"네? 하버드에 전화를요?"

"진작 도착했어야 하는데 여태 소식이 없잖아." 어머니가 초조함에 서성였다.

"불합격통지서 보내는 걸 깜빡했을지도 몰라요." 마음에 없던 반항심이 말투에 담겨 나왔다.

"당장 전화해." 어머니가 강경하게 말했다.

"엄마, 이러지 마요. 구질구질하게 그게 뭐예요."

어머니는 내 팔을 잡고 현관 앞에 있는 금색과 상아색의 전화기 앞으로 끌어당겼다.

나는 전화를 걸었다.

"죄송합니다, 로 양. 하버드 입학은 어렵겠어요. 우편물을 받지 못했다니 사과드립니다." 전화를 받은 친절한 여성이 말했다.

"고맙습니다." 내가 말했다. 부끄러움에 얼굴이 화끈거렸다. 입술이 떨리지 않게 힘을 주어 다물었다. "떨어질 거라고 말했잖아요."

"세상이 망했네! 어떻게 이럴 수가 있지?" 어머니는 양손으로 얼굴을 부여잡고 머리를 앞뒤로 흔들며 말했다.

"어차피 하버드에 가고 싶지도 않았어요. 난 예일에 가고 싶다고요." 나는 팔짱을 낀 채 말했다.

예일대학교에서는 소수자 전형으로 나를 선발하겠다고

제안했었다. 그러나 부모님은 코웃음 치며 이를 거절했다. 그런 선심 없이 오로지 내 실력으로 충분히 들어갈 수 있다고 했다. 내가 다니던 고등학교는 모국어가 영어가 아닌 이민자 가정 출신이 많은 도시 빈민가 학교였지만, 부모님은 기회란 모두에게 공정하다고 강조했다. 나는 그 말을 믿었다. 일반 입학전형으로 예일에 지원했고, 예일에서 나를 당연히 받아줄 줄 알았다.

나는 친구들에게 예일에 가서 조지타운대학교와 프린스턴대학교에 다니는 그들을 만나러 가겠다고 했다. 혹시 합격한다면이라고 하지 않았다. 나는 마음속으로 이미 예일대학교 캠퍼스의 기숙사에서 살고 있었다. 오래된 돌과 어두운 색 나무로 장식된 학교 식당에서 납유리를 통해 비스듬히 들어오는 햇살과 함께 점심을 먹는 내 모습도 상상했다.

"세상이 망했네! 세상이 망했어!" 이제 어머니의 서성임도 빨라졌다.

"엄마, 그만해요."

어머니가 갑자기 돌아서서 계단을 올라갔다. 더 힘들게 하지 않고 끝났으니 안심이라 생각했다. 하지만 잠시의 유예일 뿐이었다. 다시 내려온 어머니는 얇은 봉투 두 개를 거칠게 들이밀었다. 봉투의 뾰족한 가장자리가 내 가슴을 향했다.

나는 움찔했다. 프린스턴과 예일이라고 쓰여 있는 글자가 눈에 들어왔다.

“이거 언제부터 갖고 있었어요?” 내가 물었다.

“그게 무슨 상관이야, 하버드도 못 가는데.” 어머니가 말했다. “어떻게 이 지경이 되도록 그냥 있었어? 더 노력했어야지.” 어머니는 휙 돌아서서 성난 발걸음으로 계단을 올라가 방문을 쾅 닫았다.

나는 방금 일어난 일을 되돌리고 싶은 마음으로 현관 앞에 서 있었다. 하버드에 전화하기 전으로, 몸이 불꽃에 휩싸여 활활 타오를 것 같은 느낌이 들기 전으로 돌아갈 수만 있다면. 어머니의 침실 방문을 올려다보며 용서를 빌어야 할지 생각했다. 그러나 소용없는 일임을 알고 있었다.

나는 밖으로 나가 빗속을 걸었다. 입고 있던 검은색 후드티의 후드를 뒤집어쓰고 어깨를 웅크린 채 계속 걸었다. 세상이 망한 거야. 부모님은 하버드와 예일, 프린스턴에만 지원해야 한다고 고집했다. 두 언니는 이 세 학교에 입학하지 못했지만, 나는 다를 거라고 굳게 믿었다. 졸업생 대표로 뽑혔고, 4년 내내 1등을 놓치지 않은 데다 피아노도 쳤으니까.

한국에는 이런 아이를 지칭하는 단어가 있다. 다른 아이들의 부러움을 사고, 주변에서 닮아야 한다고 하는 아이. ‘엄친딸’. 다른 아이들이 싫어하는 아이. 그때는 몰랐지만, 언니들과 동생은 나를 싫어했다. 내가 “선택받았다”라고 했다. 어머니는 언니들과 동생에게 나처럼 똑똑해지고 키도 커져야 한다고 거듭 말했다. 키를 마음대로 할 수나 있는 것처럼.

계속되는 비를 맞으며 한 걸음도 더 뗄 수 없을 때까지 걷고 싶었다. 그러나 비에 옷이 흠뻑 젖어 있었고, 한기에 몸이 떨렸다. 아래로 개울이 흐르는 어느 다리 위에서 멈췄다. 뛰어내리고픈 마음이었다. 하지만 세차게 내리는 비에도 개울은 졸졸 흐르는 얕은 물이었다. 뾰족한 바위에 다리나 부러지고 말 게 뻔했다. 그래도 석재 난간에서 몸을 날리고 싶었다. 수치심의 무게가 나를 내리쳤다. 폐를 짓눌러 공기를 빼냈다. 관자놀이 양쪽을 꽉 누르는 것 같았다. 심한 구역감에 무릎 사이로 머리를 떨궜다. 엄친딸이어야 했던 내가 실패했다. 부모님이 그토록 간절히 희망하던 하버드에 들어가기에는 부족했다. 알고 보니 내 자리라고 생각했던 예일에 가기에도 부족했다.

나는 숨을 깊게 들이쉬고 나무로 된 문을 열었다. 얌전한 흰색 깃털 무늬의 남색 원피스를 입고 법정에 들어섰다. 어른스러운 전문직 종사자로 보이게 할 만큼 괜찮은 옷이라고는 그게 전부였다. 기다란 회의용 탁자에 백인 남자 셋이

모두 정장을 입고 앉아 있었다. 한 명은 넥타이도 매고 있었다. 맞은편 자리 중 하나에는 금발 소년이 앉아 있었다. 청년으로 보일 외모였다. 키도 거의 자기 어머니와 비슷했다. 내 기억 속에만 일곱 살로 남아 있을 뿐이었다.

탁자에 앉은 남자 한 명이 "이 중재는 법적 구속력이 있습니다" "배심재판을 받을 권리를 포기하셨습니다" "양측 모두 증인을 신청할 수 있습니다" 등의 문장으로 규칙을 설명하던 기억이 난다. 내 오른손을 들고 진실만을 말할 것을 선서한 기억도 있다. 증언 내용은 거의 기억나지 않는다.

"왜 항생제를 처방하지 않았습니까?" 남색 정장을 입은 남자가 물었다.

내 변호사가 이의를 제기했다. "본 사건과 관계없는 질문입니다."

남자가 말했다. "항생제 관련 질문은 이 사건과 명확한 관련이 있습니다. 변호인 이의는 인정합니다만, 피고는 답변해주세요."

동물이나 사람이 물어서 생긴 상처, 다른 말로 '더러운' 상처가 아니라면 깨끗하고 건조한 상처에 염증이 생길 확률은 높지 않기 때문에 소아청소년과 의사들이 예방 차원에서 항생제를 처방하는 경우는 드물다. 아이에게 자상이나 열상이 생길 때마다 항생제를 쓴다면 항생제 내성이 만연해 슈퍼박테리아가 창궐하고 말 것이다.

그러나 이런 이야기는 하지 않았다. 답변은 짧게 하라는 변호사의 조언대로 "항생제를 처방해야 할 임상 징후가 없었습니다"라고 말했다.

나는 내 답변이 간결해도 충분하다고 생각했다. 돌이켜 생각하니 짙은 색 정장을 입은 백인 남자 모두 의심의 눈초리로 나를 바라보았음을 이제야 알겠다.

내가 좋아하는 응급실 담당의가 병원 측 감정인으로 증언했다. 항생제의 적절한 용법을 설명하는 그의 언변은 나보다 훨씬 능숙했다. 그 담당의는 증언을 마치고 내게 이렇게 말했다. "환자 손의 염증은 선생님 잘못이 아니에요. 어쩌다 보니 운이 없어서 유리 파편 하나가 그 손에 남아 있었을 뿐이죠."

나는 휴정 시간에 화장실에 가서 거울을 응시했다. 이마가 기름으로 번들거렸다. 오른쪽 눈 근육이 떨리면서 피부가 실룩거렸다. 위산이 식도로 올라오지 않게 연거푸 침을 삼켰다. 다시 법정으로 향하던 중, 문밖에 서 있는 소년의 변호사가 보였다. 나는 그냥 지나치려 했다.

"로 선생님?" 그는 나를 부르더니 마치 내가 자기 이름을 모를 거라는 듯 자신을 소개했다. 나는 그 사람의 회색 정장 옷깃에 눈을 고정했다. 보통 체격, 보통 키의 삼십대 남성이었다.

"개인적인 감정은 없습니다. 그냥 일이에요"라고 말했다.

나는 아무 말도 하지 않은 채 복도에 그 사람을 남겨두고 자리를 떠났다.

고소당했다는 사실을 알게 된 지 몇 달 후, 나는 푹신한 카펫이 깔린 루이즈의 사무실에 다시 앉아 있었다. 숨죽이며 기다렸다.

루이즈의 옅은 푸른색 눈에는 단호함이 있었다. "법원에서 원고의 손을 들어줬어요."

참았던 숨이 터져 나왔다. 어깨가 축 늘어졌다.

"금액이 말도 안 되게 적더라고요. 3만 달러요. 사람 성가시게만 하고."

"원고가 승소했다고요?" 상황 파악에 시간이 걸렸다.

"손해배상금에서 선생님 책임의 몫은 만 5천 달러밖에 안 돼요."

나는 눈을 감고 손으로 얼굴을 감쌌다. "난 이제 의료과실 소송에서 패소했다는 사실을 내 입으로 밝히면서 살아야 해요. 특히 병원 취업에 지원할 때마다요."

"변호사가 불쌍해서 그런 거예요. 사건 하나 잘못 맡아서 시간 낭비했잖아요. 이렇게 달래준 거죠."

"그러면 안 되죠." 나는 내가 생각하는 정의를 고집했다.

루이즈는 눈썹을 찌푸리며 나를 보았다. "로 선생님, 아이 손에 염증이 생겼어요. 정황상 이 정도면 중재인단의 결정도 합리적이에요."

"내 생각은 달라요."

루이즈가 답답한 듯 눈을 굴렸다. "이제 그만 잊어요. 의사로서의 앞날이 창창하잖아요."

"참 대단한 앞날이네요." 내가 나지막이 말했다.

"분명 고소할걸." 레이철이 말했다.

레이철과 나는 병원 중앙의 개방 공간에서 점심을 먹고 있었다. 재판 후 6개월이 지났을 무렵이었다. 레이철과 나는 3년 차 레지던트로, 수련 기간의 막바지에 있었다. 우리는 간밤에 뇌수막염으로 일반 병동에 입원한 아기 일을 이야기하고 있었다. 3년 차였던 내가 병동의 레지던트 총괄이었다. 그날 아침 출근해서 아이를 진찰해보니 편도염 때문에 목이 심하게 부어서 목을 제대로 가누지 못하고 한쪽으로 기울인 불편한 자세를 하고 있었다. 뇌수막염 때문은 아니었다. 그리고 이젠 기도가 막히기 직전이어서 긴급수술을 받기 위해 수술실에 들어가 있었다.

"보호자가 고소할 거야." 레이철이 말했다.

"아닐걸." 내가 말했다.

"장난해? 큰돈 벌 기회인데? 이 동네에서?" 어린이병원 주변의 빈곤한 노동자 계층을 바라보는 내 태도가 순진해 보였는지, 레이철이 비꼬듯 말했다.

난 레이철을 보지 않으려 했다. "화난 것 같진 않았어."

"집에 가서 생각해보고 돈을 택하겠지." 레이철이 말했다.

아이에게 무슨 문제가 있는지 설명했을 때, 라틴계 이민자인 아이 어머니는 내 손을 잡으며 "그라시아스, 그라시아스(감사합니다, 감사합니다)"라고 말했다.

"나 고소당한 적 있어." 그 말이 저절로 내 입에서 튀어나왔다.

"알아." 레이철이 말했다.

"어떻게?" 한껏 높아진 목소리로 내가 물었다.

"챈 선생님 병원에서 있었던 일 들었어."

"다들 알아?"

레이철은 시선을 떨구더니 잠시 망설이다 고개를 흔들었다.

"다 안다는 뜻이네." 나는 팔짱을 끼며 의자에 기대앉았다.

레이철이 나를 보았다. "그 꼬마가 다시 응급실에 왔을 때 우리 과 1년 차 레지던트가 나였어."

나도 레이철을 바라보았다. "차트 봐서 알아. 보호자가 화난 거 알았으면서 왜 나한테 말 안 했어?"

"진짜 고소할 줄은 몰랐지." 레이철이 말했다.

나는 고개를 푹 숙였다. "내가 고소당했다니 믿을 수가 없어."

"손에 염증이 생겼잖아." 레이철이 말했다.

나는 고개를 번쩍 들었다. "무슨 뜻이야?"

레이철이 어깨를 으쓱했다. "손에 유리 파편을 남겨뒀잖아. 그게 곪았고. 입원까지 할 정도였다고."

"내가 알려준 상처 관리법을 제대로 지키지 않아서 그렇게 된 거야." 나는 다시 팔짱을 끼고 팔꿈치를 잡으며 몸을 꼿꼿이 세웠다.

"알아듣게 잘 설명한 거 맞아?"

나는 너무도 당황해서 아무 말도 하지 않았다. 함께 수련 중인 레지던트 중 백인이 아닌 사람은 나를 포함해 극소수였고, 나는 다른 레지던트들이 실수했을 리 없다고 늘 믿어주었다. 그때 그 라틴계 보호자에게도 응급실에서 아이를 담당했던 2년 차 레지던트의 오진이 아니니 책임을 물을 수는 없다고 거짓말했다. 그 레지던트는 아이의 목 안까지 살펴보지 않았을 가능성이 무척 높았다. 봤다면 곧 고름이 터질 듯 거대한 농양이 편도선 위에 자리 잡아 기도를 막고 흡인성폐렴까지 유발할 수 있음을 모를 수 없었다. 부주의가 분명했지만 나는 그 백인 레지던트의 실수를 덮어주었다. 반면 다른 레지던트들은 내게 자격과 능력이 부족하다고 쉽게 판단했다.

거의 모두가—루이즈도, 그 남자아이와 엄마의 변호사도, 중재인들도, 그리고 레이철을 비롯한 다른 레지던트들도—아이 손에 염증이 발생한 곳이 내가 유리 파편을 남겨둔 곳이라 생각했다. 하지만 그렇지 않았다. 염증 발생 위치는 거기가 아니라 깊게 베인 상처를 봉합한 부위였다. 나는 소독 절차를 따랐고, 상처 관리법도 명확하게 설명했다.

아이의 엄마는 내가 알려준 대로 따르지 않았다. 내가 의사가 아닌 간호사라고 생각해서 무시했을지도 모른다. 동양인이고 여자니까 믿을 만한 권위자가 아니라고 생각했을지도 모른다. 아파하는 아이 때문에 속상해서 제대로 듣지 않았을 수도 있다. 아이가 쉬지 않고 소리를 지르는 바람에 귀가 울려서 듣지 못했을 수도 있다.

그러나 내가 상처를 완벽하게 닦아내지 못했을 가능성도 있다. 더러운 놀이터에서 묻은 물질과 박테리아가 상처 속에 남아 있다가 결국 입원까지 할 정도로 번졌을 가능성도 있다.

내가 예일에 들어갈 자격이 있다고 확신했듯, 모든 일을 제대로 처리했다고 멋대로 확신했을 가능성도 있다.

하지만 그 아이 손에 발생한 염증의 원인이 무엇인지 평생 알 수 없다는 것만은 확실하다.

내 영혼에 박힌 유리 파편은 아직도 남아 있다.

어머니의 집

나는 흐느끼며 잠에서 깨어났다. 침실 안은 밝았다. 연한 푸른색 벽에 이른 아침의 햇살이 가득했다. 알 수 없는 소리가 입에서 쏟아져 나와 정지된 공기 속으로 울려 퍼졌다. 눈물이 뺨을 타고 홍수처럼 쏟아지며 불룩한 배 위에 떨어졌다. 이번에도 똑같은 악몽이었다. 맑고 화창한 어느 날, 나는 한 놀이터의 나무 벤치에 다른 엄마들과 함께 앉아 있다. 아이들은 뛰어놀고 높은 곳을 오르며 즐거운 비명을 지른다. 내 아들은 땅바닥에 앉아 규칙적으로 몸을 흔든다. 다른 아이들이 내 아들에게 손가락질하고, 엄마들은 내게서 멀어진다. 나는 아들에게 다가가 두 팔로 감싸 안는다. 아이는 내 손길을 의식하지 못하고 계속해서 몸을 흔든다.

둘째를 임신했을 당시 반복해서 나를 괴롭히던 꿈이다. 아들이었다. 당시 내 나이로는 기형아를 출산할 위험이 무시할 수 없을 정도여서 양수검사로 성별을 확인했다. 왜 계속 똑같은 꿈을 꾸는지 알 수 없었다. 어쩌면 그때 가장 두려워하던 일이 꿈으로 나타났을지도 모른다. 자폐아. 어떻게 되든 상관없이 아들을 사랑하겠지만, 꿈에서도 나왔듯 나는 다른 사람들이 내 아이를 대하는 태도가 무서웠고, 내가 아이를 건사할 수 있을 만큼 인내심 있고 강인한지, 혹시 내가 도와주지 못해도 아이의 필요가 모두 충족될 수 있을지 걱정스러웠다.

소아청소년과 의사였던 나는 너무 많이 알고 있었다. 발생할 수 있는 모든 위험 요소를 너무 잘 알았다. 출생외상,* 염색체이상, 뇌 손상 등. 태어나는 일 자체의 위험이었다. 첫아이인 딸을 임신했을 때는 뇌가 없이 태어나는 선천적 기형인 무뇌증 아이를 낳는 악몽이 계속되었다. 아들 임신 중에는 놀이터에 앉아 끝도 없이 몸을 흔드는 아이의 모습이 반복되었다. 얼굴도 제대로 보이지 않았지만 아이가 뭘 하는지는 알 수 있었다. 자폐 증상이 있는 어린이들이 자주 보이던 행동이었다.

2001년 9월의 어느 화창한 날이었다. 나는 딸이 다니는

* 분만 시 산모 혹은 아기가 입는 정신적, 신체적 상해.

초등학교의 놀이터에 서 있었다.

"엄마, 엄마, 얘는 프란체스카야!" 잔뜩 신난 에린이 씩씩거리며 유치원 때 같은 반이었던 친구 한 명과 달려왔다.

나는 금발에 파란 눈을 한 예쁜 아이를 내려다보았다. "안녕, 프란체스카. 만나서 반가워."

아이는 나를 바라보며 미소 짓고는 이내 달려갔다.

"자기 엄마한테 가는 거야!" 에린이 친구를 따라 뛰어갔다.

나는 15개월 된 리엄이 낮잠에서 깨지 않길 바라는 마음으로, 빨간 유아차를 앞뒤로 흔들며 기다렸다. 위쪽을 통해 안을 빼꼼히 바라보았다. 리엄의 자는 모습은 언제나 그렇듯 천사 같았다. 부드러운 깃털 같은 머리카락, 아기 천사처럼 사랑스러운 볼, 고요 속에 멈춰 있는 입술의 곡선.

"안녕하세요, 프란체스카 엄마 시에나예요." 아담하고 예쁜 여자가 나타나 비명과 웃음, 울음이 난무하는 아우성 속에서 내가 들을 수 있게 목소리를 높여 말했다. 그 옆에는 작은 남자아이가 시에나 손을 잡고 서 있었다.

"얘는 레오나르도예요. 그냥 레오라고 해요."

나는 금발에 파란 눈의 꼬마에게 웃으며 말했다. "안녕, 레오. 만나서 반가워."

레오는 나를 보지 않았다. 웃어주지도 않았다. 아무 말도 하지 않았다.

"에린과 프란체스카가 집에서 같이 놀고 싶다고 하더라

고요." 시에나가 말했다. "내일 학교 끝나고 저희 집에서 놀면 좋을 것 같아요."

"정말 괜찮으시겠어요?" 내가 말했다.

"안전하게 잘 있다고 확인 연락도 드릴게요." 시에나가 나를 안심시켰다.

다음 날 늦은 오후, 나는 리엄을 유아차에 태우고 시에나의 집으로 걸어갔다.

시에나는 레오의 손을 잡고 문을 열어주었다. "애들은 거실에 있어요. 조금 더 놀아도 된다고 했으니 마실 거라도 드릴까요?"

나는 리엄을 팔에 안고 복층 구조의 소박한 집에 들어섰다. 시에나를 따라 주방으로 가면서 관찰한 두 살짜리 레오에게서는 뭔가 이상한 낌새가 느껴졌다. 작은 체구였지만 자세가 반듯했다. 즐거움이라고는 없는 발걸음이었고, 보채면서 엄마의 팔을 당기지도 않는 게 이상했다. 그저 고분고분 손만 잡고 있을 뿐이었다. 레지던트와 전문의 시절 자폐증상이 있는 아이들을 진찰한 적이 있었다. 몇 명은 내가 자폐로 진단했고, 가슴 아프게도 발달 전문가가 확진을 내려주었다.

"집이 어수선해서 죄송해요. 막 리모델링을 시작했거든요." 시에나가 좁은 주방 안에 상자가 쌓여 있는 이유를 설명했다.

"죄송은요. 저희는 두 달 전에 이사 왔는데도 여전히 이래요."

"어디서 오셨어요?"

"볼티모어요."

"거기서 무슨 일 하셨어요?"

"남편이 존스홉킨스병원에서 전임의로 있었어요. 저는 거기서 강의를 했고요. 소아청소년과 의사거든요."

"두 분 다 의사세요?"

"안타깝게도요."

시에나가 웃었다. "우리는 둘 다 변호사예요. 근데 전 프란체스카를 낳고 일을 그만뒀죠."

"일 그만두고 전업주부가 됐다는 변호사를 이사 오고 세 번째로 만나네요. 법조계가 대체 어떤 곳이길래요?" 내가 웃었다.

시에나가 또 웃었다. "의사가 더 낫죠."

나는 고개를 흔들었다. "그건 아닌 것 같아요." 하지만 의료계가 싫다고 내 입으로 말하고 싶지는 않았기에 호불호가 분명치 않은 대답을 남겼다. 의사 생활이 너무 싫다고 인정할 준비가 되어 있지 않았다.

"여기서 개원하실 거예요? 에린의 같은 반 친구들만 해도 환자가 꽤 될걸요."

나는 또 고개를 흔들었다. "저만의 안식년을 보내는 중이에요.” 안식년이라는 표현이 마음에 들었다. ‘의료계를 영원히 떠나고 싶어요’를 대체할 적절한 답변이었다.

시에나에게 엉망진창인 속사정 말고 간단한 설명만 들려줄 생각이었는데, 에린이 생후 6주일 때 복직하는 바람에 자라는 과정을 모두 놓친 기분이라는 이야기가 나왔다. 첫 걸음마를 놓쳤고, 첫 단어 “엘모”*를 말할 때는 다행히 옆에 있었지만 처음으로 “엄마” 소리를 했을 때는 근무 중이었다고. 성장과정의 중요한 순간은 보모에게 전해 들었고, 내 딸은 내가 아닌 다른 사람의 보살핌 속에서 자랐다고. 리엄을 낳고부터는 시간제로 일한다는 말도 했다. 그러나 시간제 의사라는 건 실재하지 않는다. 밤, 주말, 휴일 당직이 너무 많아 아들의 첫걸음마도 놓쳤다. 처음 내뱉은 단어도 놓쳤다. 리엄은 “엄마”라는 말도 다른 사람에게 했다. 나는 내 어머니가 내게 한 것과는 다른 엄마가 되고 싶었다. 아이들과 적극 소통하며 학교생활은 어땠는지, 친구들과 뭘 하고 놀았는지 묻는 엄마. 자식들을 모두 똑같이 보지 않고 한 개인으로 봐주는 엄마. 꿈을 이루도록 응원하고, 본인의 꿈을 강요하기보단 자식들이 좋아하는 일을 찾을 수 있게 독려하는 엄마.

조각 장식이 있는 나무 식탁 앞에 앉아 있다가 손을 뻗어

* 어린이 프로그램 〈세서미 스트리트Sesame Street〉의 캐릭터.

물잔을 들고 한 모금 마셨다. 이렇게 많이 이야기할 생각은 아니었는데.

시에나는 공감의 눈빛으로 나를 보았다. "저도 프란체스카를 낳고 나서 복직할 생각이었는데, 안 되겠더라고요."

"아이 낳으면 전부 달라진다는 말이 진짜 맞아요." 내가 말했다.

시에나는 의자 옆 바닥에 조용히 앉아 있는 레오를 바라보았다. "프란체스카가 태어난 후 꿈에 그리던 우리 집을 지었어요. 뒷마당이 공원에 접해 있었죠. 정말 아름다웠어요. 나무에, 풍경에, 고요함까지요. 외부에 여러 군데 덱을 설치하고 멋진 수영장까지 있었어요. 다 짓기까지 2년이 걸렸고요. 꿈꾸던 모든 것을 담은 집이었답니다."

"전원 속 천국 같은 곳이었겠네요." 내가 말했다.

"정말 그랬어요." 시에나가 말했다.

"근데 왜 떠났어요?"

"레오가 두 살이 됐는데도 여전히 말을 못 했어요. 남자애라 그런가 했죠. 하지만 징후가 있었어요. 큰 소리가 나거나 사람이 너무 많고, 모르는 얼굴이 너무 많으면 싫어했어요. 폭력성은 없지만 소통을 거부했죠. 소아청소년과에서 전문의에게 가보라며 소개했고, 거기서 자폐 진단을 받았어요."

나는 레오가 자폐 아동에게 도움이 되는 다양한 치료를 받고 있는지 물었다. 인지치료, 직업치료, 물리치료, 언어치료, 행동치료 등. 치료는 빨리 시작할수록 결과가 좋다.

시에나가 씁쓸한 미소를 지었다. "자폐 아동에게 지원되는 좋은 제도가 많다길래 꿈의 집을 팔고 이 동네로 이사를 왔어요. 계속 문의했는데 공무원들은 질질 끌기만 하더군요. 그래도 변호사라서 좋은 점은 있어요. 고소한다고 협박하면 무시 못 하죠."

"어떻게 다 감당해요?" 내가 물었다. "남편이 도와줘요?"

"친정 엄마가 시간 될 때 도와주세요. 남편은 시내에서 일하느라 아침 일찍 나가서 저녁 늦게야 들어오고요. 어떤지 아시잖아요."

2001년이었지만 시에나와 나는 여전히 남편의 육아가 아닌 '도움'을 논하고 있었다. 21세기인데도 아버지는 일하고 어머니는 아이들을 키우는 1950년대와 다를 바 없었다. 나는 시에나의 남편이 아닌 시에나가 레오와 함께 긴긴 시간 여러 치료 수업을 받으러 다니고, 집에서도 그 수업 내용을 적용하느라 다시 긴긴 시간을 할애하고 있음을 물어볼 필요도 없이 이해했다. 엄마들은 본인이 아닌 자식과 가족을 위해 산다는 사실을 받아들였기 때문이다.

"보모는요?" 내가 물었다.

시에나는 고개를 저었다. "레오는 우리 엄마도 겨우 견디는 정도예요. 낯선 사람이 오면 난리 날걸요."

"시에나, 그래도 계속 이렇게 혼자 다 할 수는 없잖아요."

"전 레오를 위해 살아요. 물론 프란체스카도요. 달리 할 것도 없고요." 생각할 필요도 없다는 듯 시에나가 말했다.

"서점에도 가고 커피 마시면서 연애소설이라도 읽어요. 뜨개질을 하든가 요가를 배워도 되고요."

시에나가 웃었다. "다 좋은데 현실성이 없네요. 레오에겐 제가 없으면 안 돼요."

"그러다가 기운 다 빠지고 정신 놓으면 어떡해요." 내가 말했다. "레오는 내가 봐줄게요."

"말씀 정말 감사해요." 시에나가 말했다. "생각해볼게요."

시에나는 단 한 번도 내게 레오를 봐달라고 부탁하지 않았다.

15개월 아들과 다섯 살 딸의 육아를 혼자 고스란히 떠맡으며 몇 달을 보낸 후, 일주일에 몇 시간이라도 숨을 돌릴 수 있게 보모를 고용하면 어떨지 남편에게 물어보았다(남편은 아이들이 일어나기 전에 출근해서 잠든 지 한참 지나야 퇴근했다).

"우리 어머니가 수요일에는 봐주실 수 있을 거야." 남편이 말했다.

"정말?" 내 목소리가 높아졌다. 희망에 차서 떨리는 목소리였다.

“우리가 필라델피아와 볼티모어에 살 때 에린과 리엄을 무척 보고 싶어 하셨어. 봐달라고 하면 분명 좋아하실 거야.” 남편이 말했다.

“근데 쉬는 날엔 항상 바쁘시잖아.” 여전히 의심이 가시지 않은 채 내가 말했다.

“어차피 시간제근무니 다른 볼일은 금요일에 보시라고 하면 돼. 내가 말해볼게.” 남편이 말했다.

첫 방문에서 시어머니는 흡족한 미소를 지으며 내가 표하는 감사를 마음껏 즐겼다. 그다음 주에는 네 시간이 아닌 세 시간만 있었다. 그다음 주에는 친구들과 저녁 약속이 있다며 일찍 가야 한다고 했다. 그날은 세 시간도 채 있지 않았다.

그러다가 남편이 시어머니가 일하는 치과에서 근무 시간을 더 제의했다는 말을 하며, 시어머니가 손주들과 함께하고픈 마음과 추가 수입 사이에서 갈등하고 있다고 했다. 나는 우리도 돈을 드리자고 했다. 남편은 대놓고 돈이 오가는 일은 어머니가 원치 않는다고 했다. 그래서 우리만의 방법을 개발했다. 시어머니가 수요일에 아이들과 짧은 오후 시간을 보내고 포옹과 뽀뽀로 인사를 나누기 시작하면 내가 움직일 차례였다. 나는 서둘러 침실로 올라가 지갑을 들고 한발 앞서 현관 입구로 향했다. 손에는 100달러를 들고, 쉽게 발견할 수 있게 지갑과 열쇠 사이에 돈을 넣을 만한 공간을 찾으려고 시어머니의 가방을 뒤졌다.

현관에 나타난 시어머니의 눈썹이 치켜 올라갔다.

나는 의자 위에 놓인 가방을 향해 고갯짓을 했다. "와주셔서 감사해요." 미소를 지으며 말했다.

"고맙긴! 당연한 소릴. 다음 주 수요일에 보자." 시어머니가 말했다.

이런 방식이 몇 달째 계속되니 참기가 힘들어져 남편에게 그만두는 게 좋겠다고 말했다.

"샬린이 이제 매주 월요일과 수요일에 올 수 있대." 원래 아이들을 봐주던 보모 이야기를 꺼냈다.

"엄마가 리엄과 에린이랑 있어서 좋아하시는데." 남편이 말했다.

"어머님께 드리는 액수면 샬린이 일주일에 두 번 올 수 있어."

"그 돈 필요하셔."

"어머님은 대출도 없는 집이 두 채나 있잖아."

"손주들 보러 그만 오시라는 말을 어떻게 해?"

시어머니에게 돈을 주고 아이들 맡기는 일은 우리가 피츠버그로 이사할 때까지 거의 2년간 계속되었다.

시어머니는 본인이 페미니즘의 최전선에 섰던 사람이라고 뽐내기를 즐겼고, 1970년대에 같은 동네의 여자 몇 명과 브래지어를 불태웠다는 사실을 무척 뿌듯해했다. 모두 고

외의 전업주부들이었다. 취한 김에 남편들을 향한 반항심을 담아 딱 한 번 했던 행동이었지만, 잔뜩 부풀려가며 그 여름밤 뒷마당에 피웠던 소박한 장작불 이야기를 멈추지 않았다. 다음 날 아침 다른 브래지어를 착용함으로써 현 체제에 다시 힘을 실었던 것쯤은 아랑곳없었다. 시어머니 말에 따르면 자기 남편은 요리도 못하고, 물도 제대로 못 끓이고, 집안일에는 손도 대지 않았지만, 아들은 언젠가 한번 당신이 일하러 가 있는 동안 거실에 청소기를 돌렸다고 했다. 날 위해 아들을 "아내처럼 키워주었다"라고 말하며 감사 인사를 기다리길래 나는 고맙다고 했다.

시아버지는 수년간 가족을 부양하고자 일을 세 개나 했지만 불평하는 법이 절대 없었다. 그저 농담처럼 가볍게 이야기할 뿐이었다. 친구와 신문을 배달하던 이른 아침 이야기, 이웃들에게 배포할 전화번호부를 실어 나르던 늦은 밤 이야기, 더불어 약국에서 판매원으로 고객을 상대하던 본업 이야기까지. 해가 뜨기 전 배달을 끝내려고 어둠 속에서 구불구불한 길을 얼마나 빨리 달렸는지 모른다며 우스갯소리를 했다. 고등학교를 마치지 못한 시아버지는 두 자녀에게 더 나은 삶을 주고 싶어 했다. 그래서 더 열심히 일하고, 대출도 받아가며 노터데임대학교와 빌라노바대학교의 등록금을 댔다. 시아버지는 고맙다는 인사가 아닌 아이들의 행복만을 바랐다. 나는 결혼 당시 남편이 시아버지를 닮았다고 생각했다. 관대하고, 사랑 넘치고, 스스로를 희생하는 사람. 크나큰 오산이었다. 남편은 시어머니와 똑같았다.

~

푸른 지평선 위에 해가 걸려 있는 늦은 오후, 시에나와 나는 시에나의 집 뒷마당 식탁에 앉아 있었다. 에린과 프란체스카는 바비 인형으로 공주 놀이를 하면서 하늘로 솟구쳐 날 수 있는 인형이라며 따라잡는다고 뛰어다녔다. 레오는 천천히, 또 신중하게 울타리를 따라 주변을 걸었다. 리엄은 내 발치에 앉아 플라스틱 장난감을 맞부딪치며 놀고 있었다. 때때로 나를 올려다보며 환하게 미소를 짓고, 목구멍에서 올라오는 분명하지 않은 소리로 기쁨을 표현했다.

"리엄 좀 봐요! 어쩜 저렇게 늘 기분이 좋을까요." 시에나가 말했다.

"그래서 다행이죠. 아니면 '엄마와 함께하는 수업' 시간을 못 견뎠을 거예요. 엄마와 함께하는 요리, 엄마와 함께하는 음악, 엄마와 함께하는 미술. 얼마나 힘든지 몰라요." 내가 말했다. "너무 지루해서 울고 싶을 정도라니까요." 말하자마자 후회했다.

아이와 함께하는 시간이 지루하다고 불평하는 엄마는 대체 뭐지?

나는 육아에 전념하며 아이들의 성장과정을 지켜볼 수

있게 의사 일은 잠시 접어두고 시간을 갖기로 했다. 아이들의 요구에 부응하며 내 하루를 바치는 행복한 시간이 될 줄 알았다. 하지만 난 괴로웠다. 처음에는 다른 전업주부들을 탓했다. 책이나 예술, 지정학적 사건을 주제로 대화를 나누는 대신, 영유아기 자녀들의 수면 습관과 본인의 수면 부족, 끝도 없이 찌는 살, 운동할 시간도, 기운도 없다는 이야기뿐이었다. 나는 미칠 것 같았다. 인정하고 싶지는 않았지만 엄마와 함께하는 수업 시간이 너무 싫었다. 얼굴은 웃고 있어도 눈은 자꾸만 시계 쪽을 향했다. 음악이나 미술, 요리 수업이 끝날 때까지 남은 시간을 분 단위로 셌다. 리엄이 탬버린을 치며 웃고 몸을 흔들 때조차도. 파란색과 초록색 물감을 휘저어 알아볼 수 없는 형체를 만들 때조차도. 깔깔거리며 팬케이크를 만들면서 달걀노른자와 밀가루투성이의 통통한 손가락을 핥을 때조차도. 그런 순간에 담긴 강렬한 아름다움도 아기와 함께하는 시간의 슬로모션 같은 지루함을 줄여주지 못했다.

시에나는 아무 말 하지 않았다. 레오와는 엄마와 함께하는 수업을 듣지 않고, 앞으로도 그럴 리 없다는 말을 하지 않았다.

나는 바보가 된 기분이었다.

"복직할 거예요?" 시에나가 물었다.

"네." 내가 말했다. "전문의 수련 때는 잠도 못 자고, 가끔은 밥도 못 먹으면서 서른여섯 시간 이상 연속 근무도 했는데, 어린아이 키우는 일상이 훨씬 더 힘들다고 장담할 수 있어요."

시에나가 웃었다.

빨래와 설거지, 바닥에 떨어진 음식과 장난감 치우기의 반복은 끝이 없었다. 어린 자녀들의 계속되는 요구에 항상 맞춰야 했고 "엄마, 엄마!" 하고 부르는 소리로 하루를 시작해 같은 방식으로 하루를 마감했다. 의사의 삶도 불행했는데, 이제는 전업주부 엄마로도 불행했다. 내가 있을 곳이 어디인지 알 수가 없었다.

"내 환자는 주로 도시 빈민가의 불쌍한 아이들이었어요. 아이들은 정말 예뻤는데, 그것 말고는 전부 골 때리는 일뿐이었죠." 내가 말했다.

복직은 피할 수 없는 현실 같았다. 의대에서는 의사를 키울 뿐, 다른 건 없었다. 시어머니가 잠깐씩 아이들을 봐주는 동안 나는 주로 도서관에 갔다. 도서관은 내게 안정감을 주었다. 수많은 선반 위의 책들에 둘러싸여 있으면 숨 쉬기도 더 편했고 생각도 더 맑아졌다. 소설을 쓸 기대에 부풀어 표지에 흑백의 무늬가 있는 옛날식 작문 공책도 몇 권 샀지만, 누구에게도 내가 무슨 일을 하고 싶은지 말하지는 않았다. 아무 일도 일어나지 않았다. 결국 나는 의사 말고 다른 건 못 할 사람이라는 결론을 내렸다. 의사로 사는 법은 잘 알았으니 내가 잘 아는 일로 돌아가야 한다고 생각했다.

"교외 아이들에게도 실력 있는 의사 선생님 있으면 좋죠." 시에나가 말했다.

"맞아요, 근데 내가 필요하진 않겠죠." 내가 말했다. "법조계가 그리워요?"

"아뇨, 원래 좋아서 한 일도 아니었어요. 남편은 좋아하지만요."

"남편이 빨래를 좋아하면 좋겠다는 생각 안 해요?" 내가 말했다.

시에나가 웃었다. "설거지나요."

나도 따라 웃었다. "사방에 널브러진 장난감 치우는 것만 도와줘도 난 정말 행복할 것 같아요."

"우리 남편은 장난감 정리를 잘해요. 프란체스카가 모은 인형과 잡다한 인형용품만 해도 정리하는 데 몇 시간은 기본이에요."

"잘 도와준다니 다행이네요."

"투정 부리기엔 복이 많죠. 게다가 프란체스카는 이미 의젓해요. 레오를 얼마나 챙기는지 몰라요." 시에나가 잠시 멈췄다. "여섯 살짜리가 뭘 안다고 그럴까요?"

"아이들도 다 느껴요." 나는 프란체스카가 레오의 나약함을 본능적으로 알았으리라 믿었다.

시에나는 깊은 생각에 잠긴 듯했다. "모르면 좋을 텐데.

레오 이름으로 신탁자금을 조성해서 지금은 우리 엄마가 관리하고 있어요. 하지만 언젠가는 프란체스카가 동생을 책임져야겠죠."

나는 바비를 갖고 노는 프란체스카를 바라보았다. 에린과 함께 다양한 옷을 조합해서 입혔다 벗겼다 하느라 여념이 없었다. 무도회 드레스, 미니스커트, 비키니까지. 분홍색 발레 스커트를 입고 반짝이 티아라를 쓴 바비는 하와이안셔츠와 서핑용 반바지를 입은 켄과 짝을 지어주었다. 둘은 분홍색 캠핑카를 타고 떠났고, 바비는 황혼 속에서 공허한 미소를 짓고 있었다.

새해 첫날

주방의 흐릿한 조명 속에서 벗겨진 꽃무늬 벽지를 바라보며 새해 첫 후회를 했다. 때는 2003년 1월 1일 정오. 나는 한국식으로 새해 잔치를 준비하고 있었고, 자매들이 각자의 가족과 한 시간 후에 도착할 예정이었다. 순간 왜 이걸 하겠다고 했는지 궁금해졌다. 이 자리를, 어째서 올해에.

군데군데 깨진 곳이 한둘이 아닌 흰색과 남색의 도자기 타일 바닥을 가로지르며, 아직도 교체를 안 했다는 사실에 또 한 번 자괴감이 들었다. 삐걱대는 수납장 문을 활짝 열어 내게 있는 가장 큰 냄비를 꺼냈다. 냄비에 물을 채우다가 이제는 순백색을 잃고 얼룩진 에나멜 싱크대를 보고 경악했다. 주방 한쪽 불편한 구석에 자리 잡은, 원래는 흰색이었지만 지저분해진 레인지 위의 전구를 켰다. 불빛이 깜빡였다. 숨죽여 기다렸다. 노란색의 희미한 빛은 꺼지지 않고 그대로 있었다.

전통 한국식으로 설날을 지내보자는 이야기가 나온 지는 꽤 오래됐어도 실제 모임은 올해가 처음이었다. 남자 형제, 즉 장손이 있었다면 음식 준비와 손님맞이는 그 아내 몫일 테니 그 집에서 명절을 지냈으리라. 그러나 우리 자매들은 없는 아들의 그늘 속에서 살고 있었다. 우리는 전부 뉴욕 대도시권에서 살고 있었지만 나는 두 달 후에 남편 일 때문에 피츠버그로 옮겨야 했고, 더는 전업주부가 아닌 소아청소년과 의사로 돌아갈 예정이었다.

그렇다 해도 크리스마스 연휴 때 만난 자매들을 충동적으로 초대한 행동은 후회되었다. 크리스마스는 각자의 새로운 가족과 아이들 때문에 중요한 명절이었다. 하지만 우리 자매들에게는 새해의 첫날인 설날이 더 의미 있었다. 한국에 살 때는 한반도의 한국인들처럼 음력에 맞춰 새해 첫날인 설 명절을 지냈으나, 이제는 고국을 떠나 타향살이를 하는 다른 한국인들처럼 양력으로 새해를 축하했다.

나는 이미 김이 모락모락 나는 흰쌀밥을 잔뜩 지어두었고 산더미 같은 잡채에 자잘한 반찬까지 다양하게 준비했다. 잔꾀를 부려 김밥과 만두튀김도 주문했다. 그러나 떡국은 아직 시작하지 못했다.

떡국은 설날의 핵심이다. 간단해 보여 속기 쉽지만, 떡국은 기술이 필요한 요리다. 제대로 만들려면 신중함과 인내심이 있어야 한다. 떡국의 주재료인 떡은 변덕스럽다. 얇게 썬 타원형의 떡은 너무 오래 끓이면 퍼져버리고, 덜 끓이면 식감이 돌처럼 단단하다. 재료는 간단하다. 소고기 육수, 떡, 달걀, 파, 참깨. 하지만 각 재료가 다른 재료와 어우러지는 비율이 중요하다. 이 다섯 재료가 어떤 순서로 섞이는지도 맛에 결정적인 영향을 미친다.

우선 육수부터 준비하고 거기에 얇게 썬 떡을 넣는다. 달걀은 소금만 조금 뿌리고, 파보다 먼저 국물에 넣고 섞어야 파 조각에 달라붙어 덩어리지지 않고 부드러운 띠 모양이 된다. 으깬 참깨는 가장 마지막에 넣어서 국물에서 탄 맛이 나지 않도록 한다. 고기만두를 넣을 때도 있는데, 그러면 떡만둣국이라고 하는 다른 요리가 된다. 작은언니 소피아는 떡만둣국을 더 좋아하지만 나는 아니다. 나는 전통을 고수한다. 다른 날이라면 얼마든지 떡만둣국을 즐기겠지만 설날에는 아니다. 설날은 떡국이다.

우리가 어릴 때 캄팔라에서든, 피터즈버그에서든, 뉴저지에서든, 매년 설날이 되면 어머니는 떡국을 끓였다. "한 살 더 먹고 똑똑해지려면 설날에 떡국을 먹어야 해"라고 하면서. 한국인들에게는 새해 전날이 아닌 새해 첫날이 축하의 시간이었다. 미국의 추수감사절과 비슷하다. 가족이 모두 모이고, 모이는 집에서 장만한 호화로운 음식들로 성대한 잔치를 즐긴다. 한국에서는 서로 음식을 가져와서 나누어 먹지 않는다. 손님들은 아무것도 가져가지 않고, 참석이라는 영광만 베풀면 된다. 할머니, 삼촌, 언니, 막내 사촌까지 모두가 맛있는 음식을 배불리 먹고 난 후에는 어린이들이 어른께 인사를 올리는 오랜 전통인 세배가 시작된다. 남자아이는 큰절을, 여자아이는 한쪽 무릎을 세우기도 한다. 그리고 특정 문구를 말한다. "새해 복 많이 받으세요." 이렇게 상징적인 축복의 인사를 건넨 아이들에게는 그 대가로 현금이 주어진다. 어릴 때 우리 자매들은 누가 돈을 제일 많이 받았는지 서로 비교하기도 했다.

육수를 낼 소고기를 손가락 길이로 얇게 써는 동안, 변형되고 기울어진 조리대 위에서 단풍나무 도마가 덜그럭거렸다. 배어 나온 피가 나뭇결을 따라 흐르다가 자잘한 파란색 점박이 무늬의 조리대 표면 위로 떨어졌다. 소고기를 1킬로그램이 아니라 조금 더 살 걸 그랬어라고 생각했다.

언니들과 동생은 키가 작아서 다들 150센티미터 정도였다. 네 자매가 함께 찍은 사진에서는 158센티미터인 내가 톡 튀어나와 직선의 흐름을 깼다. 하지만 남편들은 모두 키가 컸고, 큰언니의 남편은 덩치도 컸다. 큰언니는 음식 섭취량이 남편과 얼추 비슷했다. 두 사람의 외아들은 세 살의 나이에도 아빠를 곧 따라잡을 듯한 속도로 먹었다. 큰언니는 이 잠재적 문제를 걱정하기보다 오히려 아들을 자랑스러워했다. 나는 소아청소년과 의사로서 허용형 양육이 분명한 이 방식을 경고해야 할 의무감이 들었다. 그러나 큰언니는 자녀 양육의 전문가라고도 할 수 있는 내 의견을 무시했다. 아이에게는 무조건적 사랑이 좋다며, 그걸 우리가 어머니에게서 한 방울이라도 받아봤다면 얼마나 좋았겠느냐고도 했다. 큰언니는 전직 임상심리학자였으나 이제는 삶에 온통 아들뿐이었고 출산 후 집 밖에서 일한 적도 없었다.

나는 한숨을 쉬고 입술에 힘을 주어 굳게 다물었다. 스테인리스 냄비가 오래된 레인지의 고르지 못한 표면 위에서 수증기를 뿜으며 끼익 소리를 냈다. 기포가 촘촘하게 모여들며 수면으로 분출했다. 접합 부분이 떨어지기 시작하는 해진 벽지 위 빛바랜 파란색 꽃무늬가 피어오르는 수증기에 가려 이내 보이지 않았다.

나보다 두 살 많은 작은언니 소피아는 큰언니의 양육법을 참지 못했다. 작은언니는 일곱 살 딸과 네 살 아들에게 집은 곧 신병훈련소라고 했다. 계획 짜기의 달인에 어찌나 체계적이고 의지가 대단한지 작은언니의 두 아이는 일주일 중 6일간 각종 활동으로 광란의 일정을 소화해야 했다. 학교가 끝나면 스케이트장으로, 피아노 교실로, 축구장으로 내달렸다. 나는 작은언니와 아이들 모두 지쳐서 나가떨어지기 전에 적당히 하라고 했다. 하지만 작은언니는 내 말에 성경 구절로 응수했다. "할 일 없는 자는 악을 꾀하나니."*

언니는 류머티즘성관절염을 앓으면서도 약사로 전일 근무했고, 아이들 학교 자원봉사까지 하며 정신없이 돌아가는 일상을 멈추기를 단칼에 거절했다.

나는 펄펄 끓는 물에 소고기를 넣고 다시다로 양념했다. 고기를 휘젓자 맑은 물이 흐려지며 육수가 되어갔다. 이 정도면 양이 충분할지 걱정스러웠다.

동생 클라라는 우리의 언쟁을 이해하지 못했다. 동생과 약혼자는 맨해튼에 거주하며 끔찍할 만큼 오랜 시간 일하는 변호사였고, 저녁은 대체로 포장해 와서 때우거나 직접 식당에 가서 외식을 했다. 아이는 없었고 당분간은 출산에 대한 생각도 없었다. 서른셋이면 그리 적은 나이가 아니라고 말해도, 동생은 귀찮아하며 아직도 시간이 충분하다고 했다. 언젠가는 갖겠지. 마치 모르는 소리를 한다는 듯 다섯 살 더 많은 언니의 조언을 무시했다. "아이를 왜 가져야 해?" 아마도 우리 어머니 밑에서 자란 영향이 남아서일 거다.

우리 자매들은 분노와 죄책감에 사로잡혀 어머니 이야기를 피한다. 고집스럽게 마음의 문을 닫고 예측할 수 없는 행동도 점점 심해지는 어머니를 어떻게 해야 할지 의견을 모을 수가 없었기에 괜한 말싸움을 피하는 편이 차라리 낫

* 잠언 16장 27절.

다고 여기는 듯했다. 그렇지만 어머니의 실패작이라는 면에서는 모두 하나로 뭉쳤다. 모두 한국인이 아닌 남자와 결혼했고, 이는 어머니가 보기에 도덕적으로 범죄행위나 마찬가지였다. 백인 사위들뿐 아니라 큰언니의 중국인 남편조차 마음에 들어하지 않았다. 사위 둘은 의사고 예비 막내사위는 변호사였다. 모두 엄마가 성공한 삶으로 여기는 직업이었지만, 이것도 성에 차지 않아 했다.

수천 년간 내려온 순수 한국인의 피를 더럽힐 수는 없다고 생각한 어머니는 장녀의 결혼식에 참석하지 않았다. 내 결혼식에는 참석했지만 마지못해서였다. 조금의 움직임도 없이 석고처럼 매끈한 얼굴을 보며 간청했던 기억이 난다. "나한테 어떻게 이럴 수가 있니?" 차갑고 딱딱한 목소리로 어머니가 말했다. 어머니가 바라는 바를 거스른 일은 내 평생 그때가 처음이었다. 어머니는 결혼식 전야 파티에 오지 않았고, 다음 날 성캐서린성당의 침침한 조명 속에서 맨 앞자리에 모습을 드러내기 전까지는 참석할지 여부도 확실하게 알려주지 않았다.

큰언니는 엄마가 너무 속물이어서 내 결혼식에 오지 않을 수 없었을 거라고 씁쓸하게 말했다. 내가 누구 덕에 의사가 되었고, 의사와 결혼까지 하는 빛나는 성과를 올렸는지 자랑해야 하니까. 당연히 아버지 덕은 아니었다. 어머니 눈에 아버지는 또 다른 실패일 뿐이었고, 이는 단지 이혼

했기 때문만은 아니었다. 한국에서 이혼이 드물다는 말은 절제된 표현이다. 우리 부모님 세대의 한국인들은 이혼하지 않는다. 상류층이라면 더욱 그렇다. 어머니는 이혼한 지 14년이 될 때까지 가족에게 이혼 사실을 알리지 않았고, 앞으로도 절대 말하지 않을 것이다. 견딜 수 없는 수치심 때문이었다. 나도 어머니의 이런 성격을 물려받았다. 어머니는 한국에 거의 가지 않았고, 외할머니와 이모의 방문은 내가 아주 어렸을 때가 마지막이었다. 이제는 가족과 통화도 하지 않는다. 한국에서 마지막으로 온 전화는 외할아버지가 돌아가셨다는 소식이었다. 그때 어머니는 "항공서간"*이라고 쓰인 푸른색 종이에 편지를 썼다. 어쩌면 그 얇고 파란 종이 위에 어머니가 평행우주를 만들지 않았을까 상상해본다. 행복한 어머니가 사는 우주, 가족들이 걱정하지 않아도 되는 어머니가 사는 우주.

삭막한 주방의 답답한 공간에 고기 익는 향기가 가득 차올랐다. 칼날이 파의 몸 위를 지나자 쌉쌀하면서도 상쾌한 향이 풍겼다. 나는 나머지 재료도 모두 준비했다. 전분 때문에 풀로 붙인 듯 달라붙어 있는 타원형 떡 조각들을 떼어내고, 큰 달걀 여러 개를 흰 그릇 안에 깨뜨려 소금을 약간 넣어 풀어주고, 도자기 절구에 깨를 넣고 빻았다. 빻은 씨앗에

* 한 장의 종이를 접어 붙여 편지지와 봉투를 겸한 항공 우편물의 일종.

서 나는 고소한 추억의 향기가 콧속을 휘감았다. 어린 시절 어머니가 만들어주던 음식들이 떠올랐다.

나는 아이들을 낳기 전까지는 떡국 만드는 법을 몰랐다. 어릴 때 어머니를 도우려고 주방에 들어가면 어머니는 어서 나가라고 내보냈다. "너는 가서 공부해야지. 의사가 되어서 중요한 일들을 해야 하잖아. 요리는 쉬워. 나중에 가르쳐 줄게"라고 하면서. 하지만 나중은 오지 않았다. 나는 한국계 미국인이 영어로 쓴 요리책으로 한식 조리법을 배웠다. 저자가 본인 모친의 조리법에 가족사를 엮어 펴낸 책이었다. 지금은 북한인 지역에서 저명한 요리사였던 할머니 이야기부터, 실질적인 가장이었던 어머니가 뉴욕 이스트빌리지에 식당을 차리려고 고생한 이야기까지. 어머니와 연이 끊긴 나는 어머니의 불고기에는 책에 나온 것보다 간장이 더 많고 설탕이 더 적게 들어가는지, 떡국에는 파를 더 넣고 깨를 덜 넣는지 물어볼 수 없었다. 기억으로만 남은 어머니의 떡국 맛에 의존해야 했다. 요리책을 따라 하며 어머니의 떡국을 재현하려고 노력했다.

움직이는 회오리 폭풍처럼 여섯 살 난 딸아이가 비좁은 주방으로 들이닥쳤다. "엄마, 엄마, 나 좀 도와줘!" 타일 바닥 위를 빙글빙글 돌며 여기저기 정신없이 뛰어다녔다.

"에린, 조용히 하자."

에린은 기운을 억누르려 애썼지만 한마디 할 때마다 팔

을 마구 휘둘렀다. "한국 공주 옷 입는 거 도와줘!"

"꼭 오늘 입어야겠어?" 한국 여성들이 특별한 날 입는 전통 의복인 한복 이야기였다. 예전에 핼러윈 코스튬으로 분홍색과 흰색으로 된, 조선시대 공주풍의 앙증맞은 한복을 사 준 적이 있었다.

"응, 응, 응!" 눈을 크게 뜨고 고개가 떨어질 듯 끄덕이며 말했다. "한국 옷 입으면 돈을 더 많이 받을 거야!"

나는 타일러보려고 했다. "다른 사촌들은 한복 안 입고 올 텐데. 그냥 원래 입는 옷 입으면 안 돼?"

"싫어!" 내가 이해하지 못하자 딸은 다급해졌다. "엄마, 한복 입게 해줘!"

나의 패배였다. "그래, 알았어. 가지고 내려와. 엄마가 도와줄게."

에린이 쏜살같이 위층으로 올라가며 외친 고맙다는 인사가 계단에 메아리처럼 울렸다.

나도 어릴 때 설날이 되면 엄마가 준 한복을 입고 자매들과 세배를 올렸던 기억이 났다. 우리는 모두 웃고 있었다. 똑같이 하고 싶다는 딸을 나무랄 수는 없었다.

"떡국을 이제야 끓이면 어떡해?" 작은언니가 주방에 들어서자마자 말했다.

부산한 소음과 움직임을 몰고 자매들이 한 명씩 도착했다. 조카들은 내 아이들과 거실에서 놀았다. 어른들은 한쪽에 고급 본차이나 식기와 유리잔, 은젓가락을 세팅하고 다른 쪽에는 아이들이 쓸 종이 그릇과 플라스틱 컵, 나무젓가락으로 두 개의 상을 차렸다. 언니들과 동생의 수다와 웃음이 간간이 들려왔다. 한 명은 거실에서 뛰지 말라고 아이에게 호통을 쳤고, 또 한 명은 내게 만두튀김이 맛있다며 칭찬했고, 나머지 한 명은 밥과 소고기, 시금치, 단무지, 달걀, 당근이 들어간 김밥을 우물거리며 주방에서 왔다 갔다 했다.

나는 끓고 있는 떡국에 숟가락을 넣어 조심스럽게 간을 보았다. 소고기 육수의 풍부한 맛이 타원형 떡 속으로 스며들었고, 파는 색깔과 맛이 선명하게 살아 있었다. 달걀은 가벼우면서도 섬세했고, 갈아 넣은 참깨의 고소함도 우러나왔다. 그리고 얇은 떡은 부드러우면서도 형태가 살아 있었다. 다섯 재료가 모두 어우러져 조화를 이루었다. 청자색의 국그릇에 떡국을 나눠 담았다. 다들 자리에 앉았다.

"내년에는 우리 집에서 하자. 우리 집 주방이 더 넓잖아. 리모델링도 할 거고." 작은언니가 말했다.

나는 고개를 끄덕였다.

"왜 떡국에 만두 안 넣었어? 그게 더 맛있는데." 작은언니가 당연하다는 듯 만두를 찾으며 말했다.

“싫으니까.” 내가 쏘아붙였다. 그리고 이내 퉁명스러운 말투를 후회했다. 정초부터 싸워서 새해를 망칠 수는 없었다. “매년 설날에는 떡국을 먹었잖아.” 떡국에 부숴 넣을, 소금 뿌려 구운 김을 전달하며 말을 덧붙였다.

“심심하게 이게 뭐야. 만두를 넣어야 더 맛있지.” 작은언니가 계속 우겼다.

“옛날에 먹던 대로잖아.” 떡 하나를 베어 물었다. 속은 단단하면서도 유연했고, 나는 다양한 맛과 식감이 이루는 조화를 음미했다. 무척 단순하면서도 다양한 깊이의 맛이었다.

작은언니는 어깨를 으쓱했다. “알았어.”

내 떡국 사랑을 평생 이해 못 할 사람이었다.

식사가 끝나자마자 아이들이 세배하러 모였다. 여덟 번 몸을 굽히는 대신 네 번으로 끝낼 수 있게 어른들이 부부끼리 순서대로 소파에 앉아 절을 받기로 했다. 작은언니와 클라라는 아이들에게 각각 1달러씩 주었다. 나도 똑같이 했다. 하지만 큰언니는 아니었다. 반짝이는 빨간색 봉투에 20달러 지폐를 넣어서 아이들에게 나누어 주었다. 갑자기 목돈이 생긴 아이들은 즐거움에 소리를 질렀다. 다른 어른들이 못마땅한 눈으로 바라보자 큰언니는 몇 주 후에는 중국에서도 설이니 그것도 같이 챙겨야 한다고 했다.

늘 그렇듯 난장판 속에서도 대체로 침묵을 지킨 클라라가 팔에 코트를 걸치고 내게 다가왔다. 휴일에도 근무하러 사무실에 나간다고 했다.

"커피라도 마시고 가지." 더 있길 바라는 마음으로 내가 말했다.

예상대로 클라라는 퇴짜를 놓았다. "안 돼. 다음 주부터 재판이야."

나는 물러섰다. "만나서 반가웠어. 나 이사 가기 전에 시내에서 저녁 먹자."

클라라는 고개를 저었다. "재판이 얼마나 걸릴 지 몰라."

아직 시간 있잖아. 잠깐 짬도 못 내? 하지만 그냥 끄덕였다.

그런데 클라라는 급하게 간다면서도 뜸을 들였다. 천천히 코트를 입고, 스카프를 매만지고, 장갑에 손가락을 하나씩 넣었다.

나는 기다렸다.

"엄마한테 편지 왔어." 클라라가 말을 쏟아냈다.

나는 눈을 감고 숨을 멈췄다. 눈을 뜨자 주방 바닥의 깨진 타일을 응시하는 클라라가 보였다.

"이번엔 뭐래?" 내가 물었다.

"돈 필요하대."

"새롭지도 않다." 내가 말했다.

"점점 심해지고 있어. 전에는 몇 달에 한 번씩 200달러 정도였으니 그냥 수표를 보냈거든. 그런데 이번에는 3만 달러짜리 에메랄드 이야기를 하는 거야. 나한테 2만 달러에 팔겠대."

클라라는 울음을 감추려고 나지막이 말했으나 눈물이 더 빨랐다. 나는 어깨를 감싸려고 했지만 동생은 뿌리쳤다. 나도 안다. 때로는 한 번의 손길만으로도 무너질 수 있다.

"네 잘못 아냐." 내가 말했다. "나한테도 그랬던 거 알잖아. 난 그거 못 산다고 하니까 연락을 끊었어. 다음은 작은언니, 그다음은 큰언니더니 이제는 너네."

"뭐라고 답장해? 돈이 필요한 건 알지만 2만 달러라니! 그런 돈이 필요하면 집을 팔아야지." 클라라는 이제 제 손을 쥐어짜고 있었다.

"지붕이 무너지는데도 몇 년 후에는 100만 달러로 오를 거라면서 계속 붙들고 있는 분이야. 제정신이 아닌 사람을 어떻게 상대하려고 해?" 결국 나는 늘 하던 이야기로 돌아갔다.

"도대체 그 집에서 나오지를 않으니!" 클라라는 스카프를 꼬아 매듭을 지었다.

"시도했잖아. 안 되는 걸 어떡해." 내가 가만히 말했다.

침묵과 패배감이 우리 사이를 감돌았다.

클라라는 눈물을 닦아내고 다시 가면 뒤에 숨었다. "진짜 가야겠다. 저녁 약속은 내가 나중에 연락할게." 그리고 신발을 신고 문밖으로 나섰다.

나는 벽지가 해진 주방 벽에 몸을 기대고 머리를 젖혔다.

눈을 감고 잠들고 싶었다. 하지만 숨을 깊이 들이쉬고 다시 거실로 나갔다.

내 아이와 조카 들은 거실 안을 뛰어다니며 즐겁게 소리를 질렀고, 아무렇게나 음식 부스러기를 흘려댔다. 나는 들뜬 아이들을 제지하지 않았다.

"재밌게 노니까 좋은데 너무 시끄럽네." 작은언니가 말하며 자기 아이들을 단속하려 했지만 소용없었다.

"그냥 둬. 넌 깐깐해서 탈이야." 큰언니가 말했다.

"아니지, 언니. 언니 아들이 맘대로 날뛴다고 우리 애들까지 그래서는 안 돼. 어떻게 행동해야 하는지 이미 잘 아는 애들이야." 날카로운 눈으로 큰언니를 쏘아보며 작은언니가 말했다.

분위기가 험해지기 전 내가 개입했다. "그만해, 싸우지 마."

큰언니와 작은언니는 똑같이 생긴 집들로 구성된 신도시 단지에서 몇 블록 거리에 살았다. 둘은 서로에게 의지했다. 학교 끝날 시간에 서로의 아이들을 데려오고, 각종 활동에 참여할 때 같은 차로 이동하고, 번갈아 아이들을 봐주기도 했다. 대체로 원만히 흘러갔다. 그러나 양육 방식에 갈등이 있었고, 아이들이 함께하는 시간은 많았다. 나는 양쪽에서 불만을 듣곤 했고, 둘이 한바탕 싸우고 난 후엔 특히 더 그랬다. 우리 어머니처럼 두 언니도 깊이 사귀는 친구가 없었다. 어쩌면 서로가 있으니 다른 사람은 필요 없는지도 모른다.

"한국에서 보낸 마지막 설 명절 기억나?" 큰언니가 아쉬워하는 목소리로 갑자기 물었다. "사촌들을 만난 게 그때가 마지막이었어."

나는 큰언니의 아련함을 감당할 수 없어서 시선을 피했다.

1972년 설날, 서울에 살았던 우리 가족은 택시를 타고 교외에 있는 어느 친척 집에 갔다. 누구였는지는 기억나지 않는다. 외가 식구 중 한 명이었다고 생각하지만 아닐 수도 있다. 아버지는 서울 출신이고 어머니는 광주 출신이기 때문이다. 우리가 도착했을 때는 이미 방마다 사람들이 그득했다. 우리 자매들은 다른 아이들과 함께 놀며 세배할 때 어떻게 해야 더 많은 돈을 받을 수 있을지 계획을 짰다. 그때는 아무 데서나 먹고 뛰어다녀도 괜찮았다. 평소에는 드문 일이었다. 온갖 소리로 왁자지껄했다. 어른들의 웃음, 아이들의 고함, 음악 소리까지. 기분 좋은 어머니 모습도 기억난다. 그날 밤, 세뱃돈을 가장 많이 받은 아이는 나였다. 집에 돌아올 때 내 돈으로 택시비를 냈다. 내가 이룬 성과에 뿌듯했다. 언니들과 동생 쪽으로 몸을 기울여 서로 받은 돈을 비교하고 창밖으로 서울을 밝히는 불빛을 보며 미소를 감출 수 없었다. 새해 첫날을 이렇게 마무리하다니 정말 좋다. 고작 몇 달 후 우간다로 가게 될 줄은 몰랐다.

자매들이 모두 돌아간 후 나는 먹고 남은 떡국과 함께 남겨졌다. 국물은 떡의 전분기에 엉겨 굳어 있었고, 떡은 퉁퉁 불어 원래의 모양을 잃었다. 쭈글쭈글해진 소고기 조각은 색깔도 변해서 마치 갈색 나뭇가지처럼 국물 밖으로 튀어 나왔다. 노랗게 말라붙은 달걀은 덩굴처럼 스테인리스 냄비 안쪽에 달라붙어 있었다. 식탁 위의 설거짓거리를 챙겨 한심한 상태의 주방으로 옮겼다. 벗겨지는 벽지와 색이 안 맞는 수납장, 얼룩진 싱크대가 음울한 조명 속에 적나라하게 드러났다. 원래 그해의 계획은 피츠버그로의 이사가 아닌 주방 리모델링이었다. 하지만 남편은 당시의 직장이 마음에 들지 않아 떠나야겠다고 결심했다. 나와 아이들의 삶은 남편의 필요와 욕구에 좌우되었다. 우리 아버지가 그랬듯, 우리 가족이 어디에 살고 무얼 할지는 남편이 정했다.

또 한 번의 지리적 혼란을 겪기 전 자매들을 만날 수 있었으니 다행이라고 나를 다독였다. 그러나 다리가 풀려 깨진 타일 바닥 위로 무너지지 않게 참아야 했다. 어린 시절의 나와 자매들을 그리며 애도하고 싶었다. 그때의 어머니를 애도하고 싶었다. 하지만 그 대신 접시를, 냄비를, 젓가락을 닦았다.

돌이켜보니 그다음 해에 일어난 일을 어떻게 하면 바꿀 수 있었을지 궁금하다. 어머니의 자살 시도를 어떻게 하면 막을 수 있었을지 궁금하다.

의료계를 떠나다

일곱 살짜리가 너무 조용하게 앉아 있네. 진료실에 들어설 때 처음으로 든 생각이었다. "안녕, 토미. 기분이 어떠니?"

아이는 투명하고 파란 눈을 깜빡이더니 아빠를 향해 옅은 금발 머리를 휙 돌렸다. 그는 특징이랄 것 없는 갈색 머리의 건장한 남성이었다.

"반갑습니다, 헤이스 씨. 무슨 일로 오셨나요?" 내가 말했다.

"반갑습니다, 선생님." 수줍은 듯한 목소리였다. "토미가 목이 아프다고 해서요."

내가 자리에 앉자 헤이스 씨도 진찰대 옆에 놓인 회색 플라스틱 의자에 앉았다.

"열도 있나요? 콧물? 기침?" 내가 빠르게 연달아 물었다.

"죄송합니다. 장례식 때문에 제대로 살피지 못했어요."

나는 차트를 적다가 고개를 들었다. "장례식이요?"

"토미 엄마가 지난주에 세상을 떠났거든요." 헤이스 씨는 굳은살이 박인 자기 손을 내려다보았다. "헌팅턴병*이었어요." 다시 고개를 든 그의 얼굴에는 아무 표정이 없었다.

"힘드시겠어요." 놀란 내가 말했다.

헤이스 씨는 아들 쪽으로 고개를 까딱했다. "애들이 걱정이죠."

"자녀가 몇이세요?"

"첫째랑 둘째는 십대고 토미가 막내예요."

"자녀들과 함께 사별 상담을 받으시면 어떨지 생각해보셨나요?"

그는 고개를 저었다. "공사 현장 일을 해서 일할 때만 돈을 벌어요. 지금은 누나가 같이 살면서 도와주고요."

"정말 괜찮으시겠어요? 메디케이드**가 적용되는 좋은 상담 선생님을 소개해드릴 수도 있어요." 금발의 머리를 푹 숙인 채 흰색 운동화를 신은 발로 금속 진찰대를 툭툭 치고

* 춤을 추는 듯 몸이 움직이는 무도증, 정신 증상 및 치매가 주된 특징으로 나타나는 유전질환.

** 저소득층에게 연방정부와 주정부가 공동으로 의료비 전액을 지원하는 미국의 의료보험제도.

있는 토미를 바라보며 내가 말했다.

토미 아버지는 고개를 끄덕였지만 아무 말도 하지 않았다. 차갑게 굳은 표정으로 보아 이 대화는 여기서 끝임을 알 수 있었다.

나는 질문을 멈추고 토미를 진찰했다. 인후가 선홍색이었지만 박테리아 감염 가능성을 시사하는 삼출물은 없었다. 그래도 나는 패혈성인두염을 의심했다. 다음 날, 채취한 검체에서 양성 결과가 나왔다는 나의 전화에도 헤이스 씨는 놀라지 않았다. 항생제를 먹여야 하니 내가 집 근처 약국에 연락하겠다고 했는데, 토미의 형도 목이 아프다며 이미 진료를 예약했다고 했다. 나는 한꺼번에 치료할 수 있게 가족 중 인후통이 있는 사람은 모두 오라고 했다. 통화를 끝내고 자리에 앉아 토미의 차트를 전부 꼼꼼히 읽어보았다. 읽을수록 더 큰 두려움이 엄습했고, 규칙적인 호흡을 유지하려는 노력도 더 커져갔다.

혈액검사를 했는데 끔찍한 질병에 걸렸다는 확진을 받게 된다면 어떨까? 그 병이 정신과 기억을 천천히 잃게 하고, 이미 엄마와 할아버지까지 앗아 간 병이란 걸 알고 있다면?

헌팅턴병은 불치의 병이다. 이 병의 드문 변종인 소아헌팅턴병은 아이들에게 치명적이며, 발작과 근육경직 같은 초기 증상으로 시작해 학업적, 사회적 어려움으로까지 이어진다. 발병이 이를수록 진행 속도가 빠르고, 소아헌팅턴병을 앓는 아이들은 병세가 급격한 속도로 악화되어 10년 이내에 사망을 피할 수 없다. 헌팅턴병 환자인 부모를 둔 아이가 해당 유전자를 물려받을 확률은 50퍼센트이다.

토미는 뇌 촬영에서도 이상 소견이 있었고 발작 병력도 있었다. 토미의 엄마가 그렇게 젊은 나이에 갑작스럽게 이 병으로 세상을 떠났다면, 그리고 헌팅턴병은 세대를 거칠수록 유전자변이가 증폭된다는 사실을 감안한다면, 토미의 병력을 고려했을 때 그 결과는 가히 재앙이 될 수도 있었다.

추운 진료실의 차가운 금속 진찰대 위에서 기다리는 동안 손끝이 얼얼해졌다. 얇은 가운은 또 다른 전도체가 되어 냉기를 전달할 뿐, 온몸에 돋아난 닭살을 가라앉히기에는 전혀 도움이 되지 않았다. 머리도 얼얼하게 마비되면 좋을 것 같았다. 하지만 내 머리는 사고를 당한 그날로 달음질쳤고, 어쩌다 내가 이 진료실에서 앞으로의 절차를 두려워하며 떨고 있는지 생각했다.

"충격이 심하시니 응급실에 가셔야 합니다." 구급대원이 말했었다. 하지만 난 집으로 차를 몰았다. 그때 이미 내 목과 등은 움직일 수 없을 만큼 굳어 있었고, 통증도 극심했다.

나는 결국 응급실을 찾았다. 단순 환자가 아닌 의사여서 신속하게 목과 등의 MRI 촬영을 받는 특혜를 누렸다. 허리 디스크 두 개가 빠져나왔고, 목과 어깨 부분의 승모근이 찢어져 있었다. 충돌 당시의 힘이 차체로 퍼지지 않고 내 몸에 고스란히 흡수된 결과였다. 병원에서는 정형외과수술을 받아야 한다고 했다. 나는 물리치료와 재활을 전문으로 하는 의사의 진료를 예약했다. 내과적 치료가 수술보다 낫다는 논리에서였다. 재활 전문의의 진찰을 받으며 힘 없고 가동성도 줄어든 오른쪽 다리를 보여주었다. 허리를 숙이지도 못했다. 걸을 때는 오른발을 끌었고, 걸음걸이도 뒤뚱거렸다. 의사는 통증을 줄이고 손상된 신경의 부기를 가라앉힐 수 있게 척추에 스테로이드주사를 몇 번 맞아볼 것을 권했다.

의사의 처방대로 따르면 다 나을 줄 알았다. 만성적인 허리통증을 달고 살아야 하는 환자가 됐다는 사실을 받아들일 수 없었다.

나는 절뚝이며 진료실로 들어갔다. 헤이스 씨와 덩치만 더 큰 토미가 함께 와 있었다. 아들들이 아빠를 전혀 닮지 않았다. 엄마를 닮았으려니 했다. 토미의 형은 삼키기가 힘들다고 했다. 여자친구도 지난주에 목이 아팠다는 말에, 나는 목 아픈 여자애들과 뽀뽀하면 안 된다고 장난을 쳤다.

토미 형은 얼굴을 붉혔고, 토미 아빠는 슬며시 웃었다. 경험으로 판단해 항생제를 처방했지만, 인두염인지 확인하기 위해 목에서 채취한 검체를 분석실로 보냈다. 헤이스 씨에게 딸은 어떤지 물었다.

"내일 오겠다고 했습니다, 선생님."

"그것도 좋죠."

토미 누나는 갈색 머리를 길게 기른 토미처럼 보였다. 인후가 붉어졌다거나 염증 기미는 없었고, 삼출물도 없었다.

"동생들은 인두염이 있는데, 너는 운 좋게 피했나 보구나. 그래도 혹시 모르니 검체는 분석해볼게."

토미 누나는 내 눈을 피하며 끄덕였다.

"전반적인 신체검사여서 몇 가지 더 이야기를 나눠야 해. 학교와 집에서는 어떤지, 성생활이랑 약물 이야기도." 토미 아빠가 진료실에서 나간 뒤 내가 넌지시 말했다.

토미 누나는 닳은 운동화를 내려다보며 어깨만 으쓱했다. "술은 안 마시고 약도 안 해요. 학교생활도 괜찮고요. 따분하지만 싫진 않아요."

"엄마 돌아가신 후로 집에서는 어떠니?"

다시 어깨를 으쓱했다. "이상해요."

"아직 이렇게 어린데 엄마를 잃었으니 이상하겠지."

"저 어리지 않아요. 가족들 식사도 제가 챙겨요. 할 사람이 없거든요."

“힘들겠네. 고민을 나눌 친구는 있고?”

“주변에 엄마가 죽은 친구는 없어요.” 심드렁하게 말했다. “나 말고는요.”

“상담치료가 도움이 될 것 같은데.” 내가 말했다.

“몰라요.” 고개를 숙인 채 손톱을 물어뜯으며 답했다.

난 포기하지 않았다. “사별 상담치료사와 예약을 잡아줄까?”

“그 이야기는 하고 싶지 않아요.” 아이의 갈색 머리카락이 커튼처럼 우리 사이를 갈랐다. 생김새는 엄마를 닮았을지 몰라도, 행동은 아빠 같았다.

“그래, 그럼 이제 성생활로 넘어가자.” 내가 말했다.

아이는 몸을 곧게 세우더니 팔짱 낀 팔을 진찰대에 기댔다.

“남자나 여자, 혹은 두 성별 모두와 성관계를 갖고 있니?” 내가 물었다.

토미 누나는 격렬하게 고개를 저었다. “저 섹스 안 해요!”

“그래, 알았어. 그냥 물어보는 거야.” 우리는 한동안 침묵 속에 앉아 있었다. “네 말 믿어.” 내가 말했다.

“역사 수업에서 맘에 드는 남자애가 있어요.” 속삭임과 별반 다를 것 없는 목소리로 아이가 말했다. “근데 걔는 저란 애가 있는지도 모를걸요.”

“분명 알고 있을 거야. 이렇게 예쁜데.” 내가 웃었다.

"가끔 저랑 눈이 마주쳐요." 가벼운 미소가 떠올랐다가 아름다운 파란색 눈 주변이 고통스럽게 찌푸려지며 이내 사라졌다. "엄마가 보고 싶어요! 엄마한테 이런 이야기도 하고 싶은데, 이제 없잖아요. 왜 없는 거죠?" 아이가 흐느꼈다.

팔로 감싸주려 했지만 아이는 몸을 뺐다. "미안해." 갑자기 목이 메는 느낌을 억누르며 내가 말했다. 내 아이들이 토미 누나처럼 슬픔의 파도를 막아내려 애쓰는 상황에 놓이는 상상만으로도 견딜 수가 없었다. 나는 감정을 억눌렀다. 그것이 고통에 시달리는 환자를 만났을 때 나의 대처 방식이었다.

헤이스 씨가 다시 진료실로 들어왔고, 나는 매년 하는 혈액검사 차원에서 아이를 검사실로 보냈다. 헤이스 씨에게는 딸아이의 신체 기능이 모두 정상이고 열다섯 살에 권장되는 모든 예방접종을 받아야 한다고 일렀다.

"그리고 하나 더요, 헤이스 씨."

"네, 선생님."

"토미의 차트를 보니 어떤 검사는 받은 지 오래됐더라고요. 최근에 뇌 촬영을 했는지 혹시 아시나요? MRI나 CT 촬영이요."

"저는 잘 모르겠는데요, 선생님."

"괜찮습니다."

"죄송해요. 병원 진료는 항상 토미 엄마가 데려왔거든요."
"마지막 발작은 언제였는지 기억하세요?"
헤이스 씨는 다시 고개를 저었다. "서너 살쯤?"
"괜찮아요. 질문에 성실히 답해주셔서 고맙습니다."
헤이스 씨는 내가 그런 질문을 한 이유를 묻지 않았다.

나는 영상의학과의 진찰대에서 두 번째 스테로이드주사를 기다리며 몸을 떨었다. 몇 주 전에 맞은 첫 주사는 너무나도 힘들었다. 절뚝거림도 더 심해졌다. 피부를 뚫고 근육을 지나 깊이 침투해 신경을 건드리는 바늘의 느낌이 여전히 생생했다. 몸이 부서지는 듯한 아픔에 다른 생각은 모두 사라졌다. 이번 주사는 그렇게 힘들지 않기만을 계속 기도했다.

이번에는 더 심했다. 그럴 수 없을 줄 알았는데 아니었다. 나는 시술을 마치고 차 안에 앉아 흐느꼈다. 수술을 피하고 싶어서 물리치료를 택했고 대체의학을 알아보았다. 침술도 받아봤다. 수술과 그에 따른 마비만 아니라면 뭐든 좋았다.

일할 때도 움직임이 뻣뻣했다. 유아를 진찰대로 들어 옮기지도 못했고, 다섯 살 꼬마들과 뛰지도 못했고, 십대 청소년들의 팔을 잡고 버틸 수가 없어서 근력을 제대로 검사하지도 못했다. 환자들의 근육긴장도는 정상인데 내 체력이 너무 약해서 똑바로 측정할 수 없었던 걸까? 열 시간 근무가 끝날 쯤엔 허리의 통증이 오른쪽 다리 밑으로 퍼졌다. 발은 참을 수 없이 욱신거리다가 감각이 없어지길 반복했다. 나는 절뚝이며 퇴근했다.

당시 세 살이었던 아들을 안아 올리지도 못했다. 유리를 통해 내 모습이 보이고 열쇠가 짤랑이며 문을 여는 소리가 나의 귀가를 알리면, 아들은 복도를 지나 현관까지 달려왔다. 아들을 안으려고 허리를 숙일 수도 없었다. 내 다리에 팔을 감고 폴짝폴짝 뛰며 "엄마, 엄마, 엄마!"를 외치는 아들의 머리만 토닥였다. 그리고 두 팔을 머리 위로 번쩍 들며 "안아줘!" 하는 요구를 거절할 수밖에 없었다. 내가 뒤로 물러나 마룻바닥에 앉는 동안 아이는 마치 내게 버림받은 듯 허망한 표정을 지었다. "괜찮아." 나는 미소를 지으며 이리 와서 앉으라고 손짓했다. 아들은 접힌 다리 위에 조심스럽게 앉았다가, 뼈밖에 없는 내 종아리가 불편했는지 이내 누나를 찾아 줄행랑을 쳤다. 내가 힘닿는 만큼 높이 들어 올렸다가, 아이가 웃으며 내려다보면 넘치는 기쁨으로 볼에 뽀뽀를 해주던 때가 그리웠을 거다. 아들이 더는 내게 "안아줘!" 하지 않자 내 가슴도 찢어졌다. 나는 스스로가 내 어머니보다 좋은 엄마라 생각했다. 매일 아이들을 안아주고, 잠자리에서 책도 읽어주고, 이불도 잘 덮어주고, 잘 자라고 뽀뽀도 해줬다. 하지만 내가 되고 싶었던 엄마가 되기에 지금은 너무 고통스러웠다.

새로운 재활 전문의는 합리적인 사람이었고, 내게 장애인 지원을 받는 것이 어떨지 조언했다. 몸이 나아질 때까지 "당분간만요" 하면서. 그때가 언제일까? 그건 모른다고 했다. 나는 일반 소아청소년과 과장과 소아병동 전체를 관장하는 병동장에게 근무 시간을 줄일 수 있을지 문의했다. 대답은 긍정적이었다. 그러나 근무 시간을 15퍼센트 줄이는 대신 이미 시간제인 내 월급에서 30퍼센트를 깎겠다고 했다. 내가 반발하자 백인 남성인 병동장의 반응은 특히 더 불쾌했다. "꼭 뽑아야 하는 사람도 아닌데 일하게 해줬잖아" 하고 경멸하듯 말했다. 고마운 줄 알라고 고함을 질렀다. 동양인 여자가 고분고분 말을 듣지 않으니 분노가 치밀었나 보다. 내 벌이만으로는 아이들에게 들어가는 돈을 감당하기에 부족했다. 2004년 1월 1일, 나는 어린이병원 소아청소년과 조교수 자리를 내려놓았다.

당시만 해도 나는 다시 병원으로 돌아갈 수 있을 줄 알았다. 내 의지로 의사가 되지는 않았지만 이제는 아는 게 그것밖에 없었고, 그게 나의 정체성이었다. 착한 한국 딸인 나는 의대에 진학해서 이민자 부모님을 기쁘게 해드리고, 두 분의 아메리칸드림을 실현해야 할 것만 같았다. 그때까지도 작가라는 꿈을 이루고자 노력하고 싶다는 말을 입 밖으로 꺼내지 못했다. 그리고 이제 만성적인 허리통증 환자가 되었다. 궁지에 몰린 기분이었다. 앞으로 어떻게 될지 알 수 없었다. 오늘은 통증을 견딜 만할까? 아니면 더 심해질까? 내일은 어떨까? 나는 의사니까 만성통증 관리에 유리한 입장이라고 생각했다. 대비도 더 잘돼 있고, 통증을 겁내지 않을 줄 알았다. 그러나 많이 알아도 그것만으로는 부족했다.

때로는 허리를 찌르는 듯한 통증 때문에 조금의 움직임도 없이 바닥에 가만히 누워 약효가 나기만을 기다리는 일 말고는 아무것도 할 수 없었다. 절박한 심정에 행동심리학자를 찾아가 바이오피드백*도 시도했다. 그곳에서 소아류머티즘성관절염에 걸린 한 아이의 이야기를 들었다. 관절의 염증과 부기 때문에 고통을 견딜 수 없었던 그 소녀는 매초 더욱 차가워지는 유리잔 속의 물을 떠올리는 방법으로 치료했다고 한다. 그 이미지가 체온을 낮추고 염증과 통증을 줄이는 데 도움을 준 것이다. 내게 안정감을 주는 게 뭔지 묻는 말에, 나는 해변으로 밀려오는 파도를 바라보면 마음이 차분해지면서 어깨의 긴장도 풀어지고, 호흡도 편해지고, 척추를 바로 세우게 된다고 대답했다. 그러면서 연이어 떠올린, 모래에 부딪치는 파도의 리듬감 있는 움직임

* 몸에 부착된 감지기를 통해 심박수, 근육긴장, 호흡, 혈압, 뇌파 등의 생리적 상태를 환자가 인지하고 특정 과제를 수행함으로써 신체 기능을 의식적으로 조절하도록 유도하는 치료법.

은 마치 최면 같았다. 쉬지 않고 움직이는 물결은 변함없으면서도 출렁이는 우리 인생 자체를 떠올리게 했다.

통증 경로는 우리 뇌 속에 길을 새기듯 형성되어 수정하기가 어렵고, 심리적 충격과 얽혀 있는 경우에는 더욱 그렇다고 행동심리학자가 설명했다. 교통사고에서 죽지 않고 살아난 일은 충격적인 일 자체라고 할 수 있다. 또한 살면서 겪는 다른 일들도 우리 뇌에 길을 내는 고통의 흐름에 가세한다. 일상에서 겪고 있는 일을 묻는 질문에, 나는 일곱 살 아이의 아버지에게 아들이 치명적인 신경질환을 앓고 있을 가능성이 크다는 말을 해야 했던 직업을 그만두었다는 이야기를 했다. 어머니가 스스로 목숨을 끊으려 했다는 이야기도 했다. 내 탄생에 생물학적 책임이 있는 사람보다 더 아버지 같았던 시아버지가 갑자기 돌아가셨다는 이야기도 했다.

행동심리학자는 내 신체적 고통을 심리적 자극과 분리해내려면 새로운 신경 경로와 양식을 정립해야 한다고 했다. 허리에 욱신거리는 통증이 느껴질 때마다 해변을 쓸어내리는 물의 이미지를 떠올리고, 최대한 오랫동안—1분, 5분, 30분—그 이미지에 집중하라고 했다. 나는 노력했다. 그러나 눈이 멀 듯 혹독한 고통의 파도가 내 몸에 몰아치는 동안 마음을 진정시키지 못하고 숨을 참고 있는 나 자신을 발견했다. 그가 정신적 상처와 상실이라는 주제를 꺼낼 때마다 나는 울음을 터뜨렸고, 결국 치료를 중단했다. 어린 시절 성추행이 남긴 상처의 가닥을 내 환자였던 아이들에게서 본 상처와 분리해 풀어내지 못했다는 것을 지금은 안다. 상실에 상실이 겹쳐 점점 커지면서 더는 삼킬 수 없는 커다란 덩어리가 되었다.

의사로서의 마지막 날, 나는 병원을 바로 떠나지 않았다. 내가 지도했던 레지던트들과 소아청소년과 직원들에게 퇴근할 때 작별 인사를 한 뒤, 혼자 책상에 앉아 수화기를 들었다. 더는 미룰 수 없는 전화였다. 나는 토미 아빠의 번호를 눌렀다.

"안녕하세요, 선생님. 이렇게 전화 주시니 반갑습니다." 토미 아빠가 따뜻한 목소리로 말했다.

나는 토미의 상태와 가족의 헌팅턴병 내력을 의논하고자 전화했다고 했다.

"그건 왜요?" 토미 아빠가 물었다.

나는 토미의 차트에 있는 검사 결과의 이상 소견이 마음에 걸린다고 했다. 토미의 엄마가 헌팅턴병을 앓았고 이 질병의 증폭 성향을 고려했을 때 토미도 걱정이라고 했다.

"그럼 토미도 헌팅턴병이라는 말씀인가요?"

모른다고 했다. 확인할 방법은 토미의 혈액검사뿐이었지만, 아직 어려서 강력히 권하지는 못하겠다고 했다. 그러나 토미가 소아헌팅턴병일 가능성이 있으니 생각해보시라고 했다.

"그 망할 병 때문에 아내를 잃었습니다. 우리 아이들까지 걸리면 안 돼요. 그런데 검사해봤자 무슨 소용입니까?" 처음으로 그의 목소리에서 불만스러운 기색이 느껴졌다.

나는 치료법이 없는 게 사실이라고 했다. 그래도 토미가 정말 헌팅턴병에 걸렸다면, 약물로 발작과 우울증은 줄일 수 있다고 했다.

"뭘 해야 맞는 걸까요?" 그가 물었다.

나는 유감이라고 했다. 내가 그 입장이면 어떡할지 나도 모를 것 같다고 했다. 사실이었다. 어떡할지는 고사하고, 아이들이 헌팅턴병에 걸리는 상황 자체를 상상할 수 없었다. 만약 자신이 이런 아수라장을 남기고 떠났단 걸 토미 엄마가 알았다면 기분이 어떨지 생각하고 싶지도 않았다.

"고맙습니다, 선생님." 진심으로 감사함이 담긴 목소리였다.

나는 이제 이곳에서 일하지 않으니 다른 의사가 토미와 토미의 형, 누나를 맡게 될 거라 말했다.

토미 아빠는 아쉽다고 하며 행운을 빌어주었다.

나는 전화를 끊고 눈을 깜빡이며 눈물이 고이지 않도록

했다. 토미의 차트를 덮고 물끄러미 쳐다보았다. 이런 환자를 또 맡았다간 내 영혼이 견디지 못할 거야. 토미와 그 가족이 앞으로 어떻게 될지 궁금했지만, 솔직한 마음으로는 알고 싶지 않았다. 토미와 토미 아빠 생각에 매여 있다간 공기가 폐 안에 갇혀 빠져나오지 못하고, 어깨도 콘크리트처럼 딱딱하게 굳을 것 같았다. 그 예쁜 아이가 병원 침대에 누워 경련을 일으키고 침을 흘리는 모습, 그리고 아이의 아버지가 고통스럽게 이를 지켜보는 장면에 사로잡힐 것 같았다. 병실 밖에 서 있는 토미의 누나와 형이 언젠가 자기들도 이렇게 될 운명일지 생각하는 장면을 떠올렸다가는 완전히 무너질 것만 같았다.

의사로서 끔찍하고 가슴 아픈 진단을 내릴 때마다, 나는 마치 그 아이가 내 아이고, 온갖 노력을 기울여 낫게 해줘야 할 듯이 고뇌했다. 그러나 내가 아무리 노력해도 환자 대부분의 상황을 바꿀 수는 없었다. 내가 망가진 허리와 목, 어깨, 다리의 통증을 치료하러 재활 전문의와 심리학자를 계속 찾아갔지만 아무 소득도 없었던 것처럼 말이다. 상황을 바꾸는 대신 강박적으로 걱정하는 의사가 되어 왜 그 환자의 헤모글로빈 수치가 낮은지, 왜 그 아기는 건강히 잘 자라지 못하는지, 어느 십대 청소년 환자의 허벅지에 있는 멍울이 혹시 암일지, 때로는 잠도 설쳐가며 고통에 시달렸다. 끊임없는 고통 속에 사는 기분이었다.

나는 사무실에 남은 마지막 소지품을 챙겼다. 아이들 사진, 레지던트와 직원 들의 따뜻한 작별 인사가 담긴 카드, 분홍색 청진기, 처방전 양식과 펜들—의사가 일상적으로 사용하는 자잘한 물건들이었다. 클립을 정리하고 스테이플러도 서랍 안에 넣었다. 코트를 입었다. 물건이 담긴 상자를 들었다. 계단을 내려가기 전 흰색 벽을 둘러보고 불을 껐다. 한참 동안 차 안에 앉아 창밖의 어둠을 응시했다.

주차장을 빠져나가 녹슨 철제 울타리를 지나 소아청소년과가 자리한 특이할 것 없이 낮은 건물에서 멀어질 때, 긴장해 있던 어깨가 풀어졌고 목의 뻣뻣함과 뒤틀림도 더는 느껴지지 않았다. 눈을 감고 큰 소리로 숨을 내쉬며 날 짓누르던 부담을 뒤로하고 차를 몰았다.

한국인 아줌마

2004년 3월의 어느 토요일, 3월이었지만 딸아이와 발레 학원을 나설 때 눈발이 날리고 있었다. 딸은 점심을 먹으러 '삼복'에 가자고 했다. 또, 나는 스트립 구역 가운데 위치한 작은 한국식품점인 그곳에 가기 망설여졌지만 그러자고 했다. 나로 인해 절반은 한국인인 딸이 가끔이나마 한국 음식을 접하는 몇 안 되는 곳이었다. 우리에게는 지난 9월부터 우리만의 일과가 있었다. 발레가 끝나면 삼복에서 점심을 먹고 클라본스에서 아이스크림 먹기.

차를 몰고 피츠버그의 스트립 구역으로 향했다. 눈이 오는 영하의 날씨였지만 주차 공간을 찾기란 불가능했다. 생화 판매대와 티셔츠 상인, 팟타이와 미트볼파르메산샌드위치, 고구마파이가 그득한 길가의 수레를 지나쳤다. 이탈리아 특산물 상점, 골동품 전문 매장, 코스튬 상점, 그리고 피츠버그 최대의 해산물 가게도 지나쳤다. 인파가 인도를 꽉 채우고 차도까지 넘쳤다. 피츠버그의 식당들은 스트립 구역에서 채소와 고기, 생선을 구입하는 경우가 많다. 주말에는 일반인들이 에티오피아의 베르베르 향신료나 베트남의 삼발올렉 소스처럼, 도시의 다른 곳에서는 찾을 수 없는 특이한 물건을 사려고 스트립을 찾는다. 1년 전 이곳으로 이사했을 때, 동유럽계 후손들이 주를 이루는 중서부 도시 같은 곳이라고 생각했다가 한국식품점을 발견하고 깜짝 놀랐다. 삼복이라는 이름의 이 특이한 곳이 어떻게 스트립의 중심에 자리하고 있는지는 여전히 수수께끼다. 피츠버그에 한국인이 얼마나 많길래?

끝없이 계속될 것만 같은 시간 동안 주위를 뱅뱅 돌았다.

“에린, 주차할 곳 못 찾으면 그냥 집으로 갈 거야.” 나는 한숨을 내쉬었다.

뒷좌석 보조 의자에 기대앉은 딸을 룸미러로 훔쳐보았다. 멍한 눈빛으로 창밖을 바라보는 딸은 분홍색 발레복과 타이츠에 맞춰 올려 묶은 검은색 머리에도 분홍색 망사를 하고 있었다. 딸의 눈은 나처럼 사이가 넓지 않았고, 쌍꺼풀이 없었다. 두드러진 코도 백인에 가까웠다. 하지만 딸의 외모는 나를 닮았다. 모두 그렇게 말했다.

딸은 귀찮다는 듯 천천히 고개를 내 쪽으로 돌렸다. “그러지 마, 엄마. 찾을 수 있을 거야."

나는 목소리를 높였다. "에린, 자리가 없잖아! 길가에 전부 이중으로 주차한 거 안 보여? 그만 집에 가자."

아이는 불쑥 몸을 세워 앉더니 창에 코를 바짝 대었다. "엄마, 제발. 내가 같이 찾아줄게. 삼복에 진짜 가고 싶단 말이야."

딸의 애원에는 당할 수가 없었다. 일곱 살이니까. "딱 한 번만 더 돌아보자. 그때도 없으면 끝이야, 알았지?"

"알았어." 평소의 활달한 성격과는 다르게 조용히 대답했다.

얼마 후 자리가 하나 생겼고 심지어 돈을 낼 필요도 없었다. 나는 만족했고 딸은 웃음을 터뜨렸다. 윌리스 생선 가게 앞의 아코디언 연주자를 지나칠 때, 에린은 컵에 넣어주고 싶다며 1달러를 달라고 했다. 폴란드의 폴카 음악이 울려 퍼졌다. 웃음소리와 대화의 단편, 그리고 "달콤한 팝콘 한 봉지에 2달러!" 하는 외침이 우리 주변을 오갔다. 딸이 주방용품점의 닥스훈트를 쓰다듬으러 간 동안 나는 기다렸다. 갑자기 바람이 일었다.

우리는 삼복으로 뛰어들어가 안도의 숨을 내쉬었다. 입구 왼쪽에 작은 초밥 판매대가 있었지만 한국 음식 몇 가지도 팔았다. 우리는 검은색 플라스틱 의자에 앉았다. 카운터에 놓인 의자는 고작 여섯 개였다. 손님은 우리밖에 없었다. 바깥에는 한국식 바비큐치킨과 녹두빈대떡을 사려는 손님들이 길게 늘어서 있었지만 안에는 없었다. 리놀륨 마감재가 벗겨지고 있는 바닥이 손님들을 단념시키는지도 모르겠다. 카운터에 초밥이 없어서일지도 모른다. 늘 있는 한국인 아주머니가 텅 빈 유리 진열대 뒤에서 우리의 주문을 기다렸다. 아주머니는 한국어로 우리를 맞이했고, 우리는 영어로 인사했다.

지난 9월부터 거의 매주 토요일에 딸과 함께 점심을 먹으러 왔지만, 아주머니와는 몇 마디 주고받은 게 전부였다. 딱 한 번, 아주머니가 내게 한국인인지 물었다. 한국인이지만 한국어는 잘 못한다고 대답했다. 아주머니는 고개를 끄덕이곤 자리를 떴다. 한국어가 유창한 대부분의 한국인은 그렇지 않은 사람들을 보면 경멸 어린 시선으로 본다. 나는 이런 태도에 체념해버렸고, 조상의 언어를 능숙하게 구사하지 못하는 내가 부끄러웠다.

뉴욕시 근교에 살 때 거의 모든 직원이 젊은 한국 여성인 네일숍에 간 적이 있었다. 이들은 전부 검은 옷에 베이지색 앞치마를 하고 각자 자기 테이블 뒤에서 능률적으로 움직였다. 테이블 위에는 장비가 가지런히 놓여 있었고, 매니큐어가 채도순으로 정렬되어 있었다. 복숭아색, 분홍색, 빨간색.

완벽한 화장의 젊고 예쁜 여자가 내게 물었다. "일본분이세요?" 부자연스러운 억양이 영어가 모국어가 아님을 드러냈다.

한국인들조차 내가 일본인인 줄 안다. 나는 맞은편에 앉아 내 손을 잡고 큐티클을 정리하는 그 여자를 물끄러미 바라보았다. "아뇨."

여자는 시선을 들었다. 날개처럼 그린 눈썹이 올라가며 내 대답을 기다렸다.

어깨가 뻣뻣해졌다. "한국 사람이에요." 내가 말했다.

여자의 눈썹은 물음표 속에 영원히 갇혀버린 듯했다. 눈길이 마주쳤고, 다가오는 비난을 느낄 만한 시간이 흘렀다. 상대는 내가 한국어를 할 줄 아는지조차 묻지 않았다.

대신 뒤에 있는 직원에게 몸을 돌려 한국어로 이렇게 말했다. "어떡해! 이 사람 한국 사람인데 한국말 할 줄 모른대. 어떻게 그럴 수가 있지?" 둘은 동시에 웃었다.

나는 그 말을 못 알아들은 척했다.

삼복에서 딸아이가 먹을 우동을 주문하고 나는 김밥을 골랐다. 딸은 흰색의 굵은 면이 미소 국물에 담긴 우동을 좋아했다. 아주머니가 우동을 만드는 동안, 딸은 의자에서 뛰어내려 사탕이 있는 곳으로 쪼르르 달려갔다. 하나만 사달라고 조르는 딸에게 우동을 다 먹기 전까지는 안 된다고 했다.

딸은 가게 안을 뛰어다니며 냉동 문어와 말린 표고버섯

이 신기한지 탄성을 질러댔다. 아이에게는 고추장과 말린 해조류, 보리차, 인삼이 가득 찬 좁은 통로가 이국적이었다. 냉장에도 굴하지 않는 김치의 톡 쏘는 냄새가 딸의 감각을 공격했다. 전에도 이미 여러 번 물었으면서 "이 이상한 냄새는 뭐야?"라고 자꾸 물었다. 김치는 내게 익숙한 음식이다. 내 어린 시절에 항상 있었던 이 발효된 채소의 향은 내 후각에 공격으로 인식되지 않는다.

딸아이는 선반에 간장이 대체 몇 병이나 있는 거냐며 혼잣말로 중얼거렸다. 나는 아이에게 앉아서 우동을 먹으라고 했다. 딸은 내 말대로 했다. 국물에 담긴 끈적거리는 어두운색 해조류와 분홍색, 흰색의 반달 모양 어묵을 빼겠다고 고집하기에 내가 기꺼이 대신 먹었다. "냄새가 이상해." 딸은 바다와 생선 냄새가 싫다고 불평했다. 하지만 딸에게는 생소한 이 향기가 내게는 위안을 주었다. 배가 부른 딸은 나무젓가락으로 면을 집었다가 다시 국물 속에 빠뜨렸다. 나는 음식으로 장난치지 말라고 했다. 딸은 말을 듣지 않았다. 그래도 봐주고 싶었다. 까분다고 웃으며 말했다.

그때 뜻밖의 일이 벌어졌다. 아주머니가 말을 걸어왔다.

"거기 괜찮아요?" 아주머니가 강한 억양의 영어로 망설이듯 물었다.

나는 웃음을 지었다. "괜찮아요. 딸이 까불어서요. 바보처럼요"라고 천천히 말했다. 'Goofy(바보 같은)'라는 단어를 알아들을지 확신이 없었다.

아주머니가 고개를 끄덕였다. "우리 딸도 까불어요."

내 말을 알아들었다니 마음이 놓였다. 나는 계속해서 천천히 말했다. "저렇게 까불지 않으면 좋겠는데."

"착한 아이 같은데요." 아주머니가 날 안심시켰다.

"착한 아이처럼 행동하지 않을 때도 있어요." 나는 일부러 혼내는 듯한 눈빛으로 딸을 바라보며 고개를 저었다.

딸은 씩 웃으며 계속 먹기만 했다.

"너무 엄하시네." 아주머니가 나를 나무랐다.

"동생처럼 세 살도 아니고, 똑바로 행동할 줄 알아야죠." 나는 엄격한 체하며 말했다.

딸은 어이없다는 듯 눈을 굴렸다. "아, 엄마."

나는 아주머니 보란 듯이 화난 척을 했다. "보셨어요? 엄마가 말하는데!"

아주머니가 웃었다. "우리 딸도 그래요."

그때 두 미국인 여성이 부르는 소리에 대화가 끊겼다. "여기요."

더 젊어 보이는 쪽이 방어초밥과 참치초밥을 주문했다. 그러자 한국인 아주머니가 답했다. "노 스시No Sushi." 상대는 알아듣지 못하고 아주머니를 쳐다보았다. 어떤 초밥이 있는지 두 사람이 다시 물었다. 아주머니가 다시 말했다. "노 스시." 아무런 진전이 없는 상황이었다. 아주머니는 짧고 윤기 나는 검은 머리카락을 손가락으로 쓸어 넘기며 뾰족한 얼굴 위의 안경을 초조하게 매만졌다. 영어 사용을 힘들어하는 기색이 역력했고, 최후의 수단으로 한국어까지 써야 했다. 내가 나서서 두 사람에게 오늘은 초밥 담당자가 없어서 초밥이 없다고 설명했고, 여름에는 팔지도 모른다고 했다. 아주머니가 한국어로 했던 말이었다. 두 사람은 고개를 끄덕이며 가게를 나섰다.

"고마워요." 아주머니가 말했다.

"뭐라고 하시는지 이해했거든요. 듣기 실력이 말하기보다는 나아요." 감사 인사를 사양하며 내가 말했다.

"나도 그래요. 영어요." 아주머니가 말했다.

"한국말로 하셔도 괜찮아요. 제가 노력해볼게요." 내가 제안했다.

"영어를 알아듣는 것도 어렵지만 말하는 건 훨씬 더 어려워요." 아주머니가 한국어로 말했다.

내가 고개를 끄덕였다. 그 심정을 누구보다 잘 알았다.

나는 영어로, 아주머니는 한국어로 말하며 대화를 계속했다. 어색하기도 하고 여러 번 반복할 때도 있었지만 그래도 양쪽 모두에게 이 방법이 더 편했다. 어머니와 대화를 나누던 방식도 이랬다. 한국어로 말할 때는 자기주장이 확실하고 무척이나 똑똑한 사람이었던 어머니가, 영어로 말할 때는 구문과 문법에서 거리가 멀어졌다. 어머니는 한국에 있을 때 대학교에서 영문학을 공부했던지라 특히 더 힘들어했다. 우리 자매들이 엄마의 요청으로 통역을 맡기도 했다. 우리가 창피당하기 싫어서 그렇게 한 적도 있었다.

"한국말은 쉬운데 영어는 너무 어려워요. 여기서 태어나거나 어렸을 때 와야 잘할 수 있어요." 아주머니는 모국어가 아닌 언어에 어눌하다며 열변을 토했다.

"영어가 어렵긴 하지만 한국말도 쉽지는 않아요."

아주머니는 놀란 눈치였다. "내가 한국말로 해도 알아들었잖아요. 내 영어보다 그쪽 한국말이 훨씬 나아요. 나는 영어를 너무 못해." 한국인의 뿌리 깊은 습관인, 본인 능력을 깎아내리면서 남의 능력을 추켜세우기가 계속되었다.

나도 자동으로 어머니에게 배웠던 대로 돌아갔다. "제 한국말 별로예요. 저희 어머니 말로는 여섯 살짜리만도 못한 실력이래요."

"우리가 미국에 왔을 때 우리 딸이 여섯 살이었어요. 지금은 열두 살이고요. 내 말을 이해는 해도 말은 잘 못해요. 한국말 하기 싫다더군요."

"그런 말 들으면 기분이 어떠세요?"

"애라서 그렇죠. 쉬운 것만 하고 싶어 해요. 토요일마다 한인 교회의 한국어 교실에 다니는데, 가기 싫다면서도 잘 나가요."

나는 고개를 끄덕였다. 공감이 갔다.

"어쩌겠어요? 미국에서 키우고 있으니 미국 사람처럼 행동하겠죠."

"다른 자녀도 있으세요?"

"아들은 열다섯 살이에요. 둘 다 한국에서 살기 싫다고 하네요."

"여기 계속 살고 싶으세요?"

"아뇨, 남편이 미국에서 박사 후 과정을 마치면 한국에서 더 좋은 직장을 구할 수 있는데, 애들이 돌아가기 싫다고 해서 계속 있는 거예요." 아주머니가 말했다.

"두 분 같은 부모님을 둬서 행운인 줄 알라고 이야기하세요." 나는 한국인 이민자 부모가 어떤지 너무나도 잘 안다. 자녀들에게 최고의 기회를 주고픈 마음이 간절하지만 동시에 고향 땅을 그리워한다.

나이와 외모로 보아 모녀지간인 듯한 한국인 여성 두 명이 아주머니에게 육개장을 주문해도 되는지 물었다. 아주머니가 오늘은 재료가 없다며 미안해했다. 세 사람은 피츠버그에서 한국 음식이 얼마나 귀한지, 이렇게 추운 날에 매콤하고 뜨끈한 국물이 얼마나 위로가 되는지 모른다며 아쉬워했다. 외지에서 만나는 이민자들 간의 유대감. 아주머니가 말하는 박자가 달라짐을 느낄 수 있었다. 말이 더 빨라지고 자유로웠다. 내게는 일부러 알아듣기 쉬운 단어와 문장구조를 사용했던 것이다.

나는 여섯 살 때 내가 태어난 나라를 떠났다. 수용 능력 면에서 내 한국어는 많이 남아 있는 편이다. 누가 내게 한국어로 말하면 거의 다 알아듣는다. 하지만 아쉽게도 여섯 살 아이의 이해력과 문법에 머물러 있다. 표현하는 능력은 거의 잃어버렸다. 한국어로 말하려던 지난번 시도에서는 심하게 더듬었다. 뉴저지의 한국식품점에서 한국 배를 한 상자나 사는 나를 보고 계산대의 직원이 식구가 그렇게나 많으냐며 장난스레 물었다. 나는 웃으며 대답하려 했지만, 말도 안 되는 단어들만 내뱉었다. 한국 사람이 한국어도 할 줄 모르다니 부끄러운 줄 알라는 비난에 굴욕감을 느끼며 그 자리에 서 있었다. 그 사람은 질색하는 표정으로 나를 보았다.

"그러고도 한국 사람이에요?"

그 일이 있고부터 한국어를 쓰지 않았다. 어쩌다 한식당에 가더라도 통상적 방식대로 같이 고개를 숙여 인사하지 않았고 영어로만 대답했다. 내 무능을 대놓고 마주하기보다 경멸 어린 침묵을 감내하는 편이 더 쉬웠다. 그래서 조심스러웠지만 이 아주머니는 나를 판단하거나 조롱하지 않았다. 오히려 잘하고 있다고 다독이며 한국어를 정말 잘한다고 몇 번이고 말했다. 대화가 계속되면서 자신감이 생긴 나는 몇몇 단어 정도는 한국어로 시도하기도 했다. "저도 알아요"나 "이해해요" 같은 문장으로.

딸아이는 눈이 동그래져서 나를 보았다. "한국말 할 줄 아는지 몰랐어."

아기였을 때 한국어로 노래를 불러주곤 했는데, 딸은 기억하지 못했다. 우리가 한국, 우간다, 버지니아, 그리고 뉴저지에 살 때 어머니가 부르던 노래였다. 노래의 첫 두 소절—푸르름 가득한 꽃 피는 산골, 수양버들 춤추는 냇가가 있는 고향의 기억—은 내 뇌리에 박혀 지워지지 않는다. 어머니는 내가 서울에서 1학년을 다니던 리라초등학교를 떠나던 날에도 그 노래를 불렀다고 했다.

"어머니는 어디 계세요?" 아주머니가 물었다.

어머니 이야기가 나올 줄 분명 알고 있었으면서도 아주머니의 질문을 받고 놀랐다. 한국인들은 자식 이야기, 가족 이야기를 참 좋아한다. 살면서 가장 중요한 게 무엇인지 아무 한국인이나 붙잡고 물어도 돌아오는 답은 딱 한 단어일 것이다. 가족.

"어머니는 뉴저지에 사세요."

"자주 만나요?"

나는 망설였다.

나는 어머니와 인연을 끊었다. 지난해 있었던 동생의 결혼식을 제외하고는 몇 년 동안 만나지도, 대화를 하지도 않았다. 두 마디—오셨어요, 갈게요—를 대화라고 할 순 없다. 친한 친구들과도 어머니 이야기는 어려운데, 하물며 전혀 모르는 사람, 그것도 한국인에게 해야 한다니. 하지만 옆에 앉아 있던 딸은 간장과 현미식초, 참기름이 가득한 통로 속으로 이미 사라졌다. 단어 선택에 신중해야 할 필요가 없었다.

"안 본 지 몇 년 됐어요."

아주머니가 깜짝 놀랐다. "왜요?"

"제가 맘에 안 드나 봐요. 화나셨어요." 가벼운 어조를 유지하려 노력하며 말했다.

아주머니는 김으로 말끔하게 밥을 말던 손을 멈추고 실망한 표정으로 나를 보았다. "화나신 게 아니에요. 어머니를 오해하고 있네요."

나는 고개를 흔들었다. "화나신 거 맞아요. 저와 자매들에게 연락을 안 하세요. 전부 기대를 저버렸대요. 한국 남자가 아닌 미국 남자랑 결혼해서요." 더 자세히 이야기하지는 않았다. 우리가 또 어떤 수많은 방식으로 어머니의 기대를 저버렸는지 어떻게 설명할 수 있을까? 어머니가 간절히 바라던 장손이 아닌 딸들일 뿐이고, 혼처도 만족스럽지 않았다는 사연을.

"그래도 아이들이 있잖아요. 할머니가 손주들을 봐야죠." 믿을 수 없다는 듯 아주머니의 태도는 누그러지지 않았다.

"손주가 다섯 명인데 한 명도 안 보고 사세요." 내 목소리의 씁쓸함이 내 귀에도 들렸다.

아주머니는 따뜻한 시선으로 나를 바라보았다. "어머니는 한국분이세요. 딸이 먼저 노력을 해야죠. 아이들 데리고 댁으로 찾아뵈어요."

"문을 안 열어주면요?" 그 방법에 의심을 품으며 물었다. 전에도 어머니 집에 찾아가 문을 두드린 적이 있었지만, 어머니는 내 방문을 거부하며 들어오지 못하게 했다.

아주머니는 고개를 저었다. "화나신 것 같아도 얼굴 보면 좋아하실 거예요. 손주들도 보고 싶으실 테고요. 두 번째는 더 쉬워요. 세 번째는 훨씬 더 쉽고요. 사랑하실 거예요. 노력해봐요."

내 의심은 가시지 않았다. "잘못 생각하시는 것 같아요."

아주머니는 물러서지 않았다. "내 말이 맞아요. 두고 봐요. 내가 거짓말할 이유가 없잖아요. 그래서 좋을 게 뭐 있다고."

맞는 말이었다. 아주머니에게 좋을 건 없었다. 하지만 난 지쳤다. 어머니에게 매달리며 평생을 보냈다. 한 번 더 기대를 걸 마음은 없었지만, 아주머니에게 그 말을 하지는 않았다. 어쩌면 언젠가는 어머니와 대화를 틀 가능성을 부정하고 싶지 않았나 보다. 내가 죄책감과 어머니의 비난에서 벗어날 수 있고, 어머니 눈에 실패로 보이는 것들을 어머니가 용서할 수 있을 때.

손님들이 이따금 가게 안으로 들어와 불고기나 비빔밥을

주문했다. 주로 포장 주문이었다. 가게에서 먹고 가는 나이 든 남자 손님도 한 명 있었다. 그 손님이 냅킨으로 입을 닦고 일어서며 지갑을 꺼내더니 나를 향해 음식값이 얼마인지 물었다. 나는 모른다고 하며 아주머니를 찾았다. 하지만 아주머니는 주방 안쪽에서 당근과 단무지를 썰고 있었다. "저기요!"라고 외칠 수도 있었지만 무례한 행동 같았다. 나는 의자에서 일어나 조리 공간 입구로 갔다. 푸른색과 흰색 원단의 커튼을 젖혔다.

"아줌마?" 하고 불렀다.

아주머니가 뒤돌아보며 웃었다. "거봐요, 한국말 잘하네."

나는 고개를 흔들며 손님이 찾는다고 했다. 혈연관계가 아닌 여성을 지칭할 때 한국인들이 쓰는 그 단어가 지금에서야 생각났다는 말은 안 했다. 이름을 부를 수 없다는 건 본능적으로 알았고—이름을 알지도 못했지만—어떻게 불러야 예의에 맞을지 고심하다 떠오른 단어가 아줌마였다. 내게 있었는지조차 몰랐던 기억의 저 깊은 곳에서 나온 말이었다.

아줌마는 원래 부모와 같은 항렬의 친척 여성을 뜻한다. 그러나 한국인들은 가족구성원을 지칭할 때 아줌마나 아저씨 같은 용어는 절대 사용하지 않기에, 친척이 아닌 여성을 부를 때 이 단어를 쓴다. 한국에서는 어머니의 여자 형제는 이모, 아버지의 여자 형제는 고모 등 특정 가족구성원을 지칭할 때 무척 구체적인 단어를 사용하기 때문에, 내가 예의를 갖춰 부를 수 있는 방법은 아줌마였다. 그렇지만 공경한다는 뜻은 아니었다. 공경은 가족의 웃어른이나 공동체 내부의 중요 인물을 대하는 태도이고, 언젠가 어머니가 가르쳐준 한국의 사회적 체계에 따르면 가게 주인이나 요리사를 대할 때는 아니었으니까.

나는 더듬거리는 한국어로 아주머니와 대화를 계속했고, 형편없는 실력이었지만 아주머니는 날 칭찬했다. 한국인이니 예의를 갖춰야 한다고 배우며 자랐겠지만, 아주머니는 단순히 예의 바른 한국인 이상이었다. 배타적인 세상 속에 숨지 않고 철저한 한국식 위계질서를 벗어나, 두 문화 사이에 끼어 있는 외부인과 친구가 되기를 선택했다. 나는 울고 싶었지만 그 대신 숨을 깊게 들이쉬며 폐에 공기를 채웠다. 이제 더는 창피해하지 않아도 되니 감사했다.

이미 한참 전에 우동을 다 먹은 딸아이는 가게 안을 돌아다니다가 이제 빨리 집에 가고 싶어서 안달이었다. 후식으로 먹을 것도 골라 왔다. 겉에 딸기 맛 아이싱을 묻힌 막대과자였다. 딸기 그림이 있는 분홍색 원뿔형 포장과 그 위에 적힌 한국어가 마음에 들었나 보다. 아주머니와 나는 대화를 중단했다. 아주머니는 한국어로 딸아이에게 예쁘다고 말했다. 나는 통역해주면서 감사 인사를 재촉했고, 딸은 가게 밖으로 달려 나가며 고맙다고 외쳤다. 나는 기다리라고 하면서 음식값을 지불한 뒤 하얀 스티로폼 상자에 팁을 넣었다. 아주머니는 별것도 아닌데 너무 많이 줬다며 돈을 돌려주려 했지만, 나는 손사래 치며 재빨리 문 쪽으로 걸어갔다. 걸음을 멈추고 돌아보니 아주머니가 나를 보고 있었다. 나는 미소 지으며 한국식으로 고개를 숙여 인사했다. 아주머니도 고개를 숙여 내 인사에 답했다.

나는 다시 추운 바깥으로 나가 무리 속에 섞여 들었다.

성공한 의사

1960년 광주. 서양식 원피스를 곱게 차려입은 어머니와 할머니가 짙푸른 기와지붕을 얹은 전통 한옥이 늘어선 좁은 골목을 걷는다. 할아버지의 부와 은행 간부라는 지위 때문에 어머니와 할머니는 전통의상인 한복을 입지 않는다. 두 사람은 곧 다가올 어머니의 결혼식에 관해 조곤조곤 의논한다. 하얀 웨딩드레스, 아름다운 꽃 장식. 어머니의 목소리는 기쁨에 들떠 있고, 할머니는 좀 더 조심스럽다. 이들은 검은색 금속 재질의 거대한 문고리가 달린 육중한 나무 문 앞에 멈춰 선다. 전통 방식으로 꾸민 마당으로 들어서자 평온한 고요와 작은 분재들이 맞이한다. 신발을 벗고 소나무 툇마루로 올라서서 가벼운 나무에 한지를 바른 미닫이문을 열고, 대나무 자리 위에 놓인 진홍색 자수 방석 위에 무릎을 꿇고 앉는다. 빨간 한복을 입은 점쟁이와 두 사람 사이에는 옻칠한 검은 상이 놓여 있다.

점쟁이가 창백하고 군은살 없는 어머니의 두 손을 잡고 손바닥이 위로 향하게 든다.

어머니의 손이 떨린다. "뭐가 보이나요?"

점쟁이 여인의 얼굴에서 표정이 사라진다. 연약한 손바닥 위로 제 손가락을 올려 힘을 준다.

어머니의 어깨가 경직된다.

"아들을 낳을 것이야." 점쟁이가 읊조리듯 말한다.

어머니는 그때까지 참았던 숨을 내쉰다.

"자식들이 가정에 부와 명망을 가져오겠어. 한 명은 의사가 되겠군." 점쟁이가 말한다.

어머니가 미소를 짓는다.

"성공한 의사셨어요?" 내 옆에 앉은 어린 여학생이 물었다.

파란 눈과 복숭아처럼 발그레한 크림색 피부가 생기 넘치고 순수해 보였다. 하지만 그 질문에 내 어깨가 움츠러들고 목이 뻣뻣해졌다. 2004년 12월, 나는 피츠버그대학교 학부 과정의 영문학 수업을 들으러 가는 버스 안에 있었다. 마흔을 앞둔 나이에, 그것도 거의 1년 전까지 내가 조교수로 재직했던 기관에서 다시 대학생이 되었다. 졸업을 앞둔 스물두 살 학생들과 논픽션 창작 토론수업을 듣고, 열여덟 살 신입생들과는 시문학 입문 과정을 들었다.

성공한 의사셨어요?

온화한 날씨의 저녁이었고, 열린 창문 틈으로 들어오는 공기의 냄새는 청량하고 산뜻했다. 겨울이라기보다 봄의 기운이었다. 그리고 성공한 의사라는 단어가 묘하게 익숙했다. 그 여학생의 질문은 내 기억의 방 저 깊숙한 곳까지 울려 퍼졌다. 나는 포브스대로를 따라 피츠버그대학교 배움의대성당과 그 특유의 고딕 첨탑을 향해 달리는 버스의 창밖을 응시했다. 그때 기억났다. 마리차의 할머니.

마리차와 나는 고등학교 때 컴퓨터 입문 수업에서 처음 만났다. 마리차는 졸업반, 나는 한 학년 아래였다. 그전에는 만난 적 없었다. 마리차는 인기 많은 무리의 일원이었고, 나는 우등반 학생이었다. 학기 마지막에 반복되지 않는 무작위 네 자리 숫자로 프로그램을 설계하는 조별 과제가 주어졌다. 나는 같은 학년이었던 버너뎃과 마리차와 함께 조를 이루어 몇 주 동안 과제에 몰두했고, 어느 일요일에 마리차가 함께 저녁 먹고 과제를 끝내자며 우리를 집으로 초대했다.

쾌청한 봄 날씨였던 그날 저녁, 버너뎃과 나는 허드슨강을 따라 이스트대로를 걸으며 여름방학 때 할 아르바이트에 관해 재잘재잘 수다를 떨었다. 마리차가 사는 건물에는 입구에 관리인이 있어서, 우리의 도착을 알린 후에야 집으로 올라가는 엘리베이터를 탈 수 있었다. 검은 머리가 희끗희끗 바랜 아주 작은 체구의 여성이 문을 열어주었다.

"들어오려무나." 운율감 있는 스페인어 억양이 섞인 영어로 말했다.

우리는 베이지색과 은색으로 장식된 거실로 들어섰다. 벽 한 면 전체가 통유리 창이어서 뉴욕의 스카이라인이 정면으로 보였다. 유리와 금색 크롬 재질의 커피 탁자 위에는 싱싱한 흰색 백합이 예술적으로 꽂힌 크리스털 화병이 있었다.

"저녁 식사에 초대해주셔서 감사해요." 내가 말했다.

"언제든 환영이야." 그분은 우리 둘을 토닥이며 크림색 가죽 소파에 앉기를 권했다. "나는 마리차 할머니란다."

"집이 정말 멋져요. 경치도 환상적이고요!" 버너뎃은 과장된 몸짓으로 엠파이어스테이트빌딩을 가리켰다. 손에 닿을 듯이 가까웠다.

마리차의 할머니가 고개를 끄덕였다. 할머니는 무언가 다른 생각에 잠긴 듯했다. 창밖을 보는 대신 나를 응시하고 있었다. 작고 검은 눈과 인자하게 주름진 표정이 나를 꿰뚫어 보는 듯했지만 다정함이 어려 있었다. "한국인?" 질문보다는 확인에 가까운 투로 내게 말했다.

정확하게 맞혀서 깜짝 놀랐다. "네."

"의사가 되고 싶니?" 마리차의 할머니가 물었다. "너는 성공한 의사가 될 거다." 망설임 없이 말했다.

"고맙습니다." 나는 당황했지만 차분히 답했다.

"저는요?" 버너뎃이 긴장된 웃음을 지으며 물었다. 둥근 얼굴에 진심으로 알고 싶은 표정이 담겨 있었다. "저도 의사가 되고 싶어요." 거의 애원하다시피 말했다.

마리차의 할머니는 미소를 지었다. "너도 네 분야에서 잘할 거다."

마음이 놓인 버너뎃이 미소로 화답했다.

"왔구나, 얘들아!" 마리차가 널찍한 거실로 들어서며 큰 소리로 인사했다. "우리 할머니가 내 졸업식 보시려고 푸에르토리코에서 오셨어. 진짜 잘됐지?"

조각 같은 몸매에 갈색 머리인 마리차가 거실 옆의 식사 공간으로 따라오라는 몸짓을 했다. 1980년대에 유행이었던 어마어마한 크기의 대형 유리 식탁과 세련된 흰색 의자가 공간을 압도하고 있었다. 향긋한 아로스콘포요*와 마늘을 넣어 구운 새우, 쌀밥과 콩 요리, 그리고 달콤한 바나나튀김 등이 담긴 큰 접시들이 안락한 카펫 위 공중에 매달려 있는 것 같았다. 버너뎃과 나는 마리차의 다른 가족들과도 인

* 닭고기에 각종 채소와 향신료를 넣어 만든 남미식 쌀 요리.

사했다. 나는 내 한국인 가족과는 정반대로 사교적이고 살가운 이들의 반가운 환대에 둘러싸였다. 장난과 웃음으로 왁자지껄한 저녁 식사였다. 카페콘레체*와 함께 플란**까지 다 먹고 나서 마리차와 버너뎃, 나는 컴퓨터프로그램 과제를 시작했다.

월요일에 만난 마리차는 과제 이야기 대신 이상한 말을 꺼냈다. "넌 의사가 될 뿐만 아니라 의사랑 결혼까지 할 거라고 할머니가 꼭 알려주라셨어. 식탁을 사이에 두고 만날 거래."

"마리차, 할머니께 내가 의사 되고 싶어 한다는 이야기를 뭐 하러 했어?"

"나 아무 말도 안 했어." 마리차가 말했다.

"왜 하필 오늘 비가 와?" 어머니는 내가 고등학생 시절 늘 이렇게 짜증이었다. 흰색 레이스 커튼을 젖히며 애처로운 표정으로 창밖을 내다보았다.

* 라테보다 우유 함량이 적고 에스프레소의 비율이 높은 커피.

** 달걀과 크림 등으로 만든 부드러운 커스터드푸딩.

“그냥 가랑비예요.” 내가 말했다.

“운명은 우리 편이 아냐.” 어머니가 말했다.

“차 타고 갈 거잖아요.” 내가 말했다.

“우린 왜 이리 운이 없을까?” 어머니가 물었다.

단지 장 보러 나가는 길일 뿐이었다.

어머니는 천성적으로 미신을 잘 믿는 사람이었다. 한국인이니 더 심했다. 귀신과 환생, 섭리, 운명에 관한 근거 없는 믿음에 몰두한 문화 속에서 자랐으니 말이다. 어머니는 행운의 숫자와 불운의 숫자를 믿었다. 3과 7은 행운, 4는 불운의 숫자였다. 좋지 않은 징조와 예언도 믿었다. 섭리와 운명은 애매하고 추상적인 개념이 아닌, 앞으로 일어날 것이 분명한, 느낄 수 있고 예측할 수 있는 일들이었다. 어머니의 결혼을 앞두고 할머니와 어머니는 무속인을 만나러 갔다. 한국에서는 여자가 결혼하기 전 점쟁이에게 앞날을 묻는 것이 관행이라고 내게도 강조했다. 그 점쟁이는 어머니에게 큰 복이 기다리고 있다고 했다. 가문에 아들과 의사 둘 다 있다고. 어머니는 이 운명의 예언이 현실이 되도록 자신이 할 수 있는 모든 노력을 기울였다.

마리차는 고등학교 졸업 후 대학에 진학했고, 나는 그 후로 마리차와 마리차 할머니를 다시 만나지 못했다. 어느 동창에게서 버너뎃은 간호사가 되었다는 소식을 들었다. 나는 소아청소년과 의사가 되었다. 내 전남편도 의사였다. 우리는 학생들이 자주 찾던 의대 캠퍼스 근처의 한 술집에서 처음 인사를 나눴다. 식탁을 사이에 두고 만났는지는 기억나지 않는다.

따스했던 그날 저녁 마리차의 할머니가 했던 이야기를 어머니께는 말하지 않았다. 나와 만난 적도 없는 여자가 내가 태어나기도 한참 전에 어머니에게 자식이 의사가 될 운명이라 예언했다는 걸 알았기 때문이다. 정말 엄마의 바람에 따라 자식의 인생이 결정될 수 있을까? 나는 부모님의 기대 때문에 의사가 되었다. 의사 일을 그만두고 싶었을 때조차 나는 당연히 의사여야 한다라고 믿었다. 내가 앞으로 어떻게 살아야 할지를 누군가가, 무언가가 정해주는 게 더 익숙했다. 나는 운명에 나를 맡겼다. 어떻게 보면 내 운명은 태어나기도 전에 결정되었으니 말이다.

성공한 의사셨어요?

성공한 의사란 과연 무슨 뜻일까? 성공한 의사를 한 명 알긴 했다. 제임스 올레스키. HIV와 에이즈 환아 치료에 인생을 바친 의사. 비범한 인간. 영웅. 결점 없는 오디세우스. 전염병 예방의 전쟁터에 나선 헨리 5세. 제인 오스틴의 『에마』에서 소아청소년과의 세계로 이동한 나이틀리 씨. 그런 기준이라면 나는 성공한 의사가 아니었다. 천성이 내향적이라 몇 년 동안 억지로 활달한 외향형 인물의 가면을 써야 했다. 얼굴에 미소를 장착하고 가식적인 생기로 환자들을 맞는 의사. "안녕! 오늘은 좀 어떠니?" 소아청소년과 의사들은 정답고 따뜻해야 했다. 대하기 힘들 정도로 수줍어하고 어색해하는 사람이 아닌.

문예 창작 수업에 가는 버스 안에서, 나는 자리에 앉아 자세를 조금씩 바꿨다. 감각이 무뎌져가는 오른발의 발가락을 움직여 깨우고, 손은 저절로 허리를 향해—사고 후에 척추가 찌릿할 때마다 하는 버릇이었다—오른쪽 엉덩이뼈 능선을 주물렀다.

수련의 시절 너무 오래 서 있어서, 피곤해서, 정신적으로 지쳐서 허리가 아팠던 때가 생각났다. 이른 새벽이 되면 그날 잠자리에 들 생각은 이미 포기한 레지던트들이 라운지나 간호사 스테이션에 모여 차트를 작성하거나 입원환자 상태를 보고하곤 했다. 그럴 때면 수면 부족에 정신력도 약해진 상태라 솔직한 이야기들이 오갔다. 경계심 많고 바짝 긴장한 전공의들 사이에서는 드문 일이었다. 우리는 병원 밖에서의 일상을 이야기하며 놓친 기회들이 아쉬워 한탄했다. 제일 재밌는 주제는 "의대에 진학하지 않았다면 뭘 했을까?"였다. 한 명은 배관공이라 했다. 다른 한 명은 사무실 칸막이 안의 책상에 앉아 일하면 행복했을 거라 했다. 또

한 명은 슈거 아이싱 장식을 좋아한다고 고백하며 다시 한 번 기회가 생기면 케이크 만드는 사람이 되고 싶다고 했다. 내 대답은 항상 똑같았다. 뉴잉글랜드*의 작은 대학교 영문학 교수. 나는 뉴잉글랜드에서 자라지도 않았고, 영문학 전공도 아니었다. 하지만 그렇게 말할 때마다 정말 그게 내 인생이어야 했다는 확신이 강해졌다.

우간다 캄팔라에서 살던 시절, 방 두 개짜리 집에는 시멘트벽돌로 지은 차고가 붙어 있었다. 그 안에는 아무렇게나 높이 쌓아둔 책 기둥들이 축축한 회색 벽에 기대어 있었다. 나는 영어로 글을 읽을 수 있게 되자마자 어마어마한 양의 책을 탐독하기 시작했다. 레이디버드 출판사의 영유아용 책으로 시작해 곧 이니드 블라이튼의 『7인의 비밀결사대The Secret Seven』로 넘어갔다. 어떤 책을 읽을지 고르는 방식은 좋게 말해봐야 충동적이었다. 표지 그림이 마음에 든다든가, 글씨체가 좋다든가, 제목에 호소력이 있다든가. 토머스 페인의 『상식』을 읽은 이유는 수려한 검은색 글씨체의 제목과 화려한 장식의 금빛 테두리 안에 자리한, 프랑스식 흰 가발을 쓰고 스카프를 맨 남자의 초상화가 여덟 살의 나를 사로잡아서였다. 샬럿 브론테의 『제인 에어』는 거부할

* 미국 북동부의 여섯 주를 가리키는 명칭으로 매사추세츠, 코네티컷, 메인, 뉴햄프셔, 로드아일랜드, 버몬트를 의미한다.

수 없는 매력의 표지 사진 때문이었다—손에 촛불을 들고 어둠을 밝히는 젊은 여성. 『상식』의 내용은 하나도 기억나지 않지만, 불 지르기를 좋아하는 정신 나간 로체스터 씨의 아내가 다락에 갇혀 있다는 생각에 몇 년이나 악몽을 꿨다.

곰팡이와 종이 냄새는 여전히 내게 다양한 세계와 새로운 가족을 발견하는 기쁨을 자극한다. 우간다에 살던 한 영국인이 새 보금자리까지 이사할 비용을 아낄 생각에 버리고 갔을 듯한 그 책들이 문학을 향한 내 평생의 사랑에 불을 지폈다. 버지니아를 거쳐 뉴저지까지, 미국에 정착할 당시 나는 도서관에서 위안을 찾았다. 수많은 책에 둘러싸인 채 펼친 책장 위로 몸을 숙이고 상상의 세계를 누볐다.

성공한 의사셨어요?

나는 덜컹이는 버스 안에서 이리저리 흔들리며, 말끔하게 정돈된 스쿼럴힐의 잔디가 보이는 창밖을 응시했다. 호기심 많은 이 어린 여학생을 보지 않으려 했다. 의문이 들었다. 내가 뭐 하고 있는 거지? 환자들에게 존경받고, 수련 중인 젊은 의사들에게 인기도 많았고, 미국 최고로 꼽히는 다수의 어린이병원에서 강의까지 했던 경력에 왜 종지부를 찍었을까? 다른 사람들이라면 소명이라고 할 길이었다. 그러나 나는 문학이 부르는 소리를 들었다. 셰익스피어, 오스틴, 모리슨, 홍 킹스턴, 디디온의 부름을.

성공한 의사셨어요?

나는 진실과 허울 사이에서 고민하다가 마침내 말했다.

"능력 있는 의사였죠. 하지만 열정은 없었어요."

여학생이 미소를 지었다.

나도 미소로 답했다.

그 여학생은 내게 셰익스피어 수업을 들으면서 영문학으로 전공을 정했다고 했다. 나도 셰익스피어의 언어를 무척이나 사랑한다고 했다. 중년의 나이에 피츠버그대학교 논픽션 전공 석사과정에 지원했다고는 말하지 않았다. 내 운명을 바꾸고 있다는 말도 하지 않았다.

속도를 내는 버스 안에서, 나는 허리를 쭉 폈다. 숨을 깊이 들이마셨다. 그리고 내쉬었다.

학

어머니 집 문을 두드렸을 때 반응이 없자, 나는 어쩐지 안심이 되면서도 좌절했다. 감정을 느끼지 않으려 애썼다. 숨을 참고 다시 문을 두드렸다. 끈질기게 초인종도 눌렀다. 어머니가 안에서 밖을 보고 있다는 뜻인 그림자가 나타나길 기대하며, 아무것도 없는 흰색 대문의 작은 렌즈를 통해 안을 들여다보았다. 스치는 그림자조차 보이지 않았다. 몰래 움직이는 기척도 들리지 않았다. 김치찌개 끓는 냄새나 젖은 쌀 냄새조차 나지 않았다. 안 계신가 보다.

때는 2005년 여름, 나는 딸과 함께 뉴저지주 에디슨에 있는 어머니 집 앞에 서 있었다. 어머니는 신체 활동이 가능한 노인들을 위한 방 하나 혹은 두 개짜리 생활 단지에 살고 있었다. 어머니 집은 3층이었고, 엘리베이터 왼쪽으로 샴페인 잔처럼 생긴 벽 조명이 비추는 긴 복도 끝에 있었다. 각 호실의 출입문은 베이지색 벽 안으로 깊이 들어간 벽감 구조였다. 어머니는 본인 기호에 맞춰 실크 재질의 흰색 장미와 보라색 은방울꽃이 담긴 도자기 화병들로 상단의 선반을 장식했고, 문 앞에는 환영 인사가 적힌 깔개를 놓았다. 몇 호인지 모르더라도 어머니의 성격이 묻어나는 특징으로 찾을 수 있을 것 같았다. 어머니는 그 어떤 상황에서도 외모는 항상 단정하게 가꾸었으니까.

큰언니 말이 맞았다. 어머니를 만나러 가겠다고 일부러 아무렇지 않게 말했을 때, 치켜올린 눈썹과 아주 조금 갸우뚱한 고개로 반응하는 언니의 얼굴에서 의심의 기운을 보았다. "간다고 이야기했어? 엄마 어떤지 알잖아." 하지만 어머니 집에는 전화가 없었고, 편지를 쓸 시간도 없었다. 길을 떠나봤자 헛걸음이 되리란 걸 모든 것이 경고하고 있었다. 그렇지만 난 고집이 세다. 결국 이렇게 왔다.

어머니와의 마지막 만남은 1년도 더 된 일이었다. 피츠버그에서 살 당시 자매들과 함께 급성 정신질환 치료 시설인 캐리어클리닉의 사회복지사를 만나러 왔을 때였다. 어머니의 입원은 비자발적이었다. 우리 집 주방에 있는 전화기가 고막을 찢을 듯이 울리던 어느 늦은 밤, 붉게 칠한 나무 창틀 밖으로 보이던 어두움이 아직도 기억난다. 수화기 반대편의 큰언니가 어찌나 펑펑 울던지, 언니의 말을 거의 알아들을 수 없었다.

"엄마가 자살하려고 했어." 언니가 말했다.

"뭐?" 밤바람에 유령처럼 흔들리는 등나무 가지들을 바라보았다. 이건 악몽이야. 곧 깨어날 거야.

"엄마가 죽으려 했다고."

전화선을 타고 전해진 언니의 흐느낌과 차올랐다 줄어들길 반복하며 코를 막는 점액질 소리가 주방의 고요한 공기 속에서 더욱 커졌다.

"차 타고 가던 중에 엄마가 H마트*에 가겠다길래 문 닫았다고 했다가 싸웠거든. 나한테 소리를 지르면서 거짓말하지 말라고, 못돼먹은 딸이라는 거야. 달래려고 했지만 막무가내였어. 그래서 차를 세웠더니 내가 어쩔 겨를도 없이 고속도로로 뛰어들면서 더는 살기 싫다고 고래고래 외치더라고." 언니의 목소리가 더는에서 갈라졌다가 살기 싫다고 다음부터 희미해졌다.

정신과 전문의가 진단한 어머니의 병명은 정신질환적 증상을 동반한 심각한 우울증이었다.

의사로서 나는 그게 무슨 뜻인지 알았다. 딸로서 나는 어머니에게 무슨 일이 일어나는 건지 도무지 알 수 없었다. 어머니의 집에는 신문과 잡지, 마트 전단, 백화점 카탈로그

* 미국의 대형 한국식품점 체인.

가 거의 천장 높이까지 쌓여 있었다. 정부가 엿들을지 모른다는 두려움에 변기 물도 내리지 않았다. 내 어머니가 대변을 병에 보관한다는 사실을 안고 어떻게 살아갈 수 있을까?

캐리어클리닉의 접견실에서 탁자 맞은편에 앉은 어머니를 마주했다. 내 몸과 어깨에는 잔뜩 힘이 들어가 있었다. "엄마, 계속 계세요. 치료받으셔야죠." 내가 말했다. 어머니는 울지 않았다. 이렇게 말했다. "내가 미쳤다고 생각하냐?" 어머니의 눈에는 차마 볼 수 없는 깊은 슬픔이 서려 있었다. 심장을 쥐어짜는 듯한 느낌에 가슴이 무너질 것만 같았다. 어머니는 자발적으로 6주 더 입원해 치료받기로 했다.

캐리어클리닉에서 퇴원한 후, 작은언니가 어머니의 월세 계약에 보증인이 되어 자신의 집 근처에 방 두 개짜리 집을 얻었다. 이사한 순간부터 어머니는 불평을 늘어놓았다. 집이 너무 좁다는 둥, 월세가 너무 비싸다는 둥, 그리고 무엇보다 딸들이 집 열쇠를 갖고 있다는 점에 언짢아했다. 사생활 공개를 극도로 꺼리고 병적일 만큼 걱정이 지나쳤던 어머니는 누구든, 특히 당신 딸들이 자기 삶에 드나들 수 있음을 받아들이려 하지 않았다. 근처에 사는 자매들이 안부를 확인하러 들를 때면 문을 열어주지 않았다. 하지만 자매들은 잠긴 문을 열 수 있었기에 어머니가 예전 집—모른 척하려던 어머니의 완고한 노력에도 제 모습을 잃어버렸던 집—에 살 때처럼 밖에서 기다리지 않았다. 그랬더니 1년

월세 계약이 끝나자마자, 어머니는 자매들의 도움이나 동의 없이 이 노인 생활 단지를 찾아냈다. 이곳의 열쇠를 가진 사람은 어머니뿐이었다.

나는 정말 학 그림을 가지러 왔다. 오랜 세월 동안 어머니 집의 거실에 걸려 있던 거대한 그림이었다. 두 창문 사이에 걸려 있어 석양빛이 학 날개 위에서 춤을 추며 색감에 깊이를 주고 질감을 더했다. 진한 초록의 산자락과 머리에 새빨간 무늬가 있는 흑백의 학 그림은 단조로우면서도 호화로운 작품이었다. 원래 청소라면 치를 떨던 어머니도 이 그림만은 부지런히 먼지를 털고, 액자의 유리를 닦고, 나무 틀에 기름칠을 했다. 수십 년 전 떠난 고향, 저버린 조국의 잔해였다. 크기도, 존재감도 큰 학 그림은 어머니 집에서 벌어지는 광란에도 굳건하게 살아남았다.

말도 안 되게 가느다란 다리를 가진 연약해 보이는 외모지만 학은 강인한 새다. 한국에서는 행운과 장수, 충성의 상징이고 한국의 어느 집에 가도 학을 발견할 수 있다. 서 있거나 날고 있거나. 미신적 성향이 강한 문화에서는 무엇이든 행운의 상징으로 해석될 수 있지만, 나는 언제나 학이 좋았다. 무의식적이고 본능적이었다. 우아하면서도 강인한 새. 여리면서도 꿋꿋한 새. 어머니가 맞았을지도 모른다. 학을 좋아하는 마음은 수천 년간 이어져온 순수 한국인 혈통의 결과로 내 DNA에 내재해 있었다. 때로는 유전자를 거스를 수 없다.

자매들과 나는 어머니 집을 판 후 가구를 나눠 가졌다. 큰언니는 검은 옻칠의 한국식 상과 루이 14세풍 일인용 안락의자 복제품, 작은언니는 퀸앤 그릇장과 스타인웨이 피아노, 막내 클라라는 영국 식민지 시대풍의 마호가니 침대와 높은 서랍장, 그리고 장식장을 갖겠다고 했다. 내가 바라는 건 학뿐이었다. 큰언니는 그 그림을 거의 1년째 차고에 보관하며 "언제든 가지러 와. 서두를 거 없어"라고 했다. 하지만 언니는 일주일 후 하와이로 이사할 예정이었고, 나는 갑자기 생각나서 학을 가지러 간 척했다. 집이 팔릴 때까지 몇 달이 더 걸릴 수도 있으니 그냥 두어도 괜찮다고 했지만, 이제 내가 가져올 때가 된 것 같았다. 그리고 어머니를 만날 때가 된 것 같았다.

혼자서는 용기가 나지 않았던 나는 여름 캠프에 있던 딸을 데려와 같이 가기로 했다. 아홉 살 아이를 방패로 이용하다니 한심하다는 생각이 들었다. 예정에 없던 사촌들과의 만남에 신난 딸은 내게 오히려 고마워했다. 한국 할머니도 만나러 간다고 미리 말해두었다. 딸은 아무 말 없이 어깨만 으쓱했다. 숨 막히게 무더운 어느 여름날, 우리는 피츠버그에서 출발했다. 내 차의 에어컨은 고장 나 있었다. 내가 한 말을 얼마나 후회하게 될지 그때는 몰랐다. "괜찮아. 어떻게든 갈 수 있어." 일기예보에서 폭염이 시작된다는 말을 듣고도 신경 쓰지 않았다. 우리는 여섯 시간 반 동안 땀을 흘리며 펜실베이니아를 가로질러 뉴저지에 입성했다.

큰언니 집에서 어머니의 새집으로 가는 동안, 어머니가 내 방문에 보일 반응을 생각하지 않으려고 집들이 선물로 뭘 사야 할지만 고민했다. 길을 떠나기 전 미리 살 생각은 하지 못했다. 뭘 드려야 하지? 뉴저지의 고속도로를 달리며 당황하기 시작한 나는 길가에 보이는 모든 상점을 주의 깊게 살폈다. 적당한 게 없었다. 미용실과 자동차 대리점, 극장과 맥도날드뿐이었다. 우드브리지 쇼핑몰 입구가 보이자 마음이 급해졌다.

"에린, 할머니한테 뭘 드리면 좋을까?"

대답이 없었다.

"에린, 엄마 말 듣고 있어?"

"응, 엄마."

"할머니 집에 뭐 사 갈까? 다른 사람 집에 갈 때 선물 가져가면 좋잖아. 새집으로 이사했을 땐 특히 더."

에린은 불편하다는 듯 피식 웃었다. "난 모르지."

"생각 좀 해봐, 알았지?"

"엄마의 엄마잖아!" 딸의 말투에는 어머니가 좋아하고 필요로 할 만한 물건을 내가 알고 있어야 한다는 전제가 깔려 있었다.

"에린, 그러지 말고 엄마 도와줘." 내가 간청했다.

"알았어, 근데 난 할머니를 잘 모르잖아. 어렸을 때 두세 번 본 기억이 전부야. 그것도 사진으로 봐서 기억하는 거고. 나 한 살 때 찍은 사진 알지? 나는 인형 유아차 옆에서 인형 갖고 놀고, 할머니는 엄청 큰 흰색 모자 쓰고 내 옆에 앉아 있는 사진. 우리 할머니니까 나도 할머니를 사랑하고 할머니도 물론 나를 사랑하겠지만, 뭘 좋아하고 싫어하는지까지는 모른단 말이야. 엄마가 할머니의 딸이잖아. 엄마가 알아야 하는 거 아냐?"

뚜렷하게 자기 의견을 말하는 딸아이를 보며 양가감정이 들었다. 아홉 살 나이에, 딸은 왜 본인이 할머니에게 줄 선물을 추천할 수 없는지 유창한 언변으로 설명했다. 9개월 때 첫 단어 "엘모"를 시작으로 말문이 트인 후 12개월 차에 이미 두 단어 이상의 문장을 말할 수 있었으며, 15개월 때에는 소아청소년과 의사인 내 동료들조차 직접 보기 전까지는 믿지 못할 만큼 분명하게 "아르마딜로"를 발음했던 이 아이가, 난 내 어머니를 이해하기에 실패했음을 낱낱이 까

발렸다.

나는 딸의 물음에 답하는 대신 애매한 말만 웅얼거렸다. 우드브리지 쇼핑몰 안내표지를 따라갔다가 다시 차를 돌려 출구로 나왔다. 쇼핑몰에 어머니가 필요로 할 만한 물건이 대체 뭐가 있을까? 브룩스톤의 목 마사지기? 블루밍데일스의 모자? 제정신이 아닌 사람에게 무슨 선물을 해야 할까?

선택지가 바닥난 나는 어머니의 집 근처 쇼핑 단지에 있는 던킨에서 어머니가 가장 좋아하는 보스턴크림도넛을 샀다. 그러면서 학 그림과 맞바꿀 만한 물건을 사기란 불가능함을 깨달았다. 어머니 집에 걸기엔 어차피 너무 컸지만, 그래도 배신하는 기분이었다. 어머니 대신 내가 안전하게 보관하는 거라 생각하기로 했다. 언젠가 어머니가 건강을 되찾으면 우리 관계도 회복하고, 학 그림도 원래 있어야 할 곳으로 돌아갈 것이다.

나는 어찌할 바를 모르는 채 어머니 집 문 앞에 서 있었다. 어머니 집 방문은 여행의 마지막 날로 잡았다. 출발하기 전 큰언니가 말했다. "너무 기대는 하지 마. 거기 산 지 3주밖에 안 됐는데 벌써 예전처럼 문을 안 열어주셔."

다시 문을 두드렸다. 아무것도 없는 흰색의 공허함에 내

주먹이 날카롭게 내리꽂혔다. 텅 빈 소리가 아무도 없는 긴 복도에 울려 퍼졌다. "엄마, 저예요. 에린도 같이 왔어요." 내가 말했다. 떨리는 목소리가 갈라지지 않게 했다. 침을 꿀꺽 삼켰다. 목구멍 안쪽이 쓰리고 답답했다.

"집에 있는 거 맞아?" 딸이 맑은 갈색 눈을 크게 뜨며 나를 올려다보았다.

"에린, 엄마도 몰라." 내 목소리에 다급함이 밀려들었다. 몸 옆으로 손을 떨궜지만, 손톱이 손바닥 살 속으로 파고들 만큼 주먹을 꽉 쥔 상태로 얼어붙은 듯했다.

"집에 있으면 문을 열겠지?" 딸이 마치 당연한 사실인 듯 말했다.

내 머릿속에는 오직 이 말만이 맴돌았다. 오는 게 아니었어.

어머니와의 마지막 대화는 캐리어클리닉에서 퇴원한 후의 통화였다. 내가 전화한 이유는 큰언니의 말 때문이었다. "병원에서 사회복지사와 만난 날, 네가 병원 그만뒀다는 이야기를 들었나 봐. 나한테 자꾸 물어보더라." 처음에는 별 뜻 없이 한 말로 치부하며 무시하려 했으나 계속 마음에 걸렸다. 나는 결국 수화기를 들었다.

신호가 여러 번 울린 후 망설이는 목소리가 영어로 답했다. "여보세요?"

"엄마?"

"아, 너구나." 계속 영어로 말하는 어머니 목소리의 어조가 바뀌었다.

나는 눈을 질끈 감았다. "어떻게 지내세요, 엄마?"

"그냥 그래." 어머니가 짧게 답했다.

어깨가 움츠러들었다. "나 걱정한다고 큰언니한테 들었어요."

수화기 너머는 조용했다.

나는 노력을 이어갔다. "나 괜찮아요. 집에서 아이들 키우려고 병원 그만뒀어요."

어머니에게 거짓말을 하지 않을 수 없었다. 이제는 습관이 됐다. 어머니의 꾸중을 감당하느니 거짓말이 더 쉬웠다. 여러 가지 복잡한 이유로 의사를 그만뒀다고 어머니에게 말할 수 없었다. 곧 마흔이 되는데 의사로서 행복하지 않았다고, 교통사고를 당해서 만성적 통증을 안고 산다고, 나를 소아청소년과 조교수라고 부르는 기관에서 아무런 지원도 받지 못했고 적은 보수에 도시 빈민가 아이들을 돌보는 일에도 지쳤다고, 글쓰기를 전공하고자 대학원에 진학했다고 어머니에게 말하기가 무서웠다. 어머니는 내가 계속 의사이길 바란다는 걸 알고 있었다.

어머니가 걱정된다고 말해야 했는지도 모르지만, 우리는 그런 관계가 아니었다.

수화기 너머는 여전히 조용했다.

"엄마?"

"그래, 알았어." 귀찮다는 목소리로 어머니가 말했다.

한 번 더 노력했다. "걱정하지 마세요."

"알았다." 어머니가 전화를 끊었다.

나는 전화기 속 신호음을 들으며 주방에 서 있었다.

뉴저지의 어머니 집에서 돌아오는 길도 가는 길에 필적할 만큼 힘들 줄 당연히 몰랐다. 돌아올 때는 애팔래치아산맥의 폭우를 뚫고 시속 32킬로미터로 펜실베이니아 턴파이크 고속도로 위에서 비상등을 켠 채 거북이걸음을 하고 있는 다른 차들의 행렬에 합세해야 했다. 영원히 끝나지 않을 것 같은 시간 동안, 앞 유리창의 와이퍼가 사나운 기세로 양쪽을 오가며 움직였지만 거대한 물줄기를 걷어내기에는 역부족이었다. 에어컨이 고장 나서 차 안은 찜통이었어도 뒷좌석에 비스듬히 세워둔 학 그림이 비에 젖을까 걱정되는 마음에 창문은 아주 조금만 내렸다. 옆에서 들이치는 빗물이 내 끈적한 얼굴은 피하면서도 그림 위에는 정확히 내려앉았다. 그때 계기판의 오일 경고등에 주황색 불이 켜졌다. 그 순간 난 포기했다. 창문을 끝까지 내렸다. 이왕 학 그림이 비에 젖을 거라면 우리 모두 젖는 편이 나았다. 그랬더니 신기하게도 그림이 비에 젖지 않았다. 빗물이 팔에 떨어지자 딸아이는 큰 소리로 웃었다. 땀이 아닌 비 때문에 이마에 머리카락이 달라붙은, 물방울에 촉촉해진 얼굴로 “엄마, 이게 훨씬 시원하다!”라고 말했다.

딸의 말이 맞았다. 빗물은 폭풍우 속에서 시원함과 차분함을 주었다. 나는 운전대를 잡은 손에서 힘을 뺐다. 나를 나무라는 어머니 목소리도 더 이상 들리지 않았다. 물에 젖어 못쓰게 된 학 그림을 상상하는 대신, 살아 있는 학들이 등 위로 빗방울을 튕겨내며 날아가는 모습을 그렸다.

ESSEX
HOUSE

아메리칸 서울

헬레나 로
우아름 옮김

"나는 가끔 이곳이 내가 있을 곳일까 상상했다." 미국에서 한국인 여성 의사로 살아간다는 것은 어떤 의미일까요. 헬레나 로는 이민을 선택한 부모의 슬하에서 네 자매 중 셋째로 태어났습니다. 어린 시절부터 의사가 되어 성공해야 한다는 압박감 속에서 자랐고, 전문의가 되어서는 동양인 여성에게 가해지는 성희롱과 인종차별을 감내해야 했지요. 백인 남편의 폭력, 자매간의 불화, 어머니의 자살 시도 등 그의 삶은 쓰라린 고통과 상처로 가득합니다. 그렇지만 헬레나 로는 이러한 경험을 오랫동안 염원한 글쓰기로 풀어내며 자신의 가족, 문화, 정체성을 새로이 탐구해나가지요. 좋은 딸이자 아내, 엄마, 그리고 의사가 되기 위해 부단히 애썼던 시간을 긍정하고 더는 스스로를 탓하지 않는 방식으로 자유로워집니다.

자신의 삶을 솔직하고 담대한 필체로 써 내려간 헬레나 로는 "우리가 할 수 있는 일은 다시 일어서서 나아가는 것뿐이다"라고 말합니다. 그의 매력적인 데뷔작 『아메리칸 서울』이 독자님에게 따스한 울림으로 전해지기를 바랍니다.

마음산책 드림

모국어

"엄마! 어떤 아줌마가 엄마 찾아. 한국 사람 같아!" 아홉 살 난 딸아이가 눈을 동그랗게 뜨고 속삭였다.

딸은 전화기를 내 손에 냅다 쥐여주고는 마치 보이지 않게 뿌리라도 내린 듯 민트색 주방에 서 있었다. 시선은 내 움직임을 좇았다. 나는 나무 도마가 놓인, 주방 한가운데 아일랜드 위에 팔꿈치를 얹고 도마의 나뭇결을 응시했다. 성인을 대상으로 하는 한국어 교실이 있는지 문의했던 내 전화에 답하는 피츠버그 한인중앙교회의 연락이었다. 어머니의 자살 시도는 내가 태어난 나라의 언어를 다시 배우고 싶다는 갈망의 계기가 되었다. 어머니 자궁 속에서 들었던 언어, 한때는 내 모국어이기도 했던 언어. 어머니가 없으면 한국어와 나를 이어주는 마지막 연결고리도 사라짐을 깨달았다.

나는 서울을 떠나면서 한국어를 잃었다. 우간다의 언어 전문가들이 자녀가 영어를 유창하게 구사하길 바란다면 모국어 사용을 중단하고 영어만 쓰라고 부모님에게 조언했기 때문이다. 부모님은 이 조언에 충실했고, 문화의 상실이 시작되었다. 영어가 편치 않았던 부모님이 말실수 때문에 바보 같아 보이는 대신 아예 말을 하지 않기로 선택하면서, 집에는 고요한 공백이 생겼다. 결국 부모님과 우리의 대화에는 대다수 이민 가정 특유의 부자연스러움이 고스란히 반영됐다. 부모님은 우리에게 한국어로 말하고, 우리 자매들은 영어로 답했다. 그리고 백인과의 결혼으로 나는 모국어에서 더욱 멀어졌고, 거의 남아 있지 않던 어린 시절의 기억마저 잊어가고 있었다.

"여보세요?" 검은색 수화기를 힘주어 잡으며 내가 말했다.

활달한 여자 목소리로 가장 보편적인 한국식 인사인 "안녕하세요"라는 답이 돌아왔다.

"죄송하지만 저는 한국말 못해요." 나는 천천히 또박또박 발음했다. 어깨가 움츠러들었다.

"괜히 애쓰실 필요 없어요. 저는 영어를 알아듣긴 하는데 말은 너무 못해서 한국말로 할게요." 이번에는 상대가 사과했다. 전형적인 한국인 여성이었다.

"죄송은요. 한국인이면서 한국말도 못하는 제가 죄송해야죠." 고개를 숙인 채 내가 말했다.

"괜찮으니 걱정 마세요." 상대가 나를 위로했다. "목사님이 제 남편이에요. 죄송하지만 저희 한국어 교실은 성인이 아닌 어린이 대상입니다. 매주 토요일 아침에 두 시간 동안 자원봉사 선생님들이 수업을 진행하고, 수업 후에는 간식을 먹고 각자 하고 싶은 활동을 선택해요. 한국무용이나 태권도, 미술, 바느질 등이 있죠."

"번거롭게 해드려 죄송해요." 어깨가 내려앉았다.

"자녀가 있으세요? 저희 한국어 교실에 보내실 생각은 없나요?" 상대가 말했다.

"딸은 아홉 살이고 아들은 다섯 살이에요. 아이들이 한국어를 배우고 싶어 할지 잘 모르겠네요. 저도 한글을 읽고 쓸 줄 몰라서요." 내가 말했다. 부끄러움에 얼굴이 붉어졌다. 한국 선생님들은 숙제도 무시무시하게 내준다던데, 우리 아이들은 감당할 수 없을 것 같았다.

"아이들은 저희가 도와주면 돼요. 어머님께서 한국어를 배우면 같이 도와주실 수도 있고요. 피츠버그대학교에 한국어 강좌가 있는데 혹시 아세요?" 상대가 말했다.

"그래요?" 나는 아일랜드에 기댔던 몸을 바로 세웠다. 피츠버그대학교에 한국어 강좌가 있을 가능성은 생각해보지 않았다. 내가 대학생이었던 20년 전에는 어느 학교에도 한국어 강좌가 없었다. 하지만 있었어도 들었을지는 모르겠다. 당시 졸업반이 되기 전 여름방학에 한국에 가는 게 어떨지 어머니가 제안했었는데, 나는 영국 문학과 연극 과정을 선택해 런던에 갔다. 셰익스피어를 향한 내 사랑이 어찌나 불타올랐던지, 스무 살의 나는 전생에 내가 분명 엘리자베스 시대의 영국에 살았으리라고 믿어 의심치 않았다.

그리고 나는 뒤늦게 작가의 꿈을 이루려는 길에 올라 피츠버그대학교에서 논픽션 전공 석사과정을 밟고 있었다. 그러나 목사 부인에게 그 사실을 말하지는 않았다. 사람들에게 의사를 그만두었다고 말하기가 아직은 편치 않았고, 어떤 이들은 '고귀한' 직업이라고 하는 일을 그만두었다는 사실에 여전히 죄책감이 들었다.

"피츠버그대학교에 전화 한번 해보세요. 아이들은 다음 주부터 보내셔도 되고요. 아이들이 잘 적응할 수 있게 저희가 최선을 다할게요. 어머니 나라의 언어를 배울 수 있도록 도와주고 싶어요." 내 부족한 모국어 능력을 대신 극복해줄 수 있다는 듯 열성적인 답변이었다.

나는 한국인 여성의 친절에 익숙하지 않았다. 상대방에게 고맙다고 인사하며 생각해보겠다고 말한 뒤 전화를 끊었다.

"우리 한국어 교실에 가는 거야?" 궁금증과 의구심이 섞인 표정으로 딸이 나를 올려다보았다.

"글쎄." 내가 말했다.

잠시 정적이 흘렀다.

"나 한국말 배우고 싶어!" 딸이 외쳤다.

"나도!" 아들도 덩달아 누나를 따라 했다.

"잠깐만, 결정하기 전에 의논부터 해야지." 내가 말했다.

"우리 다 같이 한국말 배우자!" 딸은 내 신중함에 본인의 열의가 무뎌지는 것을 용납하지 않았다. 동생의 손을 잡고 주방에서 함께 춤을 추면서, 그 작은 몸을 속박하는 것은 아무것도 없다는 듯 팔다리를 아무렇게나 휘둘렀다.

뒷마당으로 아이들을 내보낸 후, 나는 주방 의자에 앉아 뒷문 입구를 바라보았다. 등나무 덩굴이 빨간색과 크림색으로 칠한 나무 기둥을 감아 오르고, 부드러운 여름 바람이 보라색 꽃을 부드럽게 흐트러뜨렸다. 목사 부인에게 감사한 마음이 들었다. "어머니 나라의 언어"를 배울 수 있게 한다는 말도 고마웠다. 한국어는 내 모국어였다. 서울에서 초등학교 1학년 재학 당시, 어머니 말에 따르면 난 고작 한 달 만에 한글을 유창하게 읽고 쓸 수 있었다. 셋째였던 내가 무척이나 수줍음을 타고 조용해서 그리 똑똑할 줄은 몰랐다며 깜짝 놀랐다고 했다. 지금은 한 글자도 읽지 못한다. 기본적인 한글 자모조차 기억나지 않는다.

지난해 삼복에서 한국인 아주머니와 나눴던 대화가 생각났다. 스트립 구역의 작은 한국식품점 안에서 나는 어머니의 고립과 정신질환, 그리고 멀어진 우리 관계 이야기를 했다. 누구에게도 거의 말한 적 없는 것들이었다. 그 아주머니는 무척 친절했다. 방금 통화한 목사 부인도 친절했다. 어쩌면 한국인 여성 앞에서 주눅 들 필요가 없을지도 모른다. 내 조상의 언어를 다시 배우고, 내 아이들도 같은 민족의 언어를 배우게 도와줄 수 있을지 모른다.

나는 버스 정류장에 서서 회색 코트 안으로 몸을 움츠리며 혼자 되뇌었다. 너무. 무척. 정말. 이 단어들을 발음할 수가 없었다. 분명 어릴 때 썼던 단어일 텐데, 혀가 꼬여서 발음을 더듬었다. 어머니가 말할 때 그 소리가 어땠는지 기억의 방에서 희미하게 울리기는 했지만, 나는 똑같은 소리를 낼 수가 없었다. 이제는 낯설기만 한, 일상언어가 아닌 이상한 발음의 의미 없는 단어들이었다.

한국어는 헝가리어와 핀란드어, 터키어, 에스토니아어, 몽골어와 함께 알타이어족에 속한다. 게르만어족인 영어와는 문장구조와 음운에서 상당한 차이가 있기에, 한국어는 영어 원어민들이 배우기 가장 어려운 언어로 꼽힌다. 마찬가지로 한국인에게는 영어가 그렇다. 한국인들에게는 주어-동사-목적어 순의 영어 문장구조가 당황스럽기만 하다. 한국어는 주어 혹은 목적어로도 문장을 시작할 수 있다. 문장 끝에 동사가 오기만 하면 된다. 한국어에는 관사도 없다.

명사 앞에 a나 the가 붙지 않는다. 명사가 단수든 복수든, 발음과 철자에 차이도 없다. 책이 한 권인지 여러 권인지는 문장의 맥락에 따라 파악할 수 있다. 한국어에서는 전치사도 중요하지 않고 구어체에서는 생략되기 일쑤다. 예로 의자에 앉을 때 너머나 아래가 아닌 위에 앉는다는 합의가 이루어져 있기 때문이다.

한국어의 음소 중에는 영어에 존재하지 않는 것도 종종 있다. 내가 태어난 도시 이름인 광주Gwangju의 첫 번째 g는 g와 k를 합친 듯한 발음으로, 영어 원어민이 내기에는 어려운, 어쩌면 불가능한 소리일 수도 있다. 한국어에서 흔히 쓰이는 된소리와 이중모음도 한국인이 아닌 사람의 혀에는 혼란스럽다. 그리고 한국어에는 f 소리가 없다. Buffet와 fighting처럼 영어에서 온 외래어는 각각 '뷔페'와 '파이팅'으로 발음한다. 복잡함은 여기서 끝나지 않는다. 한국어는 음절박자언어*여서 한 단어를 발음할 때 강세를 두지 않는다. 예를 들어 Camera를 영어로 발음할 때는 제일 첫 음절에 강세를 두지만, 한국어에서는 어느 음절에도 강세를 두지 않고 일정하게 '카-메-라'라고 한다. 하지만 한국어에 강세가 아예 없지는 않다. 오히려 음악적이다. 스타카토처럼 모진 음악이 아닌, 부드럽게 내려가는 억양과 조금씩 달

* 각 음절을 똑같은 길이와 강도로 발음하는 언어.

라지는 어조의 음악이다. 시적인 성격이라고도 할 수 있다. 비록 나는 한국어를 거의 못해도 그 소리는 항상 아름답다고 느꼈다.

한국어 연습에 골몰한 나머지, 나는 내 옆에 서 있는 동양인 여성을 보지 못했다.

"저기요." 상대가 말했다.

나는 깜짝 놀라 돌아보았다.

"한국말 하세요?" 검고 긴 머리에 검은 뿔테 안경을 쓴 여자가 내 손에 들린 종이를 가리켰다.

"시험 때문에 공부하고 있어요. 피츠버그대학교의 한국어 강좌를 들으려고요." 경계심 어린 눈빛으로 내가 말했다. 어깨가 경직되었다.

"잘됐네요! 저 한국 사람이에요. 제가 도와드릴까요?" 상대가 말했다.

낯선 이들의 친절에 내 안의 무언가가 산산이 부서졌다. 부서진 파편이 심장에 박히고, 뼛속까지 스며들어 열기처럼 배로 퍼졌다. 울고 싶어졌다. 하지만 숨을 깊이 들이쉬고 멈추었다. 이 사려 깊은 한국 여성 앞에서 아무렇지 않은 척했다. 혀가 제대로 돌아가거나 굴러가지 않아도, 단어가 아닌 이상한 소리로만 발음해도 부끄럽지 않은 척했다. 한국어 원어민이 아니라는 잔혹한 진실로부터 숨고 싶었다.

어머니에게서 한국어를 배우지 못한 나는 터키인 여성에게서 한국어를 배우게 되었다. 피츠버그대학교의 모든 한국어 강좌를 담당하는 교수였다. 한국인 교수의 이메일주소를 찾으려고 동아시아어문학과 홈페이지에 들어갔다가 그 사람의 약력을 발견했을 때 나는 회의적이었다. 터키에서 나고 자라 대학에서 한국어를 전공하였고, 서울대학교 대학원에서 3년간 수학한 후 하와이대학교에서 한국어학으로 박사과정을 이수한 사람이었다. 그래도 나는 믿음이 가지 않았다. 그러나 에브루는 완벽한 한국어로 내가 틀렸음을 보여주었다. 수업이 만석이었는데도 너그럽게 나를 받아주었다. 나를 동정하는 듯했다. 의사를 그만두었다는 말에는 얼굴을 찌푸리기도 했다. 그래서 내가 실수했다고 생각하는지 궁금했다. 이렇게 늦은 나이에 글쓰기의 꿈을 이루려 하다니, 얼마나 이상한 결심인가. 안정적이고 인정받는 직업을 버린 나를 미쳤다고 생각할까? 가끔은 그게 정확히 내 마음이라는 걸 알면 놀랄까? 마흔 살인 나는 교실에서 가장 나이 많은 학생이었고, 다른 학생들보다 에브루의 나이에 더 가까웠다.

한국어 강좌를 듣는 열여덟 살, 열아홉 살의 학생들은 내 어린 시절의 다양한 모습을 떠오르게 했다. 그래도 똑같지는 않았다. 미국에서 태어난 린다는 어릴 때 열심히 한국어 교실에 다녔고, 쉽게 A 학점을 받을 마음에 이 수업을 듣는다고 했다. 하지만 "한국 사람 중에 저보다 백인 같은 사람은 없을걸요"라며, 파란색의 콘택트렌즈를 낀 눈을 굴리며 말했다.

에리카는 걸음마를 뗄 무렵 백인 미국인 부모에게 입양되었고, 한국에 관한 기억은 전혀 없었다. 경제학을 전공하는 에리카는 국제경제에서 한국의 역할에 무척 호의적인 의견을 보였다. 자신을 타국으로 보낸 나라에 아무런 원망도 없는 듯했다. 외향적이고 주관이 뚜렷한 성격이어서, 학생회 의원으로 출마해 적극적인 선거운동을 펼치며 당선되었고, 한국어를 배우기 시작한 첫해에 한국인 학생회의 회장직을 맡기도 했다.

심지어 옷차림까지 그에 걸맞았다. "에리카 옷은 한국 여자들이 입는 색깔과 무늬예요." 에브루가 말했다.

"제정신인 사람이라면 비 오는 날 절대 입지 않을 분홍색 새틴 레인코트에 하이힐 말씀이세요?"

에브루가 웃었다. "맞아요! 근데 그거 말고요."

"한국계 미국인 친구들이 정말 많대요. 그 친구들을 따라하나 보죠." 내 의견을 말했다.

에브루는 고개를 흔들었다. "미국에 사는 한국 사람은 미국 사람처럼 입는데, 에리카는 달라요. 고르는 색깔과 착장 방식이 꼭 한국 사람 같아요.”

한 나라에서 자란 사람이 어떻게 다른 나라의 문화적 본능에 따라 옷을 입을 수 있을까? 아무리 자신이 태어난 나라라 해도 말이다. 본인이 한국인처럼 행동한다는 걸 에리카도 알까? 내재하는지조차 몰랐던 우리 내면 깊은 곳의 기억과 유전적 특징은 전직 소아청소년과 조교수였던 나의 흥미를 사로잡았다. 한국에서 입양된 네덜란드어 원어민을 대상으로 한 어느 연구에서는, 언어에 관한 기억이 수십 년간 이어진다는 의견을 제시했다. 가장 어리게는 생후 3개월경에 한국을 떠났어도, 성인이 된 입양아들이 보통의 네덜란드인보다 언어 집중 훈련에서 한국어와 한국어 음운 기억력이 더욱 높음을 보여주었다. 태어났을 때 접한 언어는 그 문화와 나라를 떠난 지 오랜 세월이 흘러도 우리와 함께 한다는 것이다.

나는 이게 내게도 적용되길 바랐다. 다시 한국어를 배우는 과정이 쉽길 바랐다. 하지만 모국어를 기억해내기란 어려웠다. 너무도 고통스럽고 가슴 아플 만큼 어려웠다. 몇 시간씩 걸려 숙제를 하고, 문장구조를 익히고, 새로운 단어를 배웠지만 그 무엇도 낯익은 느낌이 아니었다. 황무지에 버려진 느낌이었다. 하지만 한국어 교재 속 문제의 빈칸을 채우느라 고심할 때면 한국어로 정답을 발음하는 어머니의 목소리를 듣곤 했다. 그럼 외롭지 않았다.

그리고 킴벌리가 있었다. 내 아이들처럼 절반은 한국인, 절반은 미국인인 킴벌리. 킴벌리의 얼굴에도 내 아이들처럼 뭐라 꼭 집어 말할 수 없는 특징이 있었다. 넓은 미간 때문일까? 쌍꺼풀이 없어서? 아니면 높게 솟은 뺨의 곡선? 어딘가 '이국적인' 암시가 있는 외모는 미국인다운 행동과 걸음걸이—신중하고 절제되었다기보단 아무 걱정 없는 듯 넓은 보폭—에 의문을 품게 했다. 어머니가 한국인임에도 킴벌리에게서는 한국 딸 특유의 조심스러운 면이 전혀 비치지 않았다.

말투도 미국의 여느 십대와 같았다. "엄마 때문에 미치겠어요! 건강에 안 좋은 음식을 먹는다고 잔소리하잖아요. 그러더니 이제는 제 식사를 챙겨줄 수 없다며 울기까지 하고요. 그래서 말했죠. '엄마, 그만해요! 나 열여덟 살이라고요. 귀찮게 좀 하지 마요!'"

"킴벌리, 다 너 걱정해서 그러시는 거야."

"알아요." 후회가 담긴 목소리였다. "제가 그리워서 그래요. 저도 그렇고요. 지금까지 엄마랑 저 둘뿐이었던 시간이 많아서 친구 같거든요. 너무 친해서 정크푸드처럼 사소한 것들로 싸우나 봐요. 진짜 한심하죠." 킴벌리가 웃었다.

어느 날 수업이 끝난 후, 킴벌리가 일어서서 나를 돌아보았다. 씩 웃고 있었다. "수업 내용을 다 이해한 건 오늘이 처음이었어요. 어릴 때 말 안 들으면 엄마가 이런 말 진짜 많이 했거든요. '하지 마! 만지지 마!'"

내가 웃었다. "지금까지 배운 건 다 몰라도 12장 두 번째 문법 형식은 확실히 이해했구나. 훌륭해."

나는 킴벌리와 그녀의 엄마 사이가 부러웠다.

내 아이들은 우리가 피츠버그를 떠나기 전까지 3년간 한인 교회의 한국어 교실에 다녔다. 딸은 한국무용에 적극적이었고, 아들은 태권도를 배웠다. 한국어 교실보다 과외 활동을 더 좋아했지만, 매주 토요일에 빠지지 않고 참석했다. 나는 가끔 아이들을 데려다주고 난 후 조용한 옆 뜰에서 눈부신 스테인드글라스 창문을 올려다보았다. 지하에 위치한 교실의 긴 탁자에 앉아, 선생님 말씀을 경청하는 대신 공책 여백에 낙서하고 있는 딸의 모습이 그려졌다. 아마 한국 부채춤 공연과 무지개색 한복 의상을 생각하며 공상에 빠져 있겠지. 더 어린 아이들과 함께 꼭대기 다락 교실의 넓은 나무 책상에 앉아 제일 좋아하는 파란색 크레용으로 한글 자모를 따라 그리는 아들의 모습도 떠올렸다. 차분한 아이여서 태권도 도복과 노란색 띠를 애타게 그리워하거나, 언젠가 시연에서 보여줬던 것처럼 나무판자를 발로 깨뜨리고 싶어서 안달일 것 같지는 않았다.

나는 아이들이 한국인으로서의 정체성을 느끼고 조금이나마 자신의 뿌리를 알길 바랐다. 그 과정에서 혹시 소원함을 느끼지는 않을지 궁금했다. 아이들 아빠는 피상적으로 한국어 학습을 지지하면서도, 숙제를 하거나 단어를 외우는 긴 시간 동안 옆에 앉아서 봐주기 등 정작 해야 하는 일은 아무것도 하지 않았다. 한영 전자사전으로 도와줄 수도 있었을 텐데, 금요일 저녁에 집에 있는 일도 드물었고, 집에 있다 한들 서재나 거실로 자리를 피하기 일쑤였다. 그러니 엄마와 아빠가 똑같이 한국인이고 아이들도 틀림없이 한국인처럼 생긴 가족들에 둘러싸여 있기가 내 아이들에게는 쉬운 일이 아니었을 것이다. 혹시 부러웠을지도 궁금했다. 아이들은 내게 어째서 나와 생김새가 다른지 단 한 번도 묻지 않았다. 반쪽짜리 한국인이라는 사실만 의식하지 않으면 나와 닮은 구석이 있었기 때문일지 모른다. 한국어 교실이 끝나고 집에 오면 선생님과 같은 반 친구들 이야기를 들려주면서 한국인들은—에린의 표현의 빌리자면—"대단히 흥미로운 종족"이라고 했다.

"우리 무용 선생님은 진짜 대단해." 에린이 말했다. "어떻게 그렇게 하는지 모르겠어."

"쉬는 시간도 없이 한 시간 동안 아이들을 가르치는 일 말이야?"

"응, 그것도 그런데 등장부터 남달라. 공연 의상이 담긴 가방 여러 개가 팔에 걸려 있고, 휴대폰을 귀와 어깨 사이에 끼운 채 통화하고 있는데 세 살짜리 아들은 뭐가 문제인지 울어대고, 학생들은 동시에 말을 건단 말이야. 근데 검지를 세우면서 '잠깐만' 이렇게 한마디면 끝이야. 별일 아니라는 듯이."

"소리도 안 지르고?" 내가 물었다.

"주변이 온통 난장판인데 선생님은 아무렇지도 않아."

"엄마랑은 다르다는 말이지?"

"응." 딸이 말했다. "엄마였으면 머리 터지도록 소리 질렀을걸."

"고맙다."

"고맙긴, 뭘." 비꼬는 기색 하나 없이 딸이 말했다.

아들은 누나만큼 한국인에게 좋은 인상을 받지 못했다. 어느 날은 한국어 교실에서 돌아오더니 다시는 가지 않겠다고 정색하며 말했다. 원래 그런 성격이 아니어서 이유를 물었다.

아들은 깊은 한숨을 내쉬었다. "한국 여자애들 너무 힘들어."

"무슨 말이야?"

"어떤 애는 내가 연필 깎으러 갈 때마다 자꾸 자기 연필도 깎아달래."

"리엄, 네가 더 크잖아. 그 친구는 키가 안 닿나 보지."

"다른 애들보다 큰 거 싫어."

"너는 여섯 살이고 다른 애들은 네 살이잖아." 내가 다시 일러주었다.

"또 한 명은 맨날 내 옆에 앉으려고 해. 선생님이 다른 자리로 옮기라고 하면 막 울고. 한국 여자애들 너무 짜증 나."

나는 웃을 수밖에 없었다. "리엄, 걔들이 너 좋아해서 그래. 네가 귀여우니까."

아들은 낙담한 표정으로 다시 한숨을 내쉬었다. "이제 한국어 교실 가라고 하지 마."

"미안해, 아들. 그래도 도움이 될 거야. 나중에 엄마한테 고맙다고 할걸."

우리는 교회에 다니지도 않았는데 우리를 기꺼이 받아준 이 소박한 한국인 모임에 무척 감사했다. 목사 부인은 우리를 볼 때마다 함박웃음으로 나와 아이들을 환대하며 반갑게 인사했다.

나는 가끔 이곳이 내가 있을 곳일까 상상했다.

건국대학교에서 한국어교육 장학 지원을 받게 되었을 때, 나는 용기를 내어 어머니에게 한국에 있는 이모 연락처를 묻는 편지를 썼다. 답장은 없었다. 내키지는 않았지만 큰언니에게 전화했다. 그즈음 우리 자매들의 관계는 완전히 깨져 있었다. 어머니가 캐리어클리닉에 입원한 후, 작은언니와 동생은 퇴원하면 집에서 요양하기를 희망했고, 큰언니와 나는 정신질환 요양원이 좋겠다고 했다. 자매간에 싸움이 이어졌고, 나는 한 명 이상에게 "저밖에 모르는 이기적인 년"이라는 말을 들었다. 큰언니는 결국 뜻을 굽혀 다른 두 명에게 동조했다. 어머니는 다시 아무에게도 문을 열어 주지 않는 고립된 생활로 돌아갔고, 자매들은 결국 내가 옳았다는 사실에 치를 떨었다.

큰언니에게 전화를 걸어 어머니 집에 있던 푸른색 항공 서간에 이모 주소가 있었는지 물었고, 언니는 주소를 불러 주었다. 한국어로 이모에게 보낼 몇 문장을 쓰기까지 여러 주가 걸렸다. 저를 기억하실지 모르겠어요. 언니분의 셋째 딸 희선이에요. 이번 여름에 10주간 건국대학교에 다닐 예정이라 만나 뵐 수 있으면 좋겠습니다.

평행우주

2006년 8월 어느 무더운 여름날 오후, 나는 무주의 얼음장 같은 계곡물에 발을 담그고 서 있었다. 이글이글하는 태양도 다리에 돋은 닭살을 가라앉히지 못했다. 물속에 있던 발을 꺼내 반대편 종아리에 댈 때마다 발가락이 고드름처럼 느껴졌다. 더위를 가시게 하는 한기였지만 깜짝 놀라 몸이 움찔했다.

나는 열 살 난 딸과 여섯 살 난 아들이 육촌 아이들과 어울려 노는 모습을 바라보았다. 차가운 물에 뛰어들었다가 즉시 다시 올라오면서, 캑캑거리면서도 웃고 있었다. 거대한 바위 위로 올라가 덜덜 떨며 작은 폭포수 밑에 쪼그려 앉기도 했다. 물은 아찔할 만큼 높은 산의 옆구리를 따라 이 바위 웅덩이를 만드는 마지막 소용돌이 안으로 흘러

들었다. 짙푸른 배경 속 회색과 암회색의 바위산이었다. 아이들은 내가 아직도 있는지 확인이라도 하는 듯 나를 찾으며 힘껏 손을 흔들었다. 나는 웃으면서 안심하라는 뜻으로 손을 들어 보였다. 아이들이 붙어 앉아 있으니 파란 바탕에 흰색 히비스커스 꽃무늬가 있는 딸의 서핑용 상의가 동생의 파란색 옷과 하나가 되었고, 폭포수의 장벽에 얼굴이 가려 보이지 않았다. 아무 거리낌 없이 제멋대로 첨벙이며 웃음을 터뜨리는 친척 아이들을 쫓아다니다가 누리는 막간의 휴식이었다.

우리는 어머니의 여동생인 이모와 이모의 아들, 즉 내 사촌 준석의 가족과 함께 무주에 왔다. 외삼촌의 아들인 또 다른 사촌 대식도 아내와 두 아이를 데리고 우리와 함께 휴가를 즐기러 왔다. 겨울철 스키 리조트로 유명한 이곳에 이모가 콘도를 대여해 성인 여섯과 아이 여섯이 모두 함께 묵었다. 단출한 도시락만 챙겨 가파른 길을 따라 이 폭포까지 내려오면서 본 다른 한국인들은 음식 장만에 있어 훨씬 더 포부가 원대했다. 휴대용 숯 화로, 보온 밥솥에 담긴 따뜻한 밥, 대형 플라스틱 용기에 담긴 양념소불고기, 바구니 속 먹음직스러운 복숭아까지.

대식은 아이들을 바라보며 미소 지었다. "잘 노네, 그렇지?" 하고 한국어로 말했다.

"지금까지 계속 알고 지낸 것처럼 말이야." 어떤 환경에

든 적응하는 아이들의 능력에 감탄하며 준석이 말했다.

나도 에린과 리엄이 준석과 대식의 아이들을 평생 알고 지냈다면 좋았으리라 말하고 싶었지만 고개만 끄덕였다. 그 어떤 갈망도 소리 내어 말하지 않았다.

"누나네 아이들은 한국말을 못하고 우리 아이들은 영어를 잘 못하는데도, 서로 다 알아듣고 재밌게 놀잖아요. 거리낄 것도 없이." 대식이 재밌다는 듯 말했다.

나와 준석, 대식은 구름 한 점 없는 하늘 아래 차디찬 물속에 나란히 서 있었다. 아이들을 바라보며 한가로이. 눈을 감으면 평행우주가 펼쳐졌다. 마치 평생 알고 지낸 사이 같은 우리를 상상했다.

세 살인 재원과 다섯 살인 민지의 아빠 대식은 사근사근하고 겸손한 성격으로, 존경과 순종이라는 유교사상이 몸에 깊게 배어 있었다. 만난 지 고작 일주일이었지만 한국식 전통에 따라 내게 누나라는 호칭을 썼다. 내가 한국을 떠날 당시에는 대식이 태어나기 전이었고, 나는 마흔한 살이 되어 처음으로 내가 태어난 나라에 돌아왔다.

나보다 다섯 살 어린 준석은 그 정도로 격식을 차리지는 않았다. 나를 영어 이름으로 불렀고, 내가 복잡한 문장이나 개념을 이해하지 못해 어려워하면 종종 한국어에서 영어로 바꿔 말하기도 했다. 미국에서 대학원을 다녀 영어가 유창했고, 전기공학 전공으로 박사학위를 딴 후 삼성에서 일하는 똑똑한 사촌이었다. 대식은 영어를 알아듣긴 했지만 말할 때는 한국어로만 했고, 친숙하고 일상적인 구어체보다 좀 더 공손한 화법을 사용했다.

한국은 오래전부터 군주와 신하의 관계를 토대로 형성된 계급사회로, 언어에도 유교문화와 가치가 반영되어 있다. 같은 말을 하더라도 한국어에는 여러 가지 방법이 있다. 상대가 대통령인지, 할머니인지, 직장 상사인지, 부모인지, 모르는 사람인지, 또는 친구나 자식인지에 따라 화법을 선택할 수 있다. 이럴 때 높임법은 존경을 표해야 하는 계층적 구조를 철저하게 따른다. 심지어 문장구조뿐 아니라 특정 단어에도 위아래가 존재해 일례로 '잠들다'를 뜻하는 단어는 밤 인사를 건네는 상대가 누구인지에 따라 여러 가지로 달라진다.

대식은 준석과 평생 알고 지낸 사이임에도 이름을 부르지 않는다. 겨우 두 살 차이지만 준석이 대식보다 나이가 많으므로 존칭인 형을 사용한다. 나는 대식보다 일곱 살이나 많으니 나를 이름으로 부른다는 것은 아마 상상도 못할 듯하다.

나는 한국 전통을 고수하는 대식의 태도가 귀엽게 느껴졌다. 내가 한국에 있었다면 어릴 때도 누나 소리를 들으며 자랐을 텐데, 하는 아쉬움도 들었다. 대식은 내가 존댓말로 대할 때마다 내 말을 고쳐주면서 반말로 하라고 여러 번 알려주었다. 반말은 직역하면 '반쪽짜리 화법'이라는 뜻이지만 실은 허물없는 일상적 화법을 일컫는다. 자식이나 어린 형제자매를 대할 때는 반말을 써도 나이가 더 많은 친척이나 모르는 사람에게는 쓰지 않는다. 대식은 자기가 어린데도 내가 마치 어른에게 하듯 존대한다는 사실을 불편해했다. 그래서 나는 한국어로 말할 땐 존대가 제일 편하다 했고, 대식은 진저리를 치면서도 참아주었다.

참을성은 한국인의 전형적인 특징이라 할 수 있다. 한국은 '두 고래 사이에 낀 새우'다. 한국 문화와 민족은 5천 년 이상의 세월 동안 정복을 노려온 두 나라—거대한 중국과 전쟁 주도적 성격의 일본—사이에서 살아남았다. 끝없이 참고 버티는 인내가 있었기에 가능한 일이다.

외할머니가 사시는 광주의 농장에서 출발해 이번 휴가를 위해 준석을 만나러 무주까지 대식의 차로 이동했다. 우리는 내 아이들이 뒷좌석에서 자는 동안 대화를 나눴다. 대식의 아버지와 준석의 어머니는 외할머니의 다섯 자식 중 가장 가까운 사이라 했고, 어릴 때 준석과 함께 휴가를 즐긴 적도 많다고 했다.

"나도 한국에서 자랐으면 좋았을걸." 내가 말했다.

"그럼 정말 재밌었겠죠." 대식이 동의했다.

"내가 너 엄청 놀리고 부려먹었을 거야." 내가 대식을 보며 웃었다.

대식은 길에서 잠시 눈을 떼고 나를 보며 웃었다. "누나, 그건 당연하죠."

"너는 원래 준석이 말을 그렇게 잘 들었어?" 내가 장난쳤다.

대식의 표정이 진지해졌다. "형이 첫째라서 의젓하게 우리를 잘 챙겨줬어요. 착하고 정도 많았거든요. 지금도 그렇고."

나는 고개를 흔들었다. "이모 말이 맞나 봐. 나는 한국인이 아냐. 형제 중 첫째여서 뭐가 어떻다는 건지 이해가 안 돼. 준석이가 첫째라 부담이 클 것 같아."

"동생들에게는 없는 책임감이 있겠죠. 아들이라서 특히 더." 대식이 말했다.

"우리 아빠가 장손이었어. 엄마는 할아버지를 싫어했고. 아들을 못 낳았다고 엄마를 탓하셨거든. 그래서 우간다로 떠났어." 시아버지로부터 멀어지려고, 남편이 마지막 장손이라는 사실에서 벗어나려고 여러 바다와 대륙을 건넜던 어머니를 떠올렸다. 그러나 스스로 떠안은 수치심을 결국 떨치지는 못했다. 대식의 어머니도 장남이었던 외삼촌과 결혼했다. 나는 대식에게 물었다. "너희 어머니는 어떻게 사셨어?"

"우리 엄마는 할머니랑 같이 살았어요. 할머니가 그리 다정한 분은 아니셨죠. 엄마한테 얼마나 모질었는지 다 봤어요." 대식이 말했다.

"넌 화 안 났어?" 나는 깜짝 놀라서 영어로 말했다.

"당시에는 그랬는데 할머니도 지금은 나이 드셨잖아요. 남편도 잃고 정신도 오락가락하시고요." 대식의 목소리는 차분했다.

"할머니한테 아무런 악감정이 없어?" 나는 더 깊이 찔러 보았다.

"그래봤자 무슨 소용이겠어요? 나이도 많으신데." 아무런 원망도 담기지 않은 목소리로 대식이 말했다.

"그래서 용서한다고? 너희 어머니한테 그렇게 했는데?" 나는 여전히 의심이 가시지 않았다.

"우린 한국 사람이잖아요. 참아야죠."

대식의 말에 준석과 설악산에 갔을 때 나눈 대화가 생각났다. 설악산은 한국에서 가장 아름다운 산으로 손꼽힌다. 우리는 주말에 등산도 하고 워터 파크에서 물놀이도 할 계획으로 콘도를 빌렸고, 두 아이를 재운 준석의 아내가 자러 들어갔을 때 준석과 나는 주방 식탁에 앉아 맥주를 마셨다.

"작가가 돼서 행복해?" 준석이 물었다.

"의사일 때보다 훨씬 행복해." 내가 답했다.

"나도 예술가가 될 수 있었을 것 같아." 준석이 말했다.

"엔지니어가 싫어?" 나는 놀라서 영어로 물었다.

"아버지가 전기기술자셔서 나도 뒤를 이어야 한다는 압박이 있었어. 반항하지 않고 받아들였지. 근데 지금은 다른 일을 했다면 어땠을까 싶어. 의사를 그만두고 작가가 되다니 누나는 참 용감한 거야."

"용감인지 멍청인지. 둘 중 뭔지 나도 모르겠다." 내가 말했다. "다시 선택할 수 있다면 어떡할 것 같아?"

"바이올리니스트?" 준석이 영어로 말했다.

"너 바이올린 했었어?" 나는 적잖이 놀랐다.

"어릴 때는 좋아했는데 중간에 포기했어. 진짜 잘했을지도 모르는 일이지."

"연주회도 열고?" 내가 웃으며 말했다.

준석이 웃음을 터뜨렸다. "그럴 수도 있지. 계속 엔지니어 일을 하고 싶은지 잘 모르겠어."

"마음만 있다면 다른 일을 하기에 늦은 때란 없어." 내가 힘을 실었다.

준석은 생각이 많은 듯했다. "너무 늦었어. 아내와 두 아이까지 있는걸. 책임질 일이 많지."

나는 한숨을 쉬었다. "준석아, 너는 가끔 책임감이 과해."

"여동생이 둘이나 있고 사촌 중에서도 내가 첫째야. 모범을 보여야지."

"우리가 한국을 떠나서 네게 이렇게 끔찍한 책임을 전가

했네. 미안해."

"누나가 한국에 있었으면 좋겠다고 생각한 적 많았는데, 다시 돌아오니 좋다. 누나가 있으니 마음이 편해."

"네가 정말 내 동생이면 좋겠다. 우린 정말 잘 맞았을 것 같아. 우리 자매들이랑은 달리."

"자매들끼리 왜 그리 사이가 복잡해?"

언니들과 동생이 내게 품은 원망이 이만저만 아니라고는 준석에게 말하지 않았다. 내가 키가 더 커서. 내가 더 똑똑하고 잘난 척한다고 생각해서. 나를 편애하는 게 뻔히 보이는데도 불공평한 경쟁을 시킨 어머니 때문에. 그렇게 의사가 되었는데 그걸 다 던져버려서. 의사 일을 그만두겠다고 자매들에게 말했을 때 한 명은 분통을 터뜨리며 이렇게 말했다. "의사를 그만두면 안 되지. 그런 사람이 어디 있어!" 또 한 명은 이랬다. "어느 날 갑자기 작가가 되겠다고 마음먹었더니 당연하단 듯이 진짜 이루어지네. 근데 우리는 사는 게 그렇게 쉽지 않아서 말이야."

한국어로든 영어로든 준석에게 이런 이야기를 어떻게 해야 할지 몰라 재치 있게 받아쳤다. "내 키가 더 커서 나를 미워해."

"누나가 제일 예쁘고?" 준석이 장난쳤다.

나는 웃었다. "당연하지!"

한국에는 이런 말이 있다. "딸 부잣집에서는 셋째 딸이

제일 예쁘다." 중매결혼이 성행했던 과거에는 남녀 간 혼사를 중개할 때 상대가 셋째 딸이면 얼굴도 보지 않고 성사된다고 한 이유가 바로 이 믿음이 만연했기 때문이다.

한번은 작은언니가 다니는 컨트리클럽의 수영장에 우리 자매들이 모인 적이 있었는데, 언니의 한국인 친구가 우리를 보더니 이렇게 말했다. "셋째 딸이 제일 예쁘다는 한국 사람들 말이 사실이었네."

동생 클라라는 격한 반응으로 답했다. "전혀 동의할 수 없어!"

작은언니는 체념한 듯 고개를 끄덕였다.

큰언니는 어깨만 으쓱했다.

나는 웃으면서 농담으로 넘겼다.

"자매 중에서 가장 성공했고 똑 부러지니 그렇겠지. 그건 누나 잘못이 아냐." 준석이 나를 바라보았다. 친자매들에게서 본 적 없는 상냥함이 가득 담긴 눈이었다.

"그렇게 말하니까 너랑 어린 시절을 같이 보내지 못한 게 정말 안타깝다." 곧 눈물이 터질 듯 눈이 따끔거렸다. 나는 울지 않으려고 맥주를 한 모금 마셨다.

계곡에서 오후를 보내고 숙소로 돌아온 우리는 각자 흩

어졌다. 나는 사촌들과 리조트 내의 한 식당에서 만나 저녁을 먹기로 했다. 이모는 이만하면 충분히 즐겼으니 젊은 사람들끼리 놀게 두고 이모부와 함께 대전에 있는 집으로 돌아간다고 했다. 나는 이모의 팔짱을 끼고 주차장까지 함께 걸었다. 미국에 돌아가면 이모가 보고 싶을 것 같았다. 이모는 지난 두 달간 매주 일요일 아침이면 빠짐없이 서울에 있는 내게 전화를 걸어 안부를 물었다. 나는 내일 떠나기 전에 다시 이모와 통화할 걸 알면서도, 이모와의 통화가 벌써 그리웠다.

"네게 할 말이 있다." 이모가 말했다.

우리는 이모의 차 옆에 서 있었다. 이모부는 짐을 싣고 운전석에서 이모를 기다리고 있었다.

이모가 내 두 손을 꼭 잡았다. "네가 한국에 오니 정말 좋구나. 그동안 그렇게 보고 싶었는데."

나는 웃었지만 한편으로는 울고 싶었다. "오길 잘했어요. 엄마가 아프시다는 소식을 전해서 죄송하고요." 나는 이모를 안았다. "엄마가 빨리 나으셔서 같이 이모 보러 다시 한국에 오면 좋겠어요." 낙관적으로 말했지만 와닿지는 않았다.

한국에 돌아와서 만난 이모의 아름다운 첫인상을 기억한다. 건국대학교에서 공부하는 동안 한번 뵐 수 있을지 묻는 내 편지를 받은 이모는 내가 묵는 국제학생 게스트하우스의 안내 데스크에 전화를 걸어 직접 나를 만나러 왔다. 아래층에서 기다리는 이모를 찾아 건국대학교 캠퍼스에 있는 독특한 원형 건물의 언어교육원 경사로를 내려가던 기억이 난다. 수많은 한국인의 물결 속에서도 이모를 바로 알아볼 수 있었다. 한결 작고 부드러운 인상의 어머니 얼굴이었다. 이모와 이모부는 밤늦도록 내게 서울 곳곳을 안내했다.

그날 조선 왕실의 행궁이었던 덕수궁을 거닐던 중, 화창한 파란 하늘 아래 먼지가 일던 길 위에서 이모가 갑자기 걸음을 멈추고 내 팔을 잡았다. 앞서 어머니의 안부를 묻고 난 후였다. 나는 어머니가 많이 아프셨지만 이제는 퇴원하셨다고 했다. 더 많은 이야기를 하고 싶어도 어떻게 말해야 할지 몰랐고, 이모도 더는 묻지 않았다.

"엄마한테 일어난 일은 네 잘못이 아냐. 엄마가 선택한 인생이지. 너와 네 자매들과는 아무 상관 없어." 이모는 나지막하고도 절박하게 말했다.

저물어가는 태양 아래 푸르스름하게 보이는 기와지붕 밑 그림자 속에 우리 둘만 서 있었다.

"너희 엄마는 고집도 세고 제멋대로였어. 어머니가 제일 예뻐한 자식이었지. 우리 둘이 다투면 누구 잘못인지 따지지도 않고 늘 나한테 사과하라고 하셨어." 이모가 회한 섞인 한숨을 내쉬었다.

나는 어머니가 외할머니의 총애를 받는 자식이었을 줄

몰랐다. 혜택을 누렸을지언정 기대에서 오는 부담의 무게도 컸을 텐데, 그건 내가 미처 헤아리지 못했다.

우리는 대전에 있는 이모 집에서 대화를 이어갔다. 이모는 오직 나를 위해 불고기와 잡채 등 수많은 요리로 진수성찬을 준비했고, 준석의 아내와 함께 종일 주방에서 분주했다. 이모가 채소를 써는 동안, 나는 그제야 어머니의 자살 시도 이야기를 꺼냈다. 이모는 양파를 썰면서도 울지 않았다. 그러나 그날 저녁 식사를 마친 후, 연인을 잃고 가슴 아파하는 여주인공이 나오는 드라마를 보면서 울기 시작하더니 눈물을 멈추지 못했다.

무주에서 이모가 내게 말했다. "곧 다시 만나러 오면 좋겠구나."

"걱정 마세요. 저 잊어버리기 쉽지 않으실걸요." 나는 일부러 태평하게 말했다.

나를 바라보는 이모의 눈빛에는 따스함이 가득했다. 조언에도 지혜와 연민이 담겨 있었다. "잘 살아야 해. 엄마 인생이 비극이었다고 네 인생까지 망치지 마. 너는 잘 살아도 돼."

이모가 탄 차가 시야에서 사라진 후, 나는 건물의 붉은 나무 외벽에 기대 참았던 눈물을 쏟아냈다. 멈추려는 노력조차 하지 않았다. 숨을 깊게 들이쉬면서 잦아들기만을 기다렸다가 다시 안으로 들어가서 숙소로 올라가는 계단으로 향했다. 로비에는 대식의 아들이 무언가에 홀린 듯한 표정으로 자판기 앞에 서 있었다.

"재원아, 뭐 하니?"

조금 전까지만 해도 아이들은 거실에 모여 애니메이션 영화 〈카〉를 보고 있었다.

정수리가 겨우 내 허벅지에 이르는, 자그마한 체구의 재원이 나를 돌아보며 말했다. "주스 마시고 싶어요. 마셔도 돼요?"

"글쎄, 아빠 어디 있어?" 나는 사촌을 찾아 두리번거렸다.

"위층에요." 재원은 복숭아가 그려진 작은 캔을 쳐다보면서 손으로 유리창을 두드렸다. "저 주스 마셔도 돼요?"

"먼저 아빠한테 물어봐야 할 것 같은데." 대답은 이렇게 했지만 복숭아주스를 먹겠다는 아들을 대식이 말릴 것 같지는 않았다.

재원은 몸에 잔뜩 힘을 주더니 고개를 뒤로 젖히고 아빠를 불렀다. "아빠!"

"재원아, 아빠한텐 안 들려."

"아빠!" 재원은 더 크게 외쳤다.

나는 두 손으로 귀를 막았다. "알았어, 알았어. 주스 마셔도 돼."

재원이 나를 보고 씩 웃었다.

사촌 가족들이 모두 모여 저녁 식사를 했고, 서로 계산하겠다며 옥신각신했다. 한국인들은 돈을 내는 일을 일종의 명예로 여긴다. 본인이 주도하는 상황이라고 생각할 때는 특히 더 그렇다. 나는 그날 처음으로 이겼다. 실은 직원을 따로 불러 미리 계산하는 잔꾀를 썼다. 준석과 대식은 고개를 저으며 나는 돈을 내면 안 된다고 했지만, 나는 손님이 아니라 동생들보다 나이 많은 누나니까 주말 내내 원래 내가 돈을 썼어야 한다고 말했다.

식사 후 우리는 리조트 내의 여러 기념품점과 상점을 구경했다. 대식의 아내는 내 아이들에게 인형을 사 주었다. 에린에게는 강아지, 리엄에게는 갈색 곰 인형이었다. 인형 가지고 놀 나이는 지났다고 해도 소용없었다. 아이들은 내 의견이 받아들여지지 않자 기뻐했다. 우리는 화려한 조명과 활기로 북적이는 소리를 따라 따뜻한 밤공기 속을 걸었다. 먼저 달려가며 군것질거리를 사 달라고 조르는 아이들에게 솜사탕을 사 주었고, 대관람차를 다 타고 내려올 때까지 기다렸다. 대식의 아내가 시간이 늦어서 아이들이 피곤해한다고 했다. 우리는 마지막으로 사진을 한 장 더 찍었다. 아이들 틈에서 나란히 선 나와 준석, 대식은 카메라를 보고 웃었다.

작별 인사를 나누던 중 다섯 살 난 민지가 울음을 터뜨렸다. 밤 11시에 가까운 시각이어서 나는 잠투정이려니 했다. 엄마가 나서서 안아주려 했지만 민지는 바닥에 주저앉더니 걷잡을 수 없이 울기 시작했다. 대식이 쪼그리고 앉아 딸과 머리를 맞댔다. 뭐라고 하는지 잘 들리지는 않아도 질문을 하고 있었고, 민지가 대답하자 야단치는 듯한 어조로 말했다. 대식은 민지를 일으킨 후 가슴에 안고 나지막이 속삭였다. "괜찮을 거야. 괜찮아." 민지는 더 크게 울었다. 딸의 등을 두드리며 부드럽게 달래는 대식에게 다가갔다.

"무슨 일 있어? 내가 도와줄까?" 내가 물었다.

"아무것도 아니에요." 대식은 손사래를 치며 날 안심시켰다.

"난 그냥 작가가 아니라 의사이기도 해." 내가 다시 제안했다.

"민지가 바보 같은 소리를 해서." 대식이 말했다.

"피곤해서 그런가 보다." 내가 말했다.

대식이 나를 보며 웃었다. "리엄이 집에 가는 게 싫어서 이래요. 누나 아들을 사랑해서 결혼하고 싶다고, 리엄이 미국에 안 갔으면 좋겠다고 우는 거예요."

터지는 웃음을 참을 수가 없었다. "다섯 살과 여섯 살은 아직 결혼할 수 없다고 알려줬어?"

대식은 일부러 아쉬운 척했다. "친척끼리는 결혼 못 한다고 알려줬죠. 그랬더니 더 속상한가 봐요. 리엄을 사랑하니까 꼭 결혼해야 한대요."

"벌써 그렇게 사랑을 확신해? 며칠밖에 안 됐는데? 조금 더 지켜봐야 하지 않을까?"

대식이 고개를 저었다. "결심이 아주 확고해요. 결혼할 거래요."

어느 평행우주 속에서 나와 대식, 준석은 무주의 그 차디찼던 계곡물에 나란히 서서 아이들 이야기를 한다. 같이 저녁을 먹는다. 아이들은 똑같은 놀이기구를 탄다. 가족들과 똑같은 사진도 찍는다. 민지는 여전히 리엄과 결혼하고 싶어 한다. 대식은 그날 밤 늦게 나를 서울로 데려다준다.

그러나 나는 다음 날 아침 미국으로 떠나지 않는다.

대신 서울에서 사촌들과 가까운 곳에 살고, 내 아이들은 그들의 아이들과 같은 학교에 다닌다. 주말이면 광주에 있는 어머니를 보러 간다. 정신병원에 있지 않고 행복한 어머니다. 어머니는 아이들을 데리고 더 자주 오라며 성화다. 때로는 준석과 설악산을 찾아 눈부신 전경의 폭포와 나무에 감탄하며 등산을 하고, 작가와 바이올리니스트로서의 삶에 관해 대화를 나눈다. 걸음을 멈추고 산비탈에 새겨진 부처의 얼굴을 감상한다. 그리고 서울로 돌아가는 다른 한국인들과 함께 일요일 밤의 교통 대열에 합류한다.

벽지의 파란 꽃잎

그 사람 이름의 약자는 SS*다. 또 다른 적신호였는데 이를 무시했다고 몇 년 후 심리치료사가 지적했던 부분이기도 하다. 우리는 의대 재학 시절 만났다. 당시 나는 첫 연애의 아픔에서 회복하는 중이었다. 고등학교 때나 학부 재학 시절에 겪었어야 할 일이었다. SS는 키가 크지도, 잘생기지도 않았다. 나는 잘생긴 사람에게 관심 없었으니 그 사람에게는 잘된 일이었다. 착하고 재미있는 사람 같았다. 자기가 고등학교 때 웃음 담당이었다고도 말했다.

나는 그 사람이 날 사랑하는지 여부에 목매지 않았다. 지난 사람과 그랬던 것처럼 몇 년 동안 만남과 헤어짐을 반복

* Schutzstaffel, 나치친위대.

하며 온갖 감정에 시달리는 관계를 다시 시작할 마음이 없었다. SS가 사랑한다고 했을 때는 안도감이 들었다. 그래서 나도 사랑한다고 대답했다.

어느 날 당직 근무를 서고 피로를 넘어 너덜너덜한 몸으로 퇴근했을 때 집이 말끔했다. 고맙다고 하니 그는 이렇게 말했다. "평생 너를 챙겨주면서 살고 싶어. 사랑해." 동화 속 왕자님을 찾았다고 생각했다. 그 후로 다시는 청소한 적이 없었음에도.

안전할 줄 알았다. 진정한 사랑의 고통은 물론, 외도하는 한국 남자들도 피할 수 있었으니 말이다. SS는 우리 부모님을 만난 적이 없었다. 한국인이 아니라는 점은 특히 어머니가 강하게 반대할 이유였고, 스물여섯 살이라는 나이에도 연애가 허락되지 않아서였다.

그러다가 임신을 했다. 의대 마지막 해였고, 다른 도시에서의 레지던트 과정도 이미 확정된 상태였다. 보수적인 한국인 부모님에게 말할 수 없으니 SS에게 의지해 조언을 구했다. 어머니는 결혼 첫날밤까지 처녀여야 한다고 가르쳤다. 누구와도 관계를 맺지 않고 순결해야 했다. 그러니 몸을 더럽혔을 뿐만 아니라 임신까지 했다는 사실을 어머니가 알면 그 분노의 깊이가 어느 정도일지 상상도 할 수 없었다. 전 애인과 SS, 두 남자와 잠자리를 해서 이미 난잡한 딸이 된 것 같았다. 대체 무슨 수로 어머니에게 결혼 전에 관계를 가졌다고 말할 수 있을까? 아버지에게는 임신 이야기를 꺼내는 것 자체도 상상할 수 없는 일이었다.

SS가 말했다. "널 사랑하고 결혼도 하고 싶지만, 지금 아기는 안 돼." 논리적이고 합리적인 듯했다. "그럼 레지던트도 못 하잖아. 지금까지 노력해서 이만큼 이뤘는데 포기하고 싶어?" 본인이 레지던트 과정을 그만두고 집에서 아이를 키울 가능성은 단 한 번도 입 밖에 내지 않았다.

큰언니를 임신한 몸으로 교차로에 서 있던 어머니를 떠올렸다. 아버지를 믿고, 외도는 없었다던 그의 말을 믿기로 선택했던 그 순간을. 나는 아기를 갖고 싶지 않았다. 거액의 학자금대출 때문에라도 의사가 되어야 할 것 같았다. 그러지 않고서야 무슨 수로 그 돈을 다 갚을까? 하지만 중절을 생각만 해도 토할 것 같았고, 다 팽개친 채 울고만 싶었다.

"나는 네게 뭐가 최선인지만 생각할 뿐이야." 중절에 관한 속 뒤틀리는 대화 도중 SS가 이렇게 말했다. "우리 결혼은 꼭 성당에서 해야 해. 우리 어머니와 나한테는 정말 중요한 일이거든. 그런데 아기가 있으면 그럴 수 없잖아. 다 너 잘되라고 이러는 거야." 온 마음을 담아 말하는 그의 목소리에서 진정성이 느껴졌고, 표정도 진지하게 고민하는 얼굴이 무엇인지 보여주는 완벽한 예시였다.

결국 나는 중절을 택했다. 그리고 마치 생명줄인 듯 그에게 매달렸다. SS와 함께해야만 했다. 내 아이의 아버지였으니까. 1994년 6월 25일, 나는 하얀 드레스 차림으로 그의 손을 잡고 성당에 서서, SS를 사랑하고 존중하며 다른 모든 것은 저버리겠다고 맹세했다.

SS가 처음으로 접시를 던진 건 우리가 아직 결혼하기 전 함께 살 때였다. 나는 곧 부서질 듯한 이인용 식탁에 앉아 있었다. 나무로 된 다리 끝의 금속 받침이 무게를 간신히 지탱하는 식탁이었다. 무슨 이유로 다퉜는지는 기억나지 않는다. 아마도 사소한 일이었을 거다. 나는 울고 있었고 SS는 이렇게 말했다. "네가 착각한 거야. 알지도 못하면서 그런 소리 마." 차분한 목소리였다.

그날은 SS가 아량을 베풀어 저녁을 차렸다. 토스트오븐에 녹인 치킨핑거와 감자튀김에 케첩을 곁들인 식사였다. 나는 서른여섯 시간 이상의 당직 근무를 마치고 퇴근했지만 그는 아니었기에, 설거지까지 해준다고 자청했다. 저녁을 먹기 전 샤워를 해서 어깨까지 내려온 내 검은 머리는 젖어 있었다. 접시가 벽에 부딪혀 깨지기 전, 내 옆을 날아갈 때 축축한 머리카락이 뺨을 스쳤다. 붉은색 케첩이 내 목에 흩뿌려졌다.

이럴 수는 없어. 이건 악몽이야. 곧 깨어날 거야. 갑작스러운 폭력을 마주할 때면, 내 반응은 언제나 현실 부정이었다. 벌어지고 있는 일이 무엇이든 마법처럼 사라지리라는 바보 같은 기대. 그러면 아무 일도 없었던 척할 수 있었다.

"넌 대체 왜 그래?" SS는 붉어진 얼굴로 고함을 지르며 금속 싱크대의 가장자리를 내리쳤다.

나는 미동도 없이 앉아서 간절히 소원했다. 내 몸이 점점 작아지길. 보이지 않길.

"꼭 이런 식이어야 해?" 그의 분노가 불타오르며 주변의 모든 산소를 빨아들였다.

나는 고개를 숙인 채 내리깐 눈꺼풀 밑으로 그의 움직임을 살폈다.

SS는 주방 입구로 달려가 문을 벌컥 열고 벽돌로 조성한 테라스로 쿵쿵거리며 나갔다. 그러더니 바닥에 놓인 테라코타 화분 하나를 머리 위로 들어 올렸다가 박살 냈다. 그의 행동은 계속되었다. 붉은 벽돌에 부딪혀 깨지는 도기의 날카로운 소리가 밤공기 속으로 울려 퍼졌다.

내 잘못이야. 나는 용서를 빌었다.

"다시는 이렇게 열받게 하지 마." 차분하고 실망 가득한 목소리로 SS가 말했다.

나는 아직도 그때 그 주방 벽지의 파란 꽃무늬를 기억한다. 발랄해 보이는 반쯤 핀 꽃들에, 초록 이파리가 풍성한 줄기는 구불구불 얽히며 흰색 무지의 천장으로 향했다. 나의 일부는 여전히 부서질 듯한 그 식탁에 앉아 벽지의 라벤더빛 파란 꽃잎을 바라보고 있다.

~

목구멍이 타는 듯 따가웠지만 나는 인정하지 않았다. 머리가 아프지도, 근육이 쑤시지도 않았고 열도 나지 않았다. 그저 침을 삼킬 때마다 누군가 입 안쪽을 불로 지지는 느낌이었다. 하지만 비행기를 타자 열기와 한기가 오락가락했다. JFK국제공항의 공항철도에서 내렸을 무렵엔 빨간 여행가방을 끌고 움직이는 속도가 너무 느려서 모든 사람이 나를 지나쳐 갈 정도였다. 펜실베이니아역으로 가는 열차에 올랐다. 택시를 탈 생각은 하지도 않았다. 펜실베이니아역의 거대한 전광판을 올려다보았다. 뉴어크로 가는 뉴저지행 열차는 40분 후에나 있었고, 그걸 탄 후에도 다른 열차로 갈아타고 내가 사는 교외까지 가야 했다.

나는 SS에게 전화했다.

2008년 가을, 우리는 주말 연휴를 맞아 뉴올리언스에 갔다. 남편이 어느 제약 회사에서 비용을 부담하는 '심포지엄'에 참석하게 됐기 때문이다. 심포지엄이란 에머릴스처럼 비싼 식당에서의 식사가 주를 이루는 행사에 약간의 의학 교육을 의미하는 암호로, 처방 실적이 우수한 의사와 교수 들에게 제약 회사가 감사를 표하는 자리였다. SS의 비용은 회사에서 전액 부담했고, 우리가 지불할 비용은 내 항공편이 전부였다. 그래서 나는 가장 싼 표를 찾았다. 돌아올 때 뉴저지의 우리 집에 가까운 뉴어크국제공항이 아닌 JFK 국제공항을 통하는 경로였고, 100달러 더 저렴했다. 대중교통으로 JFK에서 뉴저지까지 오려면 두 시간 넘게 걸린다는 사실을 알면서도 SS는 나의 알뜰함을 칭찬했다. 남편은 뉴어크국제공항에 내린 후 차를 타고 20분 거리인 집으로 돌아갈 예정이었다.

SS는 휴대폰도, 집 전화도 받지 않았다. 나는 슬레이트와 대리석으로 꾸민 우리 집 욕실의 유리 부스 안 레인샤워기 아래 서 있는 남편의 모습을 상상하면서, 내 머릿속을 꽉 채우며 점점 조여오는 압박감을 해소할 수증기를 간절히 열망했다. 나는 뉴어크로 가는 열차를 탔다. 온갖 소리가 울리는 역 한가운데에 도착했을 때쯤, 내 몸은 펄펄 끓는 열 때문에 땀으로 흠뻑 젖어 있었다. 캐모마일차를 사서 설탕을 세 봉지나 넣었다. 기운을 내려면 포도당이 필요했다.

나는 SS에게 전화했다.

남편이 전화를 받을 무렵 나는 거의 말도 할 수 없었고, 목소리는 속삭임보다 조금 더 큰 정도였다.

"잘 안 들려." SS가 말했다.

나는 다시 말했다.

"정말 기차로 올 수 없겠어? 방금 조깅하고 들어왔는데, 샤워하기 전에 몸을 식혀야 하거든."

나는 빌다시피 했다.

"차 계속 마셔봐. 그럼 좀 나아져서 탈 수 있을 거야."

남편은 전화를 끊었다. 나는 차를 마셨다. 일어나서 여행 가방을 질질 끌며 표 판매기로 가다가, 어지러워서 다시 주저앉았다.

나는 SS에게 전화했다.

앞선 통화에서의 타이르는 어조와 달리, 이번에는 날 선 목소리였다. "몸 식히는 중이라니까. 샤워도 해야 해. 그 후에 거기까지 가는 데도 20분이나 걸리고. 도착역으로 마중 나가는 게 훨씬 간단하잖아."

나는 울었다.

"알았어, 갈게. 시간 걸리니까 기다려."

남편은 한 시간이 지나서야 나타났다. 나는 조수석에 타면서 사과했다. 남편은 한숨을 쉬며 나를 쳐다보지도 않았다. 긴장이 풀리며 나는 무너졌고, 흐느낌에 몸이 떨렸다. 왼손에 쥐고 있던 종이컵 안에 담긴 차가 내 몸의 진동에 흔들렸다. 미지근해진 액체가 뚜껑의 입구로 쏟아져 나오며 SS의 메르세데스 중앙 콘솔에 흘렀고, 내가 앉아 있던 가죽 시트에도 몇 방울 떨어졌다.

"어떡해, 미안해." 내가 속삭였다. 나는 몸을 숙여 조수석

앞 수납함을 열고 물기를 닦을 휴지를 찾았다.

"잘하는 짓이다!" SS가 소리를 질렀다.

힘이 잔뜩 들어간 남편의 주먹이 날아왔다. 나는 얼굴에 맞지 않으려고 몸을 돌려 피했다. 주먹은 내 어깨와 팔, 갈비뼈에 꽂혔고, 팔꿈치에 고정된 망치처럼 움직임을 반복했다. 내 손에서 떨어진 종이컵이 바닥에 떨어져 매트를 적셨다. 나는 두 팔로 머리를 감싼 채 웅크리며 최대한 멀리 떨어지려고 창문 쪽으로 몸을 바짝 붙였다. SS는 나와 아이들 때문에 늘 희생하고 있으며, 자기가 하는 모든 일은 우리를 위해서지 본인을 위한 적이 단 한 번도 없었다고 소리를 질러댔다. 문 닫힌 차 안의 답답한 공기 속에서 날카롭게 갈라지는 그의 목소리가 떠나갈 듯이 울렸다.

이럴 수는 없어. 이건 악몽이야. 곧 깨어날 거야.

얼굴이 보라색이 될 때까지 고함을 치며 화를 내는 SS를 수년간 견디면서도 나는 스스로에게 이렇게 말했다. 그가 손에 닿는 물건을 잡히는 대로 집어 던질 때도—제각각인 필기구가 꽂힌 컵을 던져 펜과 연필이 미사일처럼 날린다거나, 채찍처럼 휘감기는 가죽 허리띠라거나, 산산조각 파편이 되어버릴 유리잔이라거나—그랬다. 노란색과 초록색으로 변할 검푸른 자국을 내 양팔에 남길 때도, 위층으로 도망쳐 올라가 화장실 문을 잠그고 숨어 있는 동안 문을 두드릴 때도 마찬가지였다.

나는 침묵했다. 그렇게 흉악한 짓을 하고 나면 남편이 항상 사과했기 때문이다. 나를 아프게 한 일을 깊이 뉘우치는 듯했기 때문이다. 그래야 내가 떠나지 않으니까. 그러고 나서는 아무 일 없었다는 듯이 행동했다.

하지만 정작 여러 여자와 놀아나다가 2011년에 떠난 사람은 남편이었다. 나는 영영 떠나지 못했을 것 같다. 이미 망가져 있었고 남편과 아내, 두 아이로 구성된 행복한 가족이라는 설정에 너무 위험할 정도로 빠져 있었다. 수년간의 의사 생활에서 남자들에게 둘러싸여 성희롱을 당했을 때도 침묵을 지켰다. 매질에 익숙해져 있었다. 그리고 SS에게 내가 문제라고 설득당했다. 그는 내가 "반사회적"이고 "침울"하며 "친구도 없다"라고 했다. 어머니는 자살을 시도했고 이민자 가정인 우리 집은 가족의 기능을 하지 못했다. 내 책임으로 돌리는 게 훨씬 쉬웠다. 내 잘못이라면 고치면 된다고 생각했다. 언젠가 상담치료사가 말하길, 실패한 결혼이 내 잘못이라고 탓하며 20년간 그 생활을 지속한 나 같은 피학적 성향은, 쉽게 말해서 SS처럼 "매력적인 자아도취자"에게 완벽한 먹잇감이라고 했다.

2006년 여름, 내가 한국에 있을 때 SS가 이혼을 요구한 것도 나 때문이라고 생각했다. 아이들이 한국에 오기 전에 6주 동안 남편 혼자 아이들을 챙겨야 했기 때문이다. 구매한 지 1년 만에 아이들, 특히 딸이 학교에서 괴롭힘을 당해

집을 다시 팔고 이사하느라 10만 달러를 날린 것도 내 잘못이었다. 괴롭힘 때문에 딸이 죽고 싶어 했음을 모른 것도 내 잘못이었다. 딸이 결국 털어놓았을 때 그 이야기를 남편에게 전하자, 남편의 반응은 "어떻게 그런 일을 숨길 수가 있어?"였다. 바로 전해에 아무래도 의심스럽다고 이야기했는데도 말이다. 남편은 그저 잃은 돈이 아깝다며 끊임없이 불만만 늘어놓을 뿐이었다.

내 사고방식을 바꾸려는 과정에서, 상담치료사는 내 피학적 성향이 오만함이기도 하다고 지적했다. 내가 책임을 떠안으면 모든 문제를 해결할 수 있다고 생각한다는 것. 실제로 내가 가진 것보다 더 큰 힘이 있다고 생각한다는 것. 그러나 SS와의 결혼이라는 끔찍한 실수를 인정할 수 없었기에, 이 잘못된 판단의 논리를 믿는 게 내가 선택할 수 있는 유일한 방법이었던 것 같다. 그렇지 않으면 실패를 인정한다는 뜻이니까. 실패를 인정하지 않기 위해 어디까지 감당하려고 했는지, 지금 생각하니 놀랍다.

SS는 양육비를 내지 않으려고 변호사 비용으로 수십만 달러를 썼다. 아이들을 위한 경제적 지원에 지출한 그 어떤 금액보다 변호사 선임에 더 많은 돈을 들였다. 처음에는 아이들을 무척 사랑하지만 돈을 줄 "여유가 없다"라고 설명했다. 그러다가 재혼하고 두 명의 아이를 더 낳고는 돈 없는 척도 그만뒀다. 그래도 내가 8년이라는 세월 동안 법원—대법원, 가정법원, 파산법원, 항소법원—에 마흔네 번이나 출석해 여러 등급의 판사와 중재인단을 열다섯 명이나 거치며 법정 싸움을 했다는 사실을 보상하지는 못한다.

당시의 경험을 모두 초월했다고 말할 수 있으면 좋겠지만 아니다. 품위와 평정을 지키며 웃는 얼굴로 해냈다고 말하고 싶지만 아니다. 딸꾹질이 날 때까지 서러움에 흐느꼈고, 매 순간이 진절머리 났다. 법원 출석일 전날 잠들지 못하는 밤도 싫었고, 식도로 역류하는 담즙도, 숨이 막힐 듯한 기분도, 두려움에 못 이겨 심장이 튀어 나갈 듯 뛰는 것도 싫었다. SS가 법원에서 명령한 지불 의무를 이행하지 않아 네 번이나—이혼 소송 중에 있었던 일곱 번을 제외하고도—법정에 나서야 했음에도, 그 사람이 아이들에게 무슨 짓을 하고 있는지 직시하기를 거부하며 법정 모욕으로 인정하지 않았던 판사들도 싫었다.

네, 바버라 제피 판사님. 당신 이야기예요.

그리고 아무것도 할 수 없는 무력감, 공포감도 싫었다.

그러던 중 2014년 추수감사절, 딸이 입학한 지 몇 달 되지 않은 대학교를 자퇴했다. 딸과 함께 대학교 투어를 다니고, 입학 지원 플랫폼의 복잡한 절차에 머리를 싸매고, 여덟 곳의 대학 합격 여부를 확인할 때 손을 잡아주는 부모의 역할은 오로지 내 몫이었다. 딸이 자퇴한 지 몇 주도 채 지나지 않았을 무렵, SS는 내가 4만 8천 달러를 포기하면 그 대가로 항소법원에 양육비 하향 조정을 신청하지 않고 이혼 소송 판결에도 항소하지 않겠다는 제안을 했다. 그의 두 시도가 성공할 가능성은 거의 없었지만 나는 협상하지 않고 조건에 그대로 응했다. 바라는 대로 해주면 끈질긴 괴롭힘도 끝날 줄 알았다.

오산이었다. 내가 그 제안을 받아들인 후에도 SS는 양육비 수금과 지급을 담당하는 정부 기관에 본인의 지급 의무 철회를 신청하라며 다시 연락해왔다. 양육비 강제징수 부처에 그의 월급 차압을 신청해 받아들여지기까지 3년이 걸렸다. 그 3년 동안 돈을 전혀 받지 못하거나 일부만 받아야 했다. 나는 절대로 안 된다고 했다. 지옥이 얼어붙는다면 모를까. SS의 많은 조건을 받아들였지만 그는 만족하지 않았다. 그리고 내가 더 내주지 않자 본인이 했던 약속도 지키지 않았다.

나는 그때 깨달았다.

SS는 절대 멈추지 않을 것이다. 돈 때문이 아니었다. 통제욕이었다. 자기 뜻대로, 원하는 방향으로 풀어가려는 의지였다. 그 사람과 싸우는 법을 익혔어야 했다. 똑바로 서서 허리에 손을 얹고, 확신과 자신감을 담아 '덤벼'라고 했다고 말하고 싶지만 아니었다. SS가 다음에는 또 어떤 앙심을 품고 치졸한 짓을 할지 무서웠다. 울렁이는 속도, 계속 숨을 쉬려면 눈을 감고 일부러 내쉬려 애써야만 하는 것도 무서웠다. 그러나 머릿속에 이 구절이 떠올랐다. 두려움 속에 살길 거부한다. 이를 머릿속에서 수없이 반복한 후에야 조금이라도 믿게 되었고, 가능하겠다는 생각이 들었다.

2016년 10월, SS는 내가 오리건주로 이사하면서 아들을 납치했다며 뉴욕주 가정법원에 인신보호청원서를 제출했다. 사립학교 등록금을 더는 내지 않아도 된다는 사실에 감사하기는커녕 SS는 아들의 양육권까지 빼앗으려 했다. 둘의 관계가 점점 틀어져 그때까지 약 3년간 아들을 만나지 않았으면서도, SS는 정반대로 아들을 무척 사랑하는 아빠인 척 가장했다. 게다가 전화를 걸어 청원을 취소해달라고 부탁하는 아들의 간청도 거절했다.

나는 변호사가 아니었다. 상황이 제대로 흘러가고 있는지 알 수가 없었다. 하지만 더는 변호사를 선임할 돈이 없었기에 나 혼자 법정에 출두했다. SS가 양육비 지급을 중단하고 아들의 양육권을 가져가려고 몇 번인지 셀 수도 없을 만큼 나를 법정으로 불러낼 때마다, 나는 스스로를 변호했다.

가정폭력에서 벗어난 여성을 돕는 비영리단체에서 무료 변론을 하는 변호사의 도움을 받아 SS의 주장에 반박하는 아흔일곱 장의 문서를 작성했다. 그리고 한국 드라마를 다시 보기 시작했다. 왜 그랬는지 그때는 몰랐다. 16부작 드라마 한 편을 보는 동안은 다른 사람이 될 수 있다는 것만 알았다. 진정한 사랑을 찾는 맹인 상속녀. 거만한 부자와 억지로 결혼했으나 나중에는 그 사람을 사랑하게 되는 가난한 소녀. 커피숍에서 일하려고 남자인 척하다가 자신에게 사랑을 느끼는 남자 사장에게 빠지는 여주인공. 나를 짓밟으려는 SS가 아닌 다른 이야기가 필요했다. 서울을 떠나지 않았더라면 내게도 가능했을 이야기에 매달려야만 했다.

그리고 침묵하고만 있지 않았다.

쉬웠다는 뜻은 아니다. 당당하게 내 의견을 말할 때마다 내 몸의 모든 세포와 힘줄이 방어 태세를 갖췄다. 구역질이 났고, 목소리는 떨렸다. 그러나 SS가 뉴욕주 대법원에서 원하는 결과를 얻지 못해 다시 가정법원에 양육비 지급 중단을 요청했을 때, 나는 그의 변호사가 펼치는 주장에 반박했다. 판사도 결국 법에 따를 수밖에 없었다. 날 싫어했으니 분하고 억울했겠지만. "입 다물어야 할 때를 모르시는군요!"

나는 종종 내 일부가 여전히 SS와 결혼 전 함께 살던 그 집 주방의 부서질 듯한 식탁에 앉아 벽지의 파란 꽃무늬를 보고 있다는 상상을 한다. 그 식탁에서 일어나 복도를 거쳐 침실로 가서 여행 가방에 짐을 챙겨 그날 바로 떠났다면 어땠을까 생각한다. 그런 가능성을 생각하면 평행우주가 있다고 믿게 된다. 실제로 그런 일이 일어났고, 내가 그 사람을 떠나버린 세상.

그리고 그 옛날, 큰언니를 임신한 몸으로 교차로에 서 있던 어머니의 일부도 여전히 그곳에 있다는 상상을 한다. 아버지가 한창 거짓말을 늘어놓을 때 버스가 도착한다. 어머니는 이런 대접을 받고는 같이 못 산다며 아버지와 돌아가지 않겠다고 한다. 그리고 그 버스에 올라 뒤도 돌아보지 않았다고 믿고 싶다.

"우리는 살기 위해 자신에게 이야기를 들려준다"라고 조앤 디디온은 말했다. 한 친구는 인생의 "불타는 잔해"를 이야기로 만들려 한다고 말했다. 어쩌면 인생의 불타는 잔해는 모두에게 있는지도 모른다. 불타는 대로 그저 두고만 볼 수도 있다. 하지만 들쭉날쭉한 조각을 이어 붙여서 놀랍도록 선명한 자국이 아름답게 남은 새 인생을 꾸릴 수도 있다. 내 인생의 이야기는 자아도취적 소시오패스와 결혼하는 일생일대의 실수를 저지른 내용이나 그 후로 행복하게 살았다는 내용, 둘 중의 하나가 아니어도 된다. 자아도취적 소시오패스와 결혼하는 일생일대의 실수를 저질렀고, 그래도 계속 행복하게 살았다는 이야기가 될 수도 있다.

가능한 일이다.

센트럴파크의 백파이프

산책로에서 할렘미어*로 향하던 중 백파이프 소리가 들렸다. 나는 너무 놀라서 걸음을 멈추었다. 자전거 한 대가 내 옆을 쌩하니 지나갔다. 잘못 들었나 봐라고 생각했다. 하지만 높은음의 울림은 계속되었다. 주변을 둘러보니 길 반대편에서 룰루레몬 운동복을 입고 신나게 대화를 나누며 걷는 여자 둘이 보였다. 갑자기 터져 나오는 백파이프 소리를 들었다면 발길을 멈추고 소리 나는 쪽을 쳐다봤을 게 분명하다. 자전거 몇 대가 더 지나갔다. 나는 맞은편에서 다가오는 한 커플에게 "제가 이상한 사람 같겠지만 혹시 백파이프 소리 들리세요?"라고 묻고 싶은 충동을 억눌렀다. 내 자

* 뉴욕 센트럴파크의 북동쪽 귀퉁이에 조성된 인공 호수.

존심이 허락하지 않았다.

자존심 있는 뉴요커라면 다른 뉴요커에게 질문을 하지 않는다. 뉴욕에는 불문율이 있다. 네 이웃을 방해하지 말라. 어떤 여자는 지하철 승강장에서 내게 소리를 지르기도 했다. "이거 떨어뜨렸잖아요!" 멋대로 도망친 지하철 카드를 주워 들었을 때쯤 그 여자는 이미 사라졌고, 고맙다는 내 인사는 갈 곳을 몰랐다.

나는 백파이프 소리가 난다고 판단한 방향으로 걸었다. 무척이나 큰 소리였다. 가파른 언덕을 내려가니 센트럴파크에서 한 번도 본 적 없는 곳에 들어섰다. 이 공원에서 산책한 지가 어느덧 거의 2년인데, 아직도 내가 발견하지 못한 곳이 숨어 있었다는 사실에 깜짝 놀랐다. 호기심이 발동한 나는 오른쪽에 보이는 높은 기둥들과 넓은 잔디밭, 왼쪽으로는 5번가로 이어지는 웅장한 철문과 대리석 계단에 눈길을 던지며 최대한 빨리 백파이프 소리가 나는 곳으로 걸었다. 음악이 커지고 작아짐에 따라 한 방향으로 뛰다가 갑자기 멈추고 방향을 바꿔 다시 뛰기 시작하면 바보 같아 보인다거나 어딘가 이상해 보이지는 않을까 걱정했다. 그러나 걷는 방향이 제멋대로라면 지극히 정상으로 보일 것이다. 한쪽으로 빠르게 걷다가 멈추고 방향을 트는 사람들을 정말 많이 보았으니 말이다.

2013년 무렵까지 나는 센트럴파크에서 기이한, 어쩌면 노골적으로 이상하기까지 한 일들을 목격했다. 나무 뒤에서 소변을 보던 남자를 마주쳤을 때, 그 사람은 아무런 동요도 없었지만 오히려 나는 사과하고 그곳을 급히 지나쳤다. 대낮에 옷을 반쯤 벗고 있던 연인들은 갑자기 방향을 바꿔 돌아가는 나의 민망함을 보지 못했고, 내 기침 소리도 듣지 못했다. 그런 경우는 어쩌다 있는 일이었지만, 스포츠 브라가 아닌 진짜 브래지어 차림으로 달리던 한 여자는 센트럴파크 저수지 주변에서 꾸준히 보이는 붙박이 같은 존재가 되었다.

나는 센트럴파크 산책이 내 목숨을 구했을지도 모른다고 생각한다. 2011년 4월, 이혼 과정에서 "부부의 거처"로 표현되던 우리 집에서 SS가 나간 직후, 나는 절망에 빠져 잠 못 이루고 어둠 속에서 침실 천장만 바라보고 있었다. 그러다가 문득 이런 생각이 들었다. 공원에 나가서 걸으면 되겠다. 새벽 4시에는 사람도 거의 없을 테니 내가 울어도 아무도 못 볼 거야. 우리가 살던 할렘에서 센트럴파크 산책로까지 네 블록 거리였지만, 자주 가지는 않았다. 그런데 그날 새벽에 든 뜻밖의 생각이 나를 침대 밖으로 내보냈고, 나는 뉴욕에 새벽이 밝기도 전에 공원을 걷고 있었다. 처음 나갔을 때는 아이들 등교를 준비하러 집에 돌아오기 전까지 울었다. 하지만 그 다음부터는 남들 앞에서 운다는 창피함이 나를 가로막았다. 나는 거의 매일 공원을 걸었고, 하루에 여러 번 나갈 때도 있었다. 그레이트힐*에 올라갔다가 오리 연못 쪽으로 내려와 야구장을 가로질러 작은 언덕을 오르고, 테니스장을 지나 저수지로 향하는 다리까지 가는 경로가 제일 좋았다.

재클린 케네디 오나시스 저수지는 센트럴파크에서도 최고의 절경이다. 적어도 내 생각에는 그렇다. 저수지 둘레는 약 2.6킬로미터로, 컨디션 좋은 날에는 두 바퀴도 돌 수 있었다. 나는 이혼을 준비할 당시부터 뛰기 시작했다. 어쩌면 자아도취적 소시오패스인 전남편과의 이혼 소송을 앞지르고, 내 고통을 앞지르려는 노력이었는지도 모른다. 이혼 소송 초기에는 나 자신을 탓했다. 내가 고쳐야 한다고 모두에게 말했다. SS는 내가 우울감에 빠져 4킬로그램 넘게 살도 찌고 관리도 안 한다고 했다. 나는 당연히 내가 문제라고 믿었다. 이혼 소식을 들은 자매들은 처음에 내 편을 들어주려 했다. 난 적어도 그렇게 믿고 싶다. 어머니가 자살을 시도했을 때 자매들과 사이가 멀어졌다는 반대 증거에도 불구하고, 역경은 가족의 유대를 공고히 다진다고 믿고 싶기 때문이다. 하지만 내 자매들의 노력은 제한적이었고 오히려 도움이 되지 않았다. 한 명은 기온이 37도가 넘는 5월 말에 애리조나주에 있는 한 리조트로 나를 데려가서 이렇게 말했다. "네가 너무 너밖에 모르니까 그 사람이 떠나지."

* 센트럴파크 북쪽의 언덕. 센트럴파크에서 세 번째로 높은 곳이다.

어떤 면에서 내가 이기적이었는지 물으니 대답은 이랬다. "너 레지던트 할 때 맨날 네 환자 이야기, 병원에 입원한 아이들 이야기뿐이었잖아." 당시에는 이렇게 말할 생각을 못 했다. "그래? 아파서 죽어가는 아이들 이야기?" 다른 한 명은 교외에 있는 자기 집으로 날 초대했고, 감사하게도 여름 내내 그곳에서 자주 주말을 보낼 수 있었다. 그런데 내게 이런 말을 했다. "다시 받아준다고 하면 네가 다 해야 해. 요리, 청소, 빨래까지. 전부 다." 이미 내가 다 하고 있다고는 말하지 않고 고개만 끄덕였다. 그러나 이혼 과정에 접어든 지 6개월 후, 500달러를 빌리려고 전화했더니 한 명은 딸의 대학 등록금을 마련해야 한다며 돈을 빌려줄 수 없다고 했다. 볼보 SUV를 몰고 컨트리클럽 회원비로 수만 달러를 쓰면서도. 또 한 명은 똑같은 부탁에 내가 의대 시절에 빌린 200달러를 아직도 갚지 않았다며 그런 위험을 또 감수할 수는 없다고 했다. 나는 마침내 분노를 억누르지 못하고 착각한 거 아니냐고 말했다. 돈을 빌린 지 20년도 더 지났는데 안 갚았을 리가 없었다. 만약 아니라면 왜 진작에 말하지 않고? 나머지 한 명에게는 물어볼 것도 없었다.

2013년 5월, 나는 애리조나주 템피에서의 작문 콘퍼런스에서 돌아와 저수지 조깅을 막 끝낸 참이었다. 템피에 있는 동안 SS가 파산 신청을 했다는 사실을 알게 되었다. 7월에 새 직장에 출근하는데도, 3월에 그만둔 전 직장에서 여전히 퇴직금을 받고 있는데도 말이다. 애리조나의 37도 폭염 속에 서 있으면서도 나는 한기에 몸이 얼얼해졌고, 몸을 떨고 있었다. 아이들과 내가 함께 사는 집의 주택 담보 재대출 일로 은행과 통화하며 새로운 조건을 협의하던 중, 직원이 잠시 대기하라고 하더니 돌아와서는 12만 8천 달러 전액을 상환해야 한다고 했다. 그것도 즉시. 첫 번째 대출마저 채무불이행으로 간주되면서 은행이 우리 집을 압류하려 했는데, 알고 보니 그 이유가 SS의 파산 신청이었다. 이혼 여부도, 파산 신청 당사자는 내가 아니란 사실도 아랑곳없었다. 나와 아이들은 집을 잃을 신세가 되었다.

센트럴파크를 달릴 때는 이어폰을 꽂고 얼리샤 키스의 〈걸 온 파이어Girl on Fire〉와 켈리 클라크슨의 〈스트롱거Stronger〉를 큰 소리로 듣곤 했다. 저수지를 달릴 때 가장 즐겨 듣는 노래들이었다. 내가 〈스트롱거〉를 좋아한다니 희한한 일이었다. 지금보다 젊고 여전히 SS와 부부였을 때는 '아픈 만큼 성숙해진다'라는 뻔한 말은 의미도 없고 오해의 소지가 있다며 분통을 터뜨렸다. 끔찍한 일을 겪는다고 성숙해지지는 않는다는 말도 했다. 그럼 SS는 이렇게 답했다. "그래, 맞는 말이야. 아픔을 겪으면 더 나약해져서 다음에 올 타격을 견디지 못해. 그러다가 죽는 거야." 이제 생각하니 SS는 이혼 과정에서 내게 끊임없이 타격을 가하고 있었다. 지금은 끔찍한 일을 겪으면 더 단단해지고, 그 경험에서 교훈을 얻을 수도 있다고 믿는다. 끈질긴 회복력을 믿는다.

여전히 얼굴에서 땀이 흐르는 채로, 늘 그렇듯 동쪽 산책로에서 출발해 할렘미어로 가는 길을 택했다. 따스한 봄 공기를 들이마시며 비타민D를 좀 더 활성화시키려고 태양 쪽으로 얼굴을 돌리는데 백파이프 소리가 들렸다. 공원에서 들리는 백파이프 소리가 놀랄 일은 아니었다. 시아버지 포피가 세상을 떠난 지 몇 달 후, 피츠버그에 살 당시에도 들은 적 있었다. 멜런공원에서는 카키색 바지와 온갖 장식이 달린 흰 셔츠를 입고 언덕 꼭대기에 서 있는 백파이프 연주자를 흔히 볼 수 있었다.

2004년에 있었던 포피의 장례식에서도 백파이프가 연주되었다. 내가 의사를 그만둔 해였다. 포피는 작가가 되고 싶은 내 마음을 알고 응원해주었다. 포피는 뉴저지에서, 나는 피츠버그에서 전화로 그 이야기를 나누었다. 나는 우리 집 계단에 앉아 있었다. 어두운 밤, 현관문 유리에 비친 내 모습이 보였다. 얼굴을 찌푸리며 흉하게 울고 있었다. 포피가 죽기 일주일 전이었다. 몸이 격하게 떨리면서 섬망 상태를 보이지도 않았고 그 어떤 금단증세도 없었지만, 포피는 알코올중독이 분명하다는 시어머니의 성화에 못 이겨 12단계 회복 프로그램에 가입했다. 그러나 실직 후 우울감에 빠져 별장에 은둔하며 약 1년간 가족 행사나 생일 파티에 참석하지 않았다. 그날의 통화는 상처를 준 사람들에게 사과하는 과정이라고 했다. 나는 상처받았다고 인정했다. 그동안 그리웠고, 다시 연락이 닿아서 기쁘다고도 말했다. 포피는 나를 사랑한다고, 내가 자랑스럽다고 했다. 손주들에게 자랑스러운 할아버지가 되도록 최선을 다하겠다고도 했다.

돌아가시기 전날, 나는 공항에 가기 위해 주방 문 밖으로 나서며 포피의 뺨에 가벼운 입맞춤만 했다. SS의 학회에 참석하느라 우리가 캘리포니아주에 가 있는 동안 포피가 아이들을 봐주겠다고 자청했다. 나는 비가 오던 나파밸리에서 그분의 사망 소식을 들었다. 돌아오는 비행 중간에 난기류가 어찌나 심하던지 꼭 추락할 것만 같았다. 두 손으로 팔걸이를 꽉 잡고 마음의 준비를 하며 머릿속으로 사랑한다 에린, 사랑한다 리엄을 되뇌고 있는데, 갑자기 휘파람 소리가 들렸다.

고개를 드니 포피가 낡은 티셔츠와 반바지, 운동화 차림으로 복도를 유유히 걸어가고 있었다. 낚시하러 갈 때 으레 입는 차림이었다. 나는 너무 놀라 아무 말도 할 수 없었다.

포피가 웃으며 말했다. "괜찮을 거야, 푸크." 그리고 다시 걸음을 옮겼다.

"잠깐만요, 포피. 가지 마세요." 내가 말했다.

"사랑한다, 푸크. 넌 괜찮을 거야." 뒤를 돌아보며 이렇게 말하고는 다시 휘파람을 불며 걸음을 옮겼다.

"저도 사랑해요, 포피." 내 목소리는 잠겼고, 나는 눈물을 참으려 눈을 질끈 감았다.

다시 눈을 뜨니 비행기의 요동이 멈춰 있었다. 기장이 방송을 통해 이제 괜찮을 거라고, 특이한 경우를 만났다며 승객들을 안심시켰다.

나는 마치 포피가 여전히 어딘가에 있기라도 할 듯 주변을 두리번거렸다.

나는 시아버지를 포피라고 부르고, 시아버지는 나를 푸크라고 불렀다. 우리 별명이 같은 철자로 시작한다는 사실에 새삼 감회가 새롭다. 그분의 아들과 약혼했을 당시에는 어떤 호칭도 쓰지 않으려 했다. '아빠'는 내 아버지를 부르는 것 같았고, 이름을 부르자니 너무 공손하지 못하고 격의 없어 보였다. 나도 어쩔 수 없는 한국인이니까. 어느 날 아침, 시댁에 있었는데—결혼 전이었는지 후였는지는 잘 모르겠다—포피가 베이글을 사 들고 주방에 들어왔다. 나는 유리 상판의 원형 식탁 옆에 서서 왜 포피시드*베이글을 제일 좋아하는지 물었다. 포피의 대답은 기억나지 않지만 내 대답은 기억난다. "그럼 포피시드라고 불러야겠어요!" 포피가 빙그레 웃으며 말했다. "간단하게 포피로 하자." 그렇게 굳어졌다.

포피는 텔레비전을 자주 보지는 않았어도 은근한 유머의 시트콤 〈머피 브라운Murphy Brown〉은 볼만하다고 생각했

* Poppy seed, 양귀비씨.

다. 주인공이자 뉴스 앵커 역할의 캔디스 버건은 영리한 미인이고, 젊은 PD 마일스는 바보 같아도 정이 간다고 했다. 마일스에게 드디어 여자친구가 생겨 서로를 '푸키'라는 애칭으로 부르기 시작하자 그게 아주 재밌었던지, SS와 내게도 서로를 그렇게 부르라고 했다. 나는 못마땅한 신음 소리를 내며 포피에게 베개 던지는 시늉을 했다. 포피가 웃음을 터뜨렸다. "왜 그래, 푸키. 재밌잖아." 푸키는 나중에 푸크로 줄어들었다. 그렇게 굳어졌다.

포피는 실제 혈연관계와 상관없이 나를 딸처럼 사랑했다. 학자금대출도 아들 것보다 내 것을 먼저 갚아주었다. 합리적인 분이라 내 대출의 이자율이 더 높아서라고 했지만, 나를 더 좋아해서 그랬다고 생각한다. 이 일에 원망을 품었음이 분명한 SS는 이혼 과정에서 자기 학자금대출액을 공동명의의 부채로 잡고, 아버지가 10년 전에 내 대출금 상환에 쓴 금액을 본인 권리의 자산이라고 주장했다. SS는 내 아버지처럼 자아도취자였고, 다른 사람이 아닌 오직 자신에게 생기는 일만을 걱정했다. 포피와는 달랐다.

포피는 크리스마스를 무척 좋아했다. 자식들이 삼십대에 접어든 후에도 크리스마스가 되면 아침에 모두 모여 푸짐하게 준비한 선물을 열어보는 자리를 가졌다. 어느 해에 내가 받은 수많은 선물 중에는 달걀 상자 속 정성스럽게 분홍색으로 칠한 열두 개의 골프공이 있었다. 노란색 리갈패드

종이에 손으로 직접 써서 돌돌 만 시까지 한 편 들어 있었다. 내 장점을 격찬하면서도 나를 놀리는 내용이었다. 포피는 양면성이 있는 사람이었다. 가족을 사랑하지만 본인의 건강에 있어서는 자기파괴에 가까웠다. 하루에 담배 반 갑을 피우고 끊을 생각도 전혀 없었다. 둘째를 임신했을 당시 어느 저녁, 시어머니는 포피의 은신처인 지하실로 나를 내려보냈다. "마지막 기회야, 헬레나. 네가 꼭 끊게 해야 해"라는 말로 나를 종용했다.

나는 문을 두드렸고, 들어오라는 소리에 안으로 들어갔다.

"여기 앉아, 푸크." 포피는 책상 의자에서 서둘러 일어서며 내게 그 자리에 앉기를 권했다.

나는 고개를 저으며 초록색 상판의 등받이 없는 의자에 앉아 임신 후기에 접어들어 무거워진 몸을 이리저리 움직여 가장 덜 불편한 자세를 잡았다. "이야기 좀 해요, 포피."

포피는 의자에 몸을 기대면서 고개를 한쪽으로 갸웃하더니 나를 뚫어지게 쳐다보았다. "무슨 이야기인지 알아."

"아세요?" 그렇게 티가 나는 줄은 몰랐다.

"담배 끊으라는 거잖아. 그래서 널 보냈고. 네가 내 손자를 임신하고 있으니 네 말은 들을 줄 아는 거지?"

"이런." 김빠진 목소리로 내가 말했다. "그래도 시도는 해봐야죠."

"잘했어, 푸크. 무슨 말인지 모르는 척하면서 사람 바보 만들었으면 모욕이었을 게다." 포피가 씩 웃었다.

나도 같이 웃었다. 포피와 나는 항상 서로에게 솔직했다. 포피는 우리 둘 다 시쳇말로 '돌직구를 날리는 사람'이라는 말을 즐겨 했다. 지금 생각하니 우리는 독특한 관계였다. 포피와는 진솔한 대화를 나눌 수 있었고, 내 의견을 말할 수 있었다. 경청까지는 아닐지라도 내 말을 항상 들어주었다.

집요한 나는 포기하고 싶지 않았기에 울음을 터뜨렸다. 임신 중에는 감정적으로 불안정하니 어려운 일도 아니었다. "부탁이에요, 포피. 죽을 수도 있는데 왜 담배를 피우세요? 본인은 물론 손주들을 위해서도 끊으세요. 손자가 자라는 모습을 보고 싶지 않으세요?"

포피는 조용히 내게 티슈를 건네며 고개를 흔들었다. "이거 감정적 협박인 거 알지?"

나는 포피가 없는 세상을 상상하며, 할아버지를 모르고 자랄 아이들의 상실감이 느껴져 더욱 크게 울었다. 우간다와 미국에서 조부모 없이 자라 대가족 속에서 성장하는 장점을 모르고 살아야 했던 내 상실감을 투사했던 것 같다. 아이 하나를 키우는 데는 온 마을이 나서야 한다는 속담처럼.

포피가 없으면 나도 아버지를 잃는다.

포피는 내게 다가와 등을 토닥이며 티슈를 몇 장 더 건넸다.

"괜찮아, 푸크. 뭐 이런 일로 그래."

나는 계속 훌쩍였다. 포피는 앉아서 듣고만 있었을 뿐 그치라고 하지는 않았다.

"우리 아이들 곁에 계셨으면 해요, 포피." 나는 눈물을 훔치고 코를 풀며 말했다.

"그럴 거다." 포피가 확신을 담아 말했다.

나는 그 말을 믿었다. 예순한 살 생일 전에 돌아가시리라고는 상상도 못 했다. 흡연이 포피의 심장병에 얼마나 큰 영향을 주었는지도 몰랐다. 심장이 너무 비대해진 나머지 제대로 뛰지 못하다가 결국 멈춰버린 것이다.

"사랑한다, 푸크. 에린과 지금 네가 품고 있는 그 아이도 사랑하고. 하지만 담배도 사랑하니 끊지는 않을 거야. 내 인생의 몇 안 되는 즐거움이니까." 이렇게 말하는 포피의 목소리와 표정에는 아무런 후회도 없었다.

이상하게도 난 끔찍한 습관을 솔직담백하게 인정하는 태도와 그 고집을 존중했다. SS와 결혼한 진짜 이유는 그의 아버지가 좋아서였던 게 아닐까 하는 남모를 의심도 든다. 포피와 나는 감성적으로 닮아 있었다. 가족을 위해 베풀고, 더 주지 못해 미안해하며, 생색을 내지도 않았다. 포피는 남과 어울리기를 좋아할 때도 있었지만 나처럼 내향적인 사람이어서, 파티에 가기보단 독서를 선호했다. 아내가 더 주목받고 자신을 악당으로 묘사해도 그러려니 했다. 시어머니가 친구와 가족 앞에서 늘 하는 이 이야기는 나도 결혼

초반부터 들었다. "내가 죽어서 천국에 가면 문지기가 이렇게 말할 거야. 'BS의 아내? 들어오시게나! DS의 엄마라고? 친구를 데려와도 돼.'"

시어머니는 포피와 사는 자신이 엄청난 성자聖者라 천국에 갈 수 있다고 생각한 것이다. 게다가 딸 때문에 너무 고생해서 천국에 친구를 데려가도 될 정도라고 믿었다. 아들은? 시어머니에게 아들은 예수그리스도였다. 그럼 나는 마리아 막달레나*였나 보다.

포피는 아들에 대해 시어머니처럼 극단적 의견은 아니었지만, 그래도 자랑스러워했다. SS가 의사여서가 아니었다. 아이들을 잘 키우고 훌륭한 가정을 꾸려서 우리 둘 다 자랑스럽다고 말했다. 포피는 그 무엇보다 가족의 가치를 중시했다. 더 나은 가장, 더 나은 아버지가 되지 못해 아쉽다고 내게 말한 적도 있다. 포피는 아들의 야구 경기에 빠지지 않고 참석했고, 수영 대회도 거의 놓치지 않았지만 본업 외에 다른 일을 두 개나 더 했기 때문에 더 좋은 아버지가 되지 못했다고 생각했다. 내가 아이들의 첫 단어나 첫걸음마를 놓쳤을 때처럼 죄책감이나 죄의식에 빠지지는 않았어도, 놓쳐서는 안 될 일들을 놓쳤다고 아쉬워했다.

* 예수가 마귀를 쫓아주었다고 기록된 성경 속 인물. 예수의 수난과 죽음을 지켜보고, 부활한 예수를 처음으로 만나 사람들에게 그 소식을 전했다고 한다.

포피는 항상 내 아이들 곁을 지켜주었다. 내 곁도 마찬가지였다.

센트럴파크의 백파이프 소리는 내 오른쪽에서 들렸지만 중간을 가로막는 산울타리를 뚫고 지나갈 수가 없었다. 나는 산울타리가 끝나는 곳까지 걸음을 재촉했고, 포석로에서 콘크리트 포장로에 접어들며 굽이진 길을 따라갔다. 백파이프 소리가 잦아드는 듯했다. 그럴 리가 없었다. 멀어지고 있었다. 나는 뛰기 시작했다. 절박하고 정신 나간 사람처럼 보여도 상관없었다. 제자리를 맴도는 느낌이었다.

오른쪽에 나타난 낮은 관목 사이로 백파이프 연주자가 있는지 살펴보았다. 내 눈높이 위로 사람 머리가 몇 개 보이기는 했지만 삐죽 튀어나온 백파이프는 보이지 않았다. 갑자기 음악이 멈췄다. 아직 찾을 수 있다는 생각에 몸을 홱 돌려보았지만 근처에는 아무도 없었다. 발길을 돌려 떠나려는 순간 희미한 색채가 눈에 들어왔다. 나는 분홍 장미 덩굴이 매달려 있는 검은 철제의 아치 구조를 지나 중앙에 분수가 있는 탁 트인 공간에 들어섰다. 나중에 알고 보니 그 분수는 운터마이어분수였고, 내가 서 있던 곳은 센트럴파크의 컨서버토리가든*이었다. 즐겁게 춤추며 물장구를

* 프랑스식 북쪽 정원과 이탈리아식 중앙 정원, 영국식 남쪽 정원으로 구성된 센트럴파크 유일의 정형식정원. 운터마이어분수는 이곳 중앙에 있다.

치는 세 아가씨 동상이 내 시선을 사로잡았다. 이유는 모르겠지만 행복이다라고 생각했다. 나는 천천히 조심스럽게 동상으로 다가갔다. 이것도 곧 사라지려나? 바람이 불어와 내 운동화와 다리에 고운 물방울을 흩뿌렸다. 나는 동상 쪽으로 계속 걸었다. 서로 손을 잡고 둥글게 원을 그리며 자유분방하게 춤을 추는 세 명의 아가씨였다. 완전한 기쁨이었다. "사랑은 영원하지"라고 말하는 목소리가 똑똑히 들렸다. 포피의 목소리는 아니었지만 그분임을 알 수 있었다. 포피는 내가 확신이 없을 때마다 안심시키고, 다 망쳐버렸다고 생각할 때마다 자랑스럽다고 말해주었다. 그리고 이제는 우리 셋이—에린, 리엄, 그리고 나—괜찮을 거라는 말을 전하려 하고 있었다. 이 일을 견뎌낼 수 있고, 이 고난도 곧 지나가리라고.

나는 아직도 그렇게 믿는다. 내 안의 과학자는 여전히 의심을 품고 내가 포피를 만난 일이 시각적, 청각적 환상일 뿐이라고 나를 설득하려 하지만, 내 가슴 깊은 곳에서는 아직도 그분이 저세상에서 나를 달래려 했다고, 내가 사랑받고 있음을 일깨워주려 했다고 믿는다.

학대가 남긴 유산

큰언니는 쉰 살이 넘어서야 내게 성추행 사실을 털어놓았다. 우리가 우간다의 캄팔라인터내셔널호텔에 갇혀 힘든 시기를 보낼 당시에 수학을 가르치던 교사였다. 언니는 당시 열세 살이었고, 그 사람은 아내와 세 자녀를 둔 삼십대 남성이었다.

"그 사람이 너도 만졌어?" 내 눈을 응시하는 언니의 시선이 나를 찔렀다.

나는 눈길을 피했다. "아니, 무슨 소리야."

계속 아니라고 부정하면 안전할 것 같았다. 속에서는 불덩이가 치밀었고 양쪽 관자놀이에 찡한 통증이 느껴졌다. 나는 조명에 눈을 찌푸리며 편두통이 시작되진 않을까 조마조마했다. 코리아타운에 위치한 베이커리 카페에서 모과

차를 한 모금 마시며, 따뜻한 액체가 공허함을 채워주길 바랐다.

그런 일은 없었어야 해.

너도 만졌어?

언니의 질문은 머릿속을 떠나지 않고 가장 곤란한 순간마다 떠올랐다. 센트럴파크 저수지에서 벚꽃을 감상하며 걸을 때, 한창 붐빌 시간에 그랜드센트럴터미널에서 길을 찾고 있을 때. 언니와 그 대화를 나누고 4년이 지난 후 할렘에서 길을 건너려고 기다리다가 깜빡이는 붉은색 신호에 동상처럼 굳어져 내 주위를 지나가는 인파 틈에 멈춰 섰다. 더운 여름이었지만 갑작스러운 한기가 내 몸을 파고들어 팔뚝에 닭살이 돋고 다리의 털이 곤두섰다. 나는 덜덜 떨리는 이를 멈추려 입술을 앙다물었다.

떨쳐낼 수 없는 장면이 있다. 캄팔라에서 묵던 호텔 발코니의 다홍색 꽃, 그늘 속에서 고개를 푹 숙이고 숙제에 열중하던 언니들. 미닫이 유리문 밖의 정원을 바라보던 나. 그냥 햇살 속에 있고만 싶다.

그 사람은 아홉 살이었던 내 몸에 팔을 감아 나를 옥죄었다. 입을 맞추려 했지만 내가 몸을 피해서 입술에 닿지는 못했다. 오므려 내민 입술을 쩝쩝대는 소리가 혐오스러웠다. 내 뺨에 닿는 거칠고 뻣뻣한 콧수염이 진저리 나게 싫었다. 숨을 참았다가 들이마실 때 입에서 풍겨 나오는 담배의 악취를 맡았다. 긴 머리를 방패로 삼으려 했지만 향신료 냄새 같은 애프터셰이브가, 내 목의 연한 피부에 닿는 수염 그루터기가, 그의 후두에서 울리는 신음이 나를 공격했다.

나는 지금도 카르다몸과 커민 향을 맡으면 구역질이 난다.

그래서 아들이 무슨 일을 당했는지 내게 말했을 때, 나는 현실 부정에 빠져 그게 사실이 아니기만을 바랐다. 사실이 아니기만을 바라는 그 절박함이 어쩌면 아들의 안전보다 더 중요했다.

당시 아들의 상담치료사에게 이야기하니 손을 내저으며 내 걱정을 일축했다. 그 "꿈들"은 아들이 "부모 사이에 끼어 있어서" 느끼는 불안의 발현이라고 했던 사람. 맞는 말 같지는 않았지만 심리학 박사학위가 있는 사람이니 그 말을 믿었다. 돌이켜 생각하니 그런 바보도 없다. 물론 그 사람 이야기지만 나도 마찬가지다.

리엄이 경찰에 신고하고 싶다고 말했을 때 나는 며칠을 울었다. 때로는 아침에 커피를 마시다가, 저녁에 밥 한 숟갈을 입으로 가져가다가 별안간 왈칵 쏟아지기도 했다. 때로는 코끝이 간질거리고 목이 따끔따끔하며 눈물의 징조를 느끼기도 했다. 때로는 울부짖었다. 때로는 흐느꼈다. 슬픔이 내 몸을 비집고 새어 나와 쏟아졌다.

나는 처음에 리엄의 상담교사를 만나길 거부했다. 지금은 끈질기게 설득한 그분께 감사드린다. 리엄도 포기하지 않았다. 드디어 마련된 가족 상담 자리에서 나는 오열했다. "리엄에게 일어난 일을 바꿀 순 없잖아요. 해결이 안 된다고요. 그런데 뭐 하러 신고를 해요?" 상담교사의 인내심은 대단했다. 그저 이렇게 말할 뿐이었다. "누군가에게 자기 의견을 말할 수 있어야 하니까요. 어머님께서 지금 하실 일은 리엄을 응원하고 도와주는 겁니다."

2015년 8월 25일, 아들과 나는 경찰서를 찾았다. 마치 재미없는 경찰 드라마 속에 있는 기분이었다. 현실은 더 심했다. 복도에는 자연광 하나 없었고, 형광등 때문에 그림자가 졌다. 시멘트 벽과 바닥은 칙칙한 회색이었고, 대기실 역할을 하며 일렬로 나란히 놓인 금속 의자는 건물에 들어서는 순간 내 안에서 치솟는 공포를 고조시킬 뿐이었다. 아무리 침을 삼켜도 치미는 담즙을 가라앉힐 수 없었다. 아무리 공기를 들이마셔도 숨을 쉬기에 충분하지 않았다. 아들을 사랑하지만 이건 정말 싫다라고 생각했던 기억이 난다. 상담교사가 우리 옆에 같이 앉아 있지 않았더라면 소리를 지르며 뛰쳐나갔을 거다. 더는 한순간도 견딜 수 없을 것 같을 때, 닭살 돋은 내 팔에 닿은 그녀 손의 온기가 안정감을 주었다.

경찰서의 2층으로 향하는 계단을 오르며 나는 울기 시작했다. 그 후로 간간이 멈췄을 뿐, 다섯 시간 후 모든 과정이 끝날 때쯤 내 얼굴은 알아볼 수 없을 정도로 부어 있었다. 아들은 울지 않았다. 호리호리한 몸으로 꼿꼿한 자세를 유지했다. 목소리도 단호했다. 나는 아들의 용기에 감탄했다. 나는 그 나이 때 아들처럼 강하지도, 용감하지도 못했다고 상담교사에게 말했다.

교사는 이렇게 답했다. "정말 대단한 아이예요."

리엄이 수영선수였을 때 경기하던 올림픽 규모 수영장에 던져진 느낌이었다. 허우적거리며 염소 냄새가 코를 찌르는 물을 들이마시고, 수면 위로 머리를 들지 못해 몸이 가라앉고 있었다. 그러나 리엄은 아무 힘도 들이지 않고 깔끔하게 물살을 가르며 나아가는 듯했다. 개인 혼영에서 가장 뛰어난 종목이었던 접영으로 두 팔을 위로 둥글게 구부리며 솟아날 것만 같았다. 나는 자초한 문제 속에 빠져 사투를 벌였지만, 리엄은 광대한 설움의 바다에서 고통을 이겨내며 치유의 길로 침착하게 나아가고 있었다. 나는 그런 아들에게 힘이 되어주지 못했다. 외부의 설득이 필요했다. 상담교사는 나와 달랐다. 아들이 필요로 할 때 사랑과 응원을 주었다. 나도 털어놓을 사람이 있었다면, 나를 도와줄 만큼 관심을 가져주는 사람이 있었다면 인생이 어떻게 달라졌을지 궁금하다.

마지막 눈물 한 방울까지 짜낸 나는 헝겊 인형 같았다. 리엄과 걸어서 집에 돌아올 때도 어느 길로 왔는지 기억이 없다. 나는 내 행동을 의식하지 못했지만, 아들에게 계속 저녁에 뭐가 먹고 싶은지 물었고 아들은 계속 대답했나 보다.

결국 내 팔을 잡고 이렇게 말했다고 한다. "엄마, 내 말 듣고 있어?"

나는 걸음을 멈췄다. 고개를 드니 저무는 햇살이 우리 앞에 있던 멋진 브라운스톤 건물의 창문을 비스듬히 비추고 있었다. 나는 아들에게로 몸을 돌렸다.

"미안, 지금은 아무 소리도 안 들려."

"왜 그래, 엄마?"

형사와 면담하고 있는 내 모습이 영화처럼 머릿속에서 끊임없이 재생되었다. 아무리 고개를 흔들어도, 생각하지 않겠다고 아무리 다짐해도, 반복되는 장면이 사라지지 않았다. 회색과 베이지색의 면담실에서 형사는 내게 "자책하지 마세요"라고 말했다.

나는 흐느꼈다. "내가 엄만데 아들을 지켜주지 못했어요. 누구를 탓해야 하죠?"

왜 몰랐을까 싶다. 소아청소년과 의사였으니 가족과 친구, 교사가 아이들에게 폭력을 가할 수 있음을 그 누구보다 잘 알았는데 말이다.

그때까지 가정폭력센터의 상담치료사와 만나면서도 나는 주로 SS가 지속적인 법적 행동을 취하며 내게 심어주는 공포와, 그의 교묘한 술수와 거짓말에 맞서 싸우려는 내 노력에 관해서만 이야기했다. 상담하는 동안은 거의 항상 오만상을 찌푸리며 눈물과 콧물로 범벅이 되어 닦아낼 티슈가 부족할 정도로 울었다. 하지만 아들이 경찰에 정식으로 신고한 후부터는 수학 교사 이야기를 하기 시작했다. 고통스러우리라 예상했고, 내가 당한 폭력을 명확히 설명할 수 없을 줄 알았다. 그런데 도리어 안도감이 들었다. 어깨에 힘이 들어가지도, 속이 뒤틀리지도, 머리가 터질 것 같지도 않았다. 나는 아홉 살 때 몇 달에 걸쳐 매주 당했던 일을 상담치료사에게 담담히 이야기했다. 그 과정이 해방이었음을 몇 년이 지나서야 깨달았다. 붙잡고 있던 비밀을 내려놓은 해방감. 어린 시절 내게 가해진 일로 더는 나를 탓하지 않아도 되었다. 자유로워질 수 있었다.

한국인의 애가哀歌

"엄마, 저예요."

어머니는 고개를 들어 나를 보았다. 챙이 넓은 모자가 뒤로 젖혀지고, 어머니가 쓰고 있는 큰 선글라스 알에 내 얼굴이 비쳤다. 미소를 짓는 어머니 뺨에 주름이 잡혔다. "희선아! 왔구나." 어머니가 한국어로 말했다.

나를 한국 이름 '희선'으로 부르는 사람은 어머니뿐이다. 자매들은 헬레나라고 부르고, 나를 아는 모든 사람, 심지어 한국인 사촌들도 마찬가지다. 한국에 갔을 때에도, 한국 이름과 한국인이라는 정체성을 되찾을 기회였지만 나는 계속 영어 이름을 썼다. 내면의 무언가가 희선이 되기를 거부했다.

"네, 저 왔어요." 나는 영어로 대답했다. 다정하게 부르는 '희선아'라는 호칭이 당황스러웠다.

어머니에게 미소로 답했지만 입술은 떨렸다. 어머니는 뉴저지 외딴곳의 요양원에 살고 있었다. 처음 방문했던 2018년 2월 10일에는 죽어가는 이들의 냄새와 바닥이 다 마른 후에도 한참 동안 공기 중에 남아 있는 시설용 세제의 독한 냄새에 구역질이 치밀었고, 당장 화장실로 달려가 토하지 않으려고 없는 침을 삼켜가며 참아야 했다. 그날은 어머니의 여든 번째 생일이었고, 요양원에 들어온 지 3개월도 채 되지 않았을 때였다.

자매들이 방문할 때마다 어머니는 퇴원하고 싶다고, 집에 가고 싶다고 애원했다. 집이라니? 집이 어디였는지 기억은 할까? 어머니는 지난해 8월에 뉴저지주 에디슨에서 정신이 온전치 않은 상태로 길거리를 배회하다 경찰에 발견되었다. 병원 정신과에서 자매들 중 한 명을 찾아 연락을 취했고, 어머니는 치매와 우울증 진단을 받아 2004년 자살 시도 당시에 치료받던 급성 정신질환 치료 시설인 캐리어클리닉에 다시 입원했다. 어머니는 비자발적으로 6주, 그 후 자발적으로 6주를 또 보냈던 요양원으로 다시 돌아갔다.

나는 한 변호사의 전화를 받고 어머니에게 일어난 일을 알게 되었다. 후견인 지정 심리가 있었고, 그는 판사가 어머니의 권익을 보호하도록 지정한 변호사였다. 어머니가 정신병원에 입원한 지 몇 달이 되도록 자매들은 내게 알리지 않았다. 내 어머니의 병세를 낯선 사람에게서 들어야 했다.

변호사는 내 동생 클라라가 어머니의 법적 보호자를 맡는데 이의가 있는지 물었고, 나는 클라라의 새 역할에 아무 이의 없다고 했다.

그러나 클라라는 어머니 생일에 면회하러 가려는 나를 극구 말렸다. 두 언니는 아무 말 하지 않았다. 반대하지도, 도와주지도 않았다. 내게 몇 년간 소식 한 번 없던 클라라는 하루 동안 몇 통의 전화와 문자, 이메일로 연락했다. 오직 이 말을 전하기 위해서였다. 면회 오면 어머니 상태가 불안해질 테니 오지 말 것. 그럼에도 나는 갔다. 다만 가기 전에 나처럼 요양원에 어머니가 입원해 있는 친구에게 의견을 물었다. "헬레나, 넌 딸이잖아." 친구가 말했다. "당연히 보고 싶으시겠지." 자매들이 정의한 나의 이미지에 너무 오랫동안 길든 나머지, 나는 스스로가 어머니에게 위험한 존재가 아님을 외부에서 확인받아야 했다.

생일 당일, 어머니는 상자처럼 생긴 구형 텔레비전 앞에서서 손으로 채널을 돌리고 있었다. 아마 한국 드라마를 찾으려 했을 것이다. 나는 안으로 들어서며 어머니를 불렀다. "희선이니?" 내가 고개를 끄덕이며 그렇다고 해도, 어머니는 몇 번이고 되물었다. 내가 눈앞에 서 있다는 사실을 믿지 못했다. 어쩌면 그 순간을 너무 많이 상상해서, 막상 현실이 되자 믿을 수 없어서였을지도 모른다. 내 기분도 그랬다. 서로 못 본 지 10년도 훌쩍 넘었다. 에디슨에 있는 어머니 집까지 헛걸음하고 돌아온 후 내가 보낸 모든 편지에는 아무런 답장도 받지 못했다. 어머니는 다른 곳으로 이사하고도 새 주소를 남기지 않았다. 나도 잔인한 이혼을 겪으면서 침체기에 빠졌던 터라 어머니를 찾고, 제발 세상 밖으로 나오라고, 현실 세계 속에서 살라고, 더는 과거에만 머물지 말아달라고 간청할 감정적 여유가 없었다. 어머니 특유의 스타일인 챙이 넓은 모자와 알이 큰 선글라스가 아니었다면, 나는 어머니를 못 알아볼 뻔했다. 어머니는 뼈밖에 남지 않은 작은 손으로 내 손을 감싸 힘주어 잡고는 놓지 않았다. 어머니는 절대 신체적으로 감정을 표현하는 사람이 아니었기에 나는 깜짝 놀랐다. 그때 어머니가 나를 안았다. 처음에는 어머니 품에 뻣뻣하게 안겨 있다가, 이내 어깨에 힘이 풀리고 안도의 숨을 내쉬었다. 어머니를 보려고 품에서 떨어졌을 때, 어머니의 눈에서는 눈물이 흘러넘치고 있었다.

그날 방문 내내, 어머니가 촛불을 끄고 의무적으로 생일 케이크를 먹는 동안 나는 마치 이 여인이 정말 우리 어머니라고 나 자신을 안심시키듯 어머니와 자매들을 번갈아 바라보았다. 자매들이 퀭한 얼굴의 이 연약한 노인을 어머니라 믿고 생일 축하 노래까지 불러줬다면, 분명 우리 어머니가 맞을 것이다. 자세히 보면, 집중해서 살펴보면, 예전 내 어머니의 흔적이 보였다. 의심이 들 때 치켜 올라가던 눈썹도 그대로였고, 갸웃하는 고개도, 부드럽고 여린 뺨도, 고집스러운 턱도 그대로였다.

“나 돈 있어.” 우리 둘만 있을 때 어머니가 말했다. “너랑 리엄이랑 같이 살 수 있어.”

나는 고개만 저을 뿐이었다.

나는 이혼 후 센트럴파크 근처 할렘의 방 세 개짜리 집을 잃었다. 이제는 재클린 케네디 오나시스 저수지에서 한참 멀리 떨어져 32제곱미터도 되지 않는 원룸에서 열여덟 살 난 아들과 함께 살며 접이식 소파 침대에서 잤다. 자매들은 어머니와 나, 아들이 함께 살 만한 집을 구할 수 있게 보태주겠다고 제안하지 않았다. 그리고 나도 계속 다른 사람을 돌보며 살 마음이 없었다. 아들이 대학에 가면 이십대의 헤밍웨이가 1920년대에 그랬듯 파리로 가서 살 날을 손꼽아 기다리고 있었다.

“방이 없어서 안 돼요.” 내가 말했다. 나는 어머니와 같이 살고 싶지 않았다. 그러면서도 마음 한편에는 그럴 수 있으면 좋겠다는 바람을 품었다. 뺨을 타고 흐르는 눈물을 멈출 수가 없었다.

어머니는 내 손을 꼭 잡았다. 어머니의 뺨에도 눈물이 흐르고 있었다.

생일 몇 달 후, 요양원에서 넘어진 어머니는 정신상태에 걱정스러울 정도의 변화를 보여 병원에 입원했다. 병원에서는 뇌진탕을 의심했지만, 어머니의 부상은 뺨의 융기 부분과 팔의 골절상이었다. CT 촬영에서는 예전에 부비동 주변에 골절이 있었다는 증거가 발견되었다. CT 사진을 살피던 영상의학 전문의가 말했다. "통증이 상당했겠는데요." 나는 어머니가 넘어지면서 벽에 얼굴을 부딪치고 바닥으로 쓰러지는 모습을 상상하지 않으려고 눈을 질끈 감았다. 가구도 몇 점 없는 집의 흰색 통로에 울리는, 딸들은 듣지 못한 어머니의 울음소리. 어머니가 느꼈을 외로움이 내 가슴 안에서 진동했고, 나는 무너지지 않으려고 심호흡을 해야 했다.

서울에 살던 여섯 살 때, 어머니는 가사도우미에게 내가 아끼는 낡은 인형을 버리라고 했다. 나는 우리 집에서 쓰레기장까지 가는 내내 울면서 인형을 붙잡고 매달렸다. 가사도우미가 내 손에서 인형을 거칠게 빼앗아 쓰레기 투입구를 연 뒤 안으로 던졌고, 나는 왼손을 뻗으며 인형을 향해 달려들었다. 그때 가사도우미가 투입구의 작은 금속 문에서 손을 떼는 바람에 내 검지가 문 사이에 끼어 피투성이로 뭉개졌고, 나는 어머니가 달래주길 기대하며 울면서 달려갔다. 어머니의 경악하는 표정과 왜 그리 멍청하냐고 쩌렁쩌렁 소리치던 목소리가 여전히 기억에 남아 있다.

어머니의 생일 5개월 후인 7월의 어느 더운 아침, 나는 점심시간에 맞춰 요양원에 도착하기 위해 퀸스의 로커웨이 파크에 있는 우리 집을 나섰다. 어머니의 식사 습관을 확인하고 싶었다. 어머니가 식사를 하지 않아 위험 수준의 저체중이라는 자매들의 말 때문이었다. 이유를 물어도 어머니는 대답을 거부했다. 요양원에 도착하니 어머니는 다른 한국인 노인들과 함께 공용 공간에서 텔레비전을 보고 있었다. 병원 특유의 파란 벽지와 싱글 침대 위에 조잡한 꽃 그림이 걸려 있는 어머니 방으로 함께 들어갔다. 점심 식사가 담긴 식판에는 고기라고는 하지만 정체를 알 수 없는 갈색 덩어리와 쌀죽이 있었다. 나는 티스푼으로 어머니에게 죽을 먹여주었다. 어머니는 내가 웃으면서 숟가락을 자기 입에 갖다 대는 상황을 즐기는 것 같았다. 젤리도 조금 먹고 환자용 영양쉐이크도 마셨다. 진전이 있는 듯했다. 어머니가 다시 인생을 살도록 설득할 수 있겠다고 생각했다.

저녁에도 거의 같은 구성의 식판이 방으로 도착했다. 하지만 이번에는 아무리 구슬려도 어머니는 젤리 한 숟가락을 제외하곤 아무것도 먹지 않았다. 물도 한 모금 마시지 않았다.

어머니의 여든 번째 생일 이후 그날이 첫 방문이었다. 어머니 생각도, 어머니를 찾아갈 생각도 자주 했는데 왜 가지 않았는지 모르겠다. 아름다운 구석이라고는 전혀 없는 그곳에 있는 어머니를 볼 자신이 없어서였는지도 모른다. 내 이기심 때문일 수도 있다. 어머니가 다시 함께 살자고 할까 봐 겁이 났다. 마음 아프게 하고 싶지 않았다. 안 보고 산 세월이 너무 길어서 직접 찾아가는 것보다 생각만 하는 게 당연해지기도 했다. 리엄과 내 친구들이 어머니를 다시 만날 거냐고 물으면 그렇다고 했다. 그러나 언제라고는 말하지 않았다. 어머니가 입원했을 때조차 가지 않았다. 며칠만 입원할 뿐이고, 기차와 버스로 가기에는 요양원보다 멀어서라고 합리화했다. 자매들은 차로 데려다주겠다는 말도 없었고, 하다못해 기차역으로 마중을 나오겠다고도 하지 않았다.

어머니 방에서 우리는 어머니가 가장 좋아하는 오페라 〈라 보엠〉을 들었다. 어머니의 감은 눈꺼풀 아래로 눈물이 흘렀다. 하지만 어머니는 아무 소리도 내지 않았다. 나는 숨을 멈췄다. 가슴 속에서 유리가 깨져 그 파편이 내 심장을 찌르고 가르는 것만 같았다.

"같이 뉴욕 메트로폴리탄오페라하우스에서 〈라 보엠〉 봤던 거 기억나요? 나 의대 다닐 때요."

어머니는 나를 보며 고개를 끄덕이고 빙그레 웃었다. "넌 공부도 참 잘했어. 똑똑했지."

나도 어머니에게 미소를 지었다. “네, 맞아요. 비상했죠.” 농담도 했다.

어머니의 눈썹이 위로 올라가며 표정이 진지해졌다. “아냐, 정말이야. 영특했어.”

의사를 그만두고 작가가 되었다고 또 꾸중이 시작될까 봐 어깨가 긴장됐다. 열아홉 살 때 화학 대신 영문학을 전공하고 싶다고 소심하게 내 의견을 말했을 때처럼 “네가 헤밍웨이라도 되는 줄 알아?”라는 말을 들을 줄 알았다. 나는 그때까지 내 상처에만 골몰해서 어머니가 한 말의 근본적 원인을 고민해본 적이 없었다. 질투였을까? 어머니가 대학에 다니던 1950년대 한국에서는 작가가 될 가능성을 그려보는 것조차 허락되지 않았던 걸까? 이런 의문을 품기 시작하자 몇십 년간 잊고 살았던 한 사건이 희미하게 떠올랐다.

고등학교 졸업반이었던 해의 어느 날 늦은 오후, 주방에 들어갔는데 어머니가 보이지 않았다. 집은 고요했다. 아버지는 차고 바깥에서 유유자적 담배를 피우고 있었고, 중학생이었던 동생은 아마 육상 연습 후 늦게 버스를 타고 돌아오는 날이었을 것이다.

“엄마?” 나는 위층을 향해 불렀다.

대답이 없었다.

그래도 침실 문이 열려 있어서 나는 계단을 올라가 방으로 들어갔다. 카펫에 내 발소리가 묻혀 들리지 않았다. 어머니는 창가에 앉아 손에는 연필을 들고 종이 위로 몸을 숙이고 있었다.

"뭐 하세요?" 내가 물었다.

어머니는 눈에 띄게 화들짝 놀라며 가슴에 손을 갖다 대고 "시간이 벌써 이렇게 됐어?"라고 한국어로 말했다.

"원래 이 시간쯤에 아빠 차 타고 같이 들어오잖아요."

어머니는 종이를 접기 시작했지만 놓고 싶지 않아 망설이는 듯 서두르지 않았다.

"뭐 하고 있었어요?" 내가 다시 물었다.

나를 올려다보는 어머니의 눈빛에 경계심이 어리더니, 이내 어깨를 펴고 이렇게 말했다. "글 쓰고 있었어. 책을 쓰는 중이야."

나는 어머니의 대답에 깜짝 놀랐다. "소설요?"

어머니가 고개를 끄덕였다.

"한국어 소설요?" 놀라움은 여전히 가시지 않았다.

어머니가 글을 쓸 수도 있다는 생각은 단 한 번도 해본 적이 없었다. 독서하는 어머니의 모습은 어릴 때 항상 봐왔지만—텔레비전 시청보다 책을 읽는 때가 더 많았다—한국어 책이어서 무슨 내용인지 알 수 없었다. 어머니가 헤밍웨이와 톨스토이, 아이작 바셰비스 싱어에 관해 이야기해도 십대의 좁은 세상 속에 살던 나는 귀를 기울이지 않았다. 종잇조각이나 냅킨에 무언가 끄적이다가 황급히 서랍이나 가방에 집어넣을 때도 있었는데, 나는 그저 세탁물이나 장보기 목록이려니 했을 뿐이다. 책을 쓰고 있다고 밝혔을 때도 내 반응은 무뚝뚝했다. 어떤 내용인지, 언제부터 썼는지도 묻지 않았다. 나는 그날 저녁 메뉴가 무엇인지 물었다.

그리고 이제 요양원의 어머니 방에서 나는 이렇게 말했다. "내가 똑똑하다면 그건 엄마 닮아서겠죠." 나는 손을 뻗어 어머니의 손등을 쓰다듬었다. 피부가 종잇장처럼 얇아 속이 비칠 것만 같았다.

"엄마, 말해봐요. 담당자 말로는 식사를 안 한다면서요. 왜 그래요?"

어머니는 휠체어 안으로 몸을 기대며 눈을 감았다. 묵묵부답이었다.

"다들 걱정하고 있어요."

어머니의 눈은 계속 감겨 있었다.

"계속 안 먹으면 비위관삽입으로 영양을 공급해야 해요. 코에 플라스틱 튜브를 넣어서 위까지 보내는 방식으로요. 그럼 엄청 아플 텐데 그렇게 하고 싶어요?"

어머니가 눈을 뜨고 나를 노려보더니 세차게 고개를 흔들었다.

"네, 알았어요. 안 그럴게요."

어머니는 한숨을 내쉬고 눈을 감으며 다시 몸을 기댔다.

"근데 왜 밥을 안 먹어요?" 내 질문은 괴로움에 찬 울부짖음이었다. 〈라 보엠〉의 한 아리아처럼 솟구치듯 점점 커지면서 방 안의 답답한 공기 속에 울려 퍼졌다.

그래도 어머니는 눈을 뜨지 않았다.

"이러지 마요, 엄마. 왜 먹지를 않아요?"

어머니는 눈을 뜨고 이루 말할 수 없는 서러움이 담긴 눈으로 나를 바라보았다. 나는 그 슬픔이 내게 닿지 않게 눈을 꼭 감을 수밖에 없었다.

나는 고개를 숙였다. "이렇게 되지 않았다면 좋았을 텐데." 웃으려고 애썼다. "엄마가 이렇게 고집불통이 아니면 얼마나 좋겠어요."

어머니가 고개를 끄덕였다. 어머니도 웃으려고 했지만 입술이 일자로 굳게 다물어질 뿐이었다.

나는 일어나서 세면대 옆의 금속 통에서 종이 타월을 뽑아 까칠한 표면을 눈꺼풀에 대고 눌렀다. 그러면 눈물이 멈추기라도 할 듯. 얼굴을 찡그렸다. 그 행동만으로 눈물이 멈추기라도 할 듯. 엄지와 검지로 코를 꽉 쥐었다. 그러면 눈물이 멈추기라도 할 듯. 소용없었다.

우리는 블라디미르 호로비츠가 연주하는 〈월광 소나타〉를 들었다. 장송곡처럼 맴도는 베토벤의 반복적 선율은 내게 항상 비 오는 날을 연상케 했다. 그리고 이렇게 삭막한 곳에서 그 음악을 어머니와 함께 듣고 있자니 슬픔을 가눌 수 없었고, 금방이라도 부서져버릴 것 같았다.

"너도 피아노를 참 잘 쳤는데." 어머니가 말했다.

"나처럼 배웠으면 엄마도 잘했을 거예요." 내가 말했다.

어머니는 고개를 저었다. "희선아, 넌 정말 재능 있었어."

어머니는 칭찬에 인색했기에 이런 식의 행동 변화는 뜻밖이었다. 맹렬하고 쓰디쓴 후회가 내 몸을 관통했다. 과거로 돌아가 서로에게 다정해질 수만 있다면. 다정한 모녀가 될 수만 있다면.

어릴 때의 나는 아플 때 어떤 위로의 말을 듣고 싶었을까?

지금의 나는 어머니에게 무슨 말을 할 수 있을까?

"내려놓아도 괜찮아요." 차분하고 안정된 목소리로 내가 말했다.

어머니는 나를 바라보며 티가 날듯 말듯 고개를 옆으로 기울였고, 눈에 담긴 표현은 그 의미를 알 수 없었다. 그러더니 두 손으로 내 손을 잡고 자신의 얼굴로 가져가 뺨을 감쌌다. 두 눈을 감은 채 몇 번이고 내 손가락으로 자기 뺨을 쓸어내렸다. 사람의 손길이 그리워서였을 것이다. 딸의 손길이.

"내려놓아도 괜찮아요." 내가 다시 말했다. "엄마가 아파하지 않았으면 좋겠어요. 엄마의 인생이 지금과는 달랐더라면 하고 아쉬워하는 내 맘 알아줬으면 해요. 이런 선택을 하지 않았더라면 좋았겠죠. 그래도 사랑해요. 그러니 마음

편하게 가져요." 차분하게 말하며 내 생각을 분명하게 전달하고 싶었지만, 떨리는 입술과 가빠진 호흡에 어눌한 발음으로 말들이 더듬더듬 튀어나왔다.

어머니는 무방비 상태의 텅 빈 표정으로 나를 보았다. 마치 멈춰버린 듯한 몇 초가 지났다. 어머니가 고개를 끄덕이고 눈을 감았다. 뺨 한가운데로 주륵 흘러내린 눈물이 턱에 맺혔다가 떨어졌다. 어머니의 침묵에 내 절망은 더욱 배가 되었다. 나는 손으로 내 눈물을 막았지만 손가락 사이로 콧물이 비어져 나왔기에, 밖으로 흐르지 않도록 손을 오므려야 했다. 자리에서 일어나 손을 씻고 티슈를 챙겨 어머니에게 한 장 건넸다. 어머니는 고개를 저었다. 어머니의 눈물은 이미 말라 있었다.

펜실베이니아역으로 돌아오는 열차 안에서, 나는 창가에 무너지듯 기대앉아 창밖을 바라보았다. 단독주택이 즐비한 교외 풍경이 카센터와 창고형 상점, 맥도날드로 바뀌었고, 부드러운 저녁 빛 속에서 아름다워 보이기까지 했다. 그러나 내 생각은 온통 어머니 얼굴에 사로잡혀 있었다. 움푹 꺼졌지만 고요한 얼굴, 지치고 외로운 눈빛.

일주일 후인 2018년 8월 5일, 어머니는 세상을 떠났다.

한 달 후, 자매들은 서울과 가까운 인천항의 어느 배 위에서 어머니의 유해를 뿌렸다. 어머니가 바다에 안장되고 싶다고 한 적은 없었다. 형제자매들을 보고 싶다고는 했지만—부모님이 돌아가셨다는 사실은 알고 있었지만 입에 올리지 않았다—마지막으로 안식을 취하고픈 곳이 어디인지는 말하지 않았다. 세상을 떠난 후 어떻게 하면 좋을지 묻는 말에는 눈을 감아버릴 뿐이었다. 어머니에게 물질적 유해는 중요하지 않았다고 생각한다. 어쩌면 딸들에게 기억되고 싶은 마음이 전부였을지도 모른다.

2019년 봄, 나는 제주도에서 한 달을 머물렀다. '한국의 하와이'인 이 섬은 어머니가 행복했던 단 한 곳으로 내 기억에 남아 있다. 아버지와의 결혼생활에서 갈등이 없었던 유일한 시기인 신혼여행을 즐겼던 곳이다. 장손을 낳지 못하고 딸만 넷을 낳기 전. 다시는 돌아가지 않을 고향을 떠나기 전. 스스로 고립되고 외로움이 병이 되어 목숨을 끊으려 하기 전. 결국 죽음에 이르기 전.

나는 바다와 화산의 절경으로 이루어진 아름다운 군도인 제주도에서의 어머니를 상상했다. 회, 구이, 죽 등 전복 요리를 전문으로 하는 식당에서 식사하며 가장 먹음직스러운 한 조각을 밥 위에 조심스럽게 얹는 어머니를.

어머니가 죽기 전 함께 시간을 보낼 수 있어서 정말 운이 좋았다고 나 자신을 다독였다. 어머니에게 최선을 다해 열심히 살았다고 말할 수 있어서, 내게 준 모든 게 고맙다고 말할 수 있어서 다행이었다. 스치듯 지나가는 기쁨의 순간과 눈부신 아름다움을 되새길 수 있어서 다행이었다. 중학교 시절, 나를 야단치면서도 가정 수업에서 A를 받을 수 있게 분홍색과 흰색 원피스에 바느질을 해주던 때. 내 생일에 나는 밀가루와 코코아가루를 체에 치고, 어머니는 어두운 색의 케이크 반죽이 부드럽게 섞이도록 저으며 초콜릿 아이싱을 얹은 초콜릿케이크를 손수 만들어주던 때. 내가 피아노를 연습할 때, 특히 〈엘리제를 위하여〉를 연주할 때 즐겁게 감상하던 어머니. 베토벤을 가장 좋아했던 어머니. 쇼팽의 〈야상곡〉 연주 소리가 들리면 요리를 멈추고 우리가 살던 좁은 집의 주방에서 나와 스타인웨이 업라이트피아노 옆의 벽에 기대어 눈을 감고 감상하던 어머니. 오페라를 싫어하던 열세 살의 내게 공영방송 PBS에서 방영하는 〈라 트라비아타〉와 〈리골레토〉를 억지로 보게 하던 어머니.

좀 더 유연하게 미국에 적응했더라면 좋지 않았겠느냐고 말했을 때, 어머니는 끝없는 후회가 담긴 눈으로 나를 보았다. 마치 알고 있다는 듯. 다르게 했다면 좋았겠다고 본인도 아쉬워하는 듯.

나는 얼마나 힘들었을지 이해한다고 했다. 어머니는 오랫동안 우리 옷을 직접 짓고 식사를 챙기며, 얼마 안 되는 아버지의 레지던트 월급을 쪼개 여섯 식구를 건사했다. 그래도 불평한 적이 거의 없었다. 그저 의연하게 힘든 시간을 견디며 상황이 나아지기만을 바랐다. 어머니는 고통과 비극에 익숙했다. 제2차 세계대전과 한국전쟁을 모두 견뎌냈다. 내가 보기에는 고집이었지만 어쩌면 무서워서였을지도 모른다. 너무 무서워서 뭐가 뭔지 모르겠다고 인정하는 대신 우월감과 경멸에 매달렸다. 자라면서 접한 유교문화와는 거의 정반대라 할 수 있는 언어와 관습의 미국 문화는 어머니를 혼란에 빠뜨렸다. 어머니가 저지른 모든 실수—엄마라면 누구나 하는 실수—를 용서한다고 말하고 싶었다. 그중에서도 특히 어머니의 고립과 그게 우리 자매들에게 미친 영향을 용서한다고 말하고 싶었다. 하지만 어머니에게는 내 용서가 필요치 않을 것 같았다.

나는 한참 동안 제주 올레길을 걸었다. 구멍 뚫린 화산암에 부서지는 바다를, 오래된 돌담과 풀 뜯는 말을, 청명한 파란 하늘과 극명한 대조를 이루는 하얀 등대를 지났다. 슬픔을 소화하려 노력했다. 나와 리엄과 함께 살고 싶다는 부탁에 내가 고개를 저었을 때 울상 짓던 어머니의 얼굴이 떠올라 숨이 막힐 것 같은 느낌을 멈추고 싶었다. 그러다가 바닷속을 누비는 다부진 몸의 여성 잠수부인 해녀가 주황색 부표를 잡고 물 밖으로 헤엄쳐 나오는 모습을 보고, 혹시 어머니도 여기 왔을 때 나와 같은 광경을 봤을지 궁금해졌다. 해녀를 보고 나만큼 감탄했을지 궁금해졌다. 그랬다고 생각하고 싶다. 수 세기 동안 제주도에 존재해온 해녀들은 좋은 날씨든 궂은 날씨든, 겨울을 포함한 사계절 내내 바다 밑을 샅샅이 훑으며 조개와 귀한 전복을 채취해 가족을 부양했다. 캄팔라 시절 우리 집의 콘크리트 부엌에 서 있던 어머니가 기억난다. 응고된 콩단백질을 성긴 면포 안에 넣고 물을 짜내며 모양을 잡아 두부를 만들다가 내게 웃음 지으며 하교 후 간식이었던 김밥을 하나 더 먹으라고 권하던 그 모습.

나는 어머니를 기억하러 제주도에 갔다. 가장 행복했던 어머니. 가장 찬란했던 어머니. 모든 게 무너지기 전의 어머니. 그게 내가 기억하기로 선택한 어머니다. 과거의 그 사람과 미처 되지 못한 미래의 그 사람에게 경의를 표하기 위해. 어머니가 완전한 기쁨을 누렸던 유일한 장소를 내 기억에 새기기 위해.

헤밍웨이와 아바나에서

"미국인들은 거만해요." 훌리오는 고개를 살짝 젖히고 검지로 코를 튕기며 이렇게 말했다.

우리는 흠잡을 데 없이 보존된 훌리오의 1951년식 검은색 디소토를 타고 달렸다. 조수석에는 그랑카* 로고가 붙어 있었다. 어니스트 헤밍웨이가 쿠바에 살 당시인 1939년부터 1960년까지 거주했던 4만 제곱미터 넓이의 사유지인 핑카 비히아에 가는 길이었다. 내가 방금 나는 미국인이 아니라고 했으니—여권은 있지만 미국에서 태어나지 않았고 영어가 내 모국어도 아니니까—훌리오의 말은 물론 농담이었지만, 나는 "내 아들은 게으른 미국인이에요"라고 덧붙였다.

* 쿠바의 클래식카 투어 서비스 회사.

훌리오가 웃었다.

훌리오는 내 유머 감각의 진가를 아는 듯했다. 한국인과 쿠바인으로서 통하는 점이 있어서인지도 모른다. 나는 훌리오가 마음에 들었다. 마치 남동생 같았다. 나만큼 농담을 좋아했다. 유머 없는 인생이라면 살아서 무엇 하랴. 쿠바에서 택시 기사와 투어 가이드를 겸하는 훌리오는 한 달에 미화로 약 50달러를 버는 내과의사 친구보다 더 많은 돈을 번다. 사회주의국가의 경제란 그런 식이다. 내가 쿠바에서 태어났다면 의사가 되지 않았을 것이다. 고작 그 정도 버는 직업을 택하라고 부모님이 부담을 줬을 리 없다. 작가가 되려고 마흔의 나이에 의사를 그만둘 필요도 없었을 것이다. 한국에서 의사의 자식으로 태어난 내게는 불리한 점이 많았다.

나는 아바나 외곽의 호세마르티국제공항에서 훌리오를 만났다. 에어비앤비 호스트 재클린이 나와 리엄을 공항에 마중하러 보낸 사람이었다. 뉴욕에서 세 시간 반밖에 안 걸리는 직항 비행이었지만 시차증이 느껴지고 혼란스러웠다. 나는 스페인어도 할 줄 모른다. 리엄은 할 수 있다. 유치원 때부터 스페인어를 배우기 시작해서 이제 열여덟 살이 되었다. 하지만 리엄의 스페인어를 표현하자면, 피레네산맥 근처 몽타뉴 누아르에서의 작가 연수에서 만난 프랑스인 장 크리스토프가 내 프랑스어를 두고 한 말을 빌려야겠다.

"헬레나, 억양은 정말 완벽해요. 그런데 프랑스어로 아무 말도 못하니 아쉽네요." 리엄의 스페인어는 스페인계 사람이 말하는 것 같았다. 다만 스페인어로 할 수 있는 말이 별로 없으니 아쉬울 뿐.

워싱턴DC에서 오는 리엄을 기다리며 공항 입국장에 있는 동안 스페인어 안내 방송을 듣다가 당혹감에 빠졌다. 내가 무모한 일을 벌였나? 쿠바 출신이 많은 뉴욕 서쪽에서 십대 시절을 보내며 그들의 문화를 조금이나마 엿볼 수 있었고 음식도 무척 좋아하게 되었다. 로파비에하*를 싫어하는 사람도 있을까? 하지만 아쉽게도 내가 반 친구들에게 배운 스페인어는 욕뿐이었다. 그래도 호텔이 아닌 카사 파르티쿨라르, 즉 임대식 가정집에서 묵으며 스페인어 수업도 듣고, 올드아바나를 걸으며 소설의 영감을 얻을 계획이었다. 난 어글리 아메리칸이 아니라고 계속 되뇌었다.

그리고 헤밍웨이의 자취를 좇아 쿠바에 온 것도 아니었다. 그건 이미 키웨스트에서 20년 동안이나 했다. 그렇게 어리석을 수가 있을까? 내가 아바나에 온 이유는 한국 드라마였다. 나는 그때까지 뉴욕주 로커웨이에서 삼십대들과 한집에 살며 지옥을 경험했다. 쉰넷이라는 나이 때문에 나

* 남미와 필리핀, 스페인 각지에서 다양하게 발달한 요리로 소고기와 토마토가 들어간 스튜이다. 현재는 쿠바의 국민 음식으로 알려져 있다.

는 룸메이트라기보다 유년단을 이끄는 보호자 역할에 가까웠다. 갈 곳을 잃어 춥고 외로워진 2월, 나는 쿠바를 선택했다. 한국에서 가장 뛰어난 미모를 자랑하는 여배우인 송혜교가 나오는 드라마 〈남자친구〉 때문이었다. 극중 쿠바에 출장 온 이혼녀 송혜교는 여행 중인 연하의 한국인 남자를 마주치고, 말 그대로 그의 품에 안기게 된다. 그리고 그의 모습을 보며 재벌 2세와 억지로 결혼해 입 다물고 고분고분 살아야 했던 착실한 딸이 아니었다면 어떤 삶을 살았을지 생각한다. 모험심 강하면서도 사려 깊고 다정다감한 연하남 역할은 수백만의 트위터 팔로워 사이에서 '보거미'로 통하는, 반하지 않고는 못 배길 매력의 박보검이 맡았다.

〈남자친구〉의 첫 회에 등장하는 아바나의 빛은 눈부시다. 식민지 시대 건축물은 그 색이 바랬음에도 아름답고, 풍선껌의 분홍색, 아보카도의 초록색, 꿀벌의 노란색, 귤의 주황색, 그리고 연한 파란색의 정성 들여 관리한 1950년대식 미국 자동차들이 등장한다. 노을을 감상하기 가장 좋은 장소는 모로카바냐의 말레콘이라는 말에, 송혜교는 택시를 타고 그곳까지 가기로 한다. 그러나 드라마답게 차가 고장 나고, 결국 유람선으로 이동해 미 대륙에서 가장 큰 스페인 식민지 요새인 포르탈레자 데 산 카를로스 데 라 카바냐로 향하는 지그재그식 언덕길을 걷게 된다. 고가의 하이힐 샌들 끈 때문에 발에 물집이 잡혀 돌담에 기대 쉬는 동안 명품 가방까지 소매치기당하지만, 송혜교는 좌절하지 않고 돈 한 푼 없는 채 아픈 발을 이끌고 가던 길을 계속 간다. 입장료 6쿠바페소를 어떻게 냈는지는 설명할 수 없다. 진한 빨간색 원피스 차림의 송혜교는 그저 매혹적일 뿐이다.

성벽에서 떨어질 뻔한 송혜교를 박보검이 구해준 것을 계기로, 둘은 함께 마법 같은 저녁을 보낸다. 송혜교는 맥주를 마시며 노을을 감상하고, 쿠바인 댄서들이 그 주위를 돌며 춤을 춘다. 저무는 태양에 모두 역광으로 비친다. 박보검은 송혜교에게 올드아바나의 팔라다르*인 알카르본에서 저녁 식사를, 살사 식당인 클럽보르헤스에서 쿠바리브레 칵테일을 대접한다(리엄과 내가 저녁을 먹으러 그 식당에 가보니 실은 꽤 고급스러운 곳이었다. 하지만 그 공연장은 어디에서도 찾을 수 없었다). 여러 번 거절하다 결국 살사를 춰보기로 한 송혜교는 박보검이 손을 잡고 빙그르르 돌려주자 웃음을 터뜨린다(나는 키 큰 금발의 스웨덴 사람들에게 살사를 잘못 배워서인지 한심할 정도로 소질이 없다고 느꼈다). 그리고 나중에 친구에게 말하길 마치 마법에 걸린 신데렐라가 된 기분이었다고 한다.

그날 밤이 저물어갈 무렵, 둘은 어둠 속 조명에 아름답게 빛나는 네오바로크 건축의 걸작인 아바나대극장 맞은편의 중앙공원에 서 있다. 박보검은 송혜교에게 남자친구가 있

* 쿠바의 국영 식당과는 달리 주로 가족이 운영하는 작은 식당.

는지 궁금하지만, 묻지 않고 아바나호텔(실제로는 쿠바내셔널 호텔)로 가는 택시에 태워 보낸다. 아바나를 비추는 조명이 어두운 밤 속으로 멀어지는 송혜교의 얼굴에 그림자를 드리우지만, 그녀는 웃고 있다. 멋들어진 클래식카의 흔들림과 함께 송혜교의 미모도 나타났다 사라지기를 반복한다. 적어도 내 기억에는 그렇다.

드라마에서는 아바나의 몰락과 파리 떼, 추한 면을 보여주지 않는다. 믿을 수 없이 파란 하늘 아래, 박보검이 부서지는 파도를 배경으로 말레콘의 난간에 앉아 있는 장면이 있다. 그러나 부서진 콘크리트 위로 밀려온 악취 나는 해조류는 화면에 잡히지 않는다. 바로 옆 광장의 널브러진 맥주캔과 구겨진 휴지, 찌그러진 플라스틱병에도 카메라가 머물지 않는다. 같은 난간에서 사진을 몇 장 찍어보려고 리엄에게 같은 포즈를 부탁하니 몇 분 후 짜증을 버럭 냈다. 박보검은 불평하지 않았다고 아들에게 일러주자 박보검은 엉덩이가 젖지 않아서 그렇다는 말대꾸가 날아왔다.

아바나의 아름다움과 그곳의 절망적 빈곤은 도저히 조화가 되지 않는다. 감당하기 힘든 극단적 분리다. 나는 현실을 받아들이지 못하는 문제가 있다. 나 스스로도 뼈아플 만큼 자각하는 문제다. 에어비앤비의 또 다른 호스트인 마리셀라의 말에 따르면 쿠바에서는 정부가 식용유를 배급한다고 했다. 집에 에어컨이나 세탁기가 없는 경우가 대부분이니

전기료는 한 달에 가구당 1쿠바페소 정도이고, 이는 미화로 고작 1달러 정도라고.* 수도료는 더 저렴하고 주방용 가스료도 마찬가지라 했다. 사회주의국가의 장점이다. 그렇지만 이렇게 저렴해 보여도 쿠바 국민의 월 평균 수입은 35달러인데 시중에서 우유 가격은 10달러, 고기는 5달러일 때도 있다. 미국에서 한 달에 35달러로 살 수 있는 사람이 있을까? 쿠바에서 만난 모두가 내게 이렇게 말했다. "쿠바 에스 콤플리카도Cuba es complicado." 쿠바는 복잡한 나라다.

헤밍웨이를 향한 내 사랑도 그렇다. 나는 죽은 백인 남자와 복잡한 관계에 있다. 죽은 백인 남자 중 내가 애착을 느낀 상대로는 헤밍웨이가 두 번째다. 첫 번째는 내 시아버지. 친아버지가 아버지상으로는 부족했기에 아마 그 두 사람을 아버지처럼 여겼던 것 같다. 나는 열일곱 살 때 처음으로 헤밍웨이 작품을 접했고, 그로 인해 문학을 보는 시선이 달라졌다. 내 글쓰기에 가장 큰 영향을 미친 인물은 단연 헤밍웨이다. 나는 『태양은 다시 떠오른다』가 아직도 세상에서 가장 끔찍한 책이라 생각한다. 제이크 반스와 그가 누리는 백인 남성 특권, 그리고 브렛과 그 주변의 철딱서니 없는 스페인 주재 외국인들에게는 눈곱만큼의 관심도 가지

* 쿠바의 공식 화폐로는 내국인용 CUP와 외국인용 CUC가 있었으나 2021년 1월에 폐지되고 현재는 CUP만 통용된다. 저자가 이 글을 쓰던 2019년에는 1CUC의 가치가 미화 1달러였다.

않았다. 하지만 『노인과 바다』는 세상에서 손꼽히는 수작이라 생각한다. 나는 그 작품 속 헤밍웨이의 깔끔하고 절제된 문체가 좋다. 헤밍웨이는 자신의 통제를 능가하는 존재와 사투를 벌이는 한 노인의 가슴 아픈 이야기를 가장 기본적인 언어와 행동으로 다듬어 표현해냈다. 내가 헤밍웨이처럼 인종차별과 여성혐오가 심했던, 유해한 남성성의 전형인 작가를 좋아한다는 사실에는 아직도 감정이 엇갈린다.

핑카 비히아에 도착하자 훌리오는 나무 그늘 아래 차를 세우고 거기서 기다리겠다고 하면서, 다른 나무 아래 모인 가이드들에게 손을 들어 인사했다. 헤밍웨이의 집은 너무 많이 봐서 또 볼 필요가 없다고 했다. 리엄과 나는 차에서 내렸다. 핑카 비히아로 걸어가며, 헤밍웨이가 가장 즐겨 찾던 술집에서 본인이 직접 개발한 다이키리 칵테일인 파파도블레를 여러 잔 걸친 채 원형의 진입로로 요란하게 들어오는 모습을 상상했다. 술 마시고 운전하면서도 사고를 내지 않았던 헤밍웨이가 대단하게 느껴졌다. 어쩌면 사고를 냈더라도 유명 작가에게 혹여 무슨 일이 생기지 않게 경찰이 덮어주었을지도 모른다.

본채로 이어지는 타일 깔린 입구를 들여다보아도 헤밍웨이의 존재감은 느껴지지 않았다. 이 집은 1960년에 헤밍웨이가 떠날 당시 모습 그대로 보존되어 있으니 이상한 일이었다. 여러 구역이 들어갈 수 없게 줄로 막혀 있어 리엄과 나는 집을 제대로 둘러볼 수 없었다. 금이 간 콘크리트 사이에 잡초가 자라고 있는 수영장으로 발걸음을 옮겼다. 헤밍웨이의 배 '필라르'가 핑카 비히아의 지상에 묶여 있었다. 그 배를 바라보아도 여전히 헤밍웨이의 존재는 느낄 수 없었다.

차로 다시 돌아오니 훌리오가 헤밍웨이의 집이 어땠는지 물었다. 나는 실망스럽다고, 헤밍웨이는 닿을 수 없는 곳에 있는 것 같다고 했다. 훌리오는 『노인과 바다』에 영감을 준 어촌 마을인 코히마르에 가야 한다고 했다. 해변에 위치한 그곳으로 가는 도중 어느 모래사장에서 차를 세우고, 코히마르강이 바다로 이어지는 지점이자 헤밍웨이가 주로 필라르를 정박해두던 곳에 있는 다리로 걸어갔다. 파란 하늘이 파란 바다와 맞닿는 부분의 색깔 농담 변화가 장관이었다. 한 청년이 다리 아래에서 물에 그물을 던지고 있었다. 나른한 어촌 마을에서 기대했던 바로 그런 모습이었기에 사진을 찍고 싶었지만, 그 청년은 미국 독립기념일에 즐기는 해변의 소풍에 어울릴 법한 별과 줄무늬 조합의 수영복을 입고 있었다. 아이러니했다.

다리 건너에는 훌리오가 어릴 적 할머니와 자주 다니던 멋진 공원이 있다고 했다. 훌리오는 이곳에서 수영을 배웠고, 전원 속에서 그림 같은 어린 시절을 보냈다. 어린 훌리오를 상상하니 미소가 번졌다. 훌리오는 코히마르 출신도 아니었고, 헤밍웨이가 쿠바를 떠나고 한참이나 나중에 태어났지만, 핑카 비히아에서 멀지 않은 샌프란시스코 데 폴라에 살고 있었다.

핑카 비히아에 있는 헤밍웨이의 집필실에서도 훌리오의 집이 보였을지 문득 궁금해졌다. 사방으로 큰 창이 나 있는 사각형 망루 형태 건물 꼭대기의 집필실. 글쓰기에 최적의 공간이다. 그제야 헤밍웨이의 모습을 불러올 수 있었다. 본채에 있는 침실에서 저벅저벅 나와 낡은 계단을 오르다가 저택 내 야자수를 마지막으로 한 번 더 돌아본 뒤, 거대한 나무 책상에 앉아 타자기를 두드리기 시작한다. 방 안으로 빛이 쏟아진다. 투명하고, 믿을 수 없을 정도로 밝은 쿠바의 햇빛.

쿠바 여행이 끝나면 나는 다시 한국으로 간다. 서울로. 어머니의 여동생인 이모를 다시 만나러 간다. 마지막으로 만난 지 10년이 넘었다. 2006년에 서울을 떠날 당시에는 내 가족과 고향을 새로 알아가는 서글픔에 젖어 침묵으로만 대처했다. 이모에게 연락도 하지 않고, 다시 돌아가겠노라고 스스로를 속이면서 몇 년의 시간을 보냈다. "올해", 매년 이렇게 말하면서 한 번도 가지 않았다. 부끄러웠다. 이제는 이혼녀에, 의사도 아니고 아직 책이 나온 작가도 아니어서 경제적으로 힘들었다. 그러다가 2019년이 비로소 "올해"가 되었다. 귀향의 해.

한 달 가까이 있었던 쿠바가, 1년 이상 살았던 다른 곳들보다 내게는 더 가깝게 느껴졌다. 일본의 식민 지배 당시 쿠바로 옮겨 온 한인 역사 때문일 수도 있다. 헤밍웨이 때문일 수도 있다. 쿠바가 복잡한 나라여서일 수도 있다. 아바나에는 세밀한 고증을 거쳐 복원된 바로크양식의 건물 옆에 잔해만 남아 다 쓰러져가는 건물이 서 있기도 한다. 쓰레기와 사람 분변 냄새에 압도될 것 같아도 말레콘에서 불어오는 시원한 바람 한 줄기가 상쾌한 바다 향기를 선사한다. 중년 남성들의 휘파람이나 젊은 청년들이 키스를 보내오는 소리에 어이가 없다가도, 말레콘 해변의 방파제를 걷는 어린 아들의 손을 잡은 어느 아버지의 모습에 눈물이 날 것 같다. 아바나는 가슴 시리게 아름답다.

다시 서울로

2019년 4월, 인천에 도착했을 때는 여전히 어둠 속이었다. 기내용 여행 가방을 끌며 거의 비었다시피 한 새벽 5시의 공항을 걸었다. 세관을 통과한 후 예약해둔 에어비앤비 숙소까지 갈 시내행 직통버스를 찾아야 했다. 나는 항공사 마일리지를 사용하려고 뉴욕에서 독일을 거쳐 서울에 오는 복잡한 여정을 택했다. 그래서 월요일 아침에 JFK국제공항을 떠나 날짜변경선을 지나 하루를 넘겨 수요일에 도착했고, 지칠 대로 지친 탓에 마치 슬로모션으로 움직이는 기분이었다. 영어와 한국어 안내 방송이 들렸지만 둘 다 알아들을 수 없었다. 버스와 택시가 그려진 표지판을 따라갔다. 터미널에서 나오니 쌀쌀한 공기가 훅 불어와 나를 맞았고, 나는 서울의 어둠 속에 서 있었다. 여섯 살 아이처럼 천천히 한국어를 하는 내가 불쌍했던지, 버스 안내소의 직원이 영어로 대답하며 어디서 기다려야 하는지 방향을 알려주었다.

버스 창 밖으로 보이는 서울에 동이 트고 있었다. 마지막으로 서울을 방문했던 2006년 당시, 건국대학교로 향하는 길에 이렇게 많은 고층 아파트가 있었던가 의문이 들었다. 한국의 유명 배우들이 휴대폰부터 세탁기에 이르기까지 모든 물건을 홍보하는 광고판이 이렇게 많았던가? 기억나지 않았다. 전부 낯설게 다가왔다. 언뜻 보이는 인천항의 잔잔한 회색빛 바닷물을 보며 지난해 자매들이 그곳에 뿌린 어머니의 유해가 조금이라도 남아 있을까 생각했다. 어머니와 함께 서울을 다시 찾고 싶었다. 2006년에 서울을 떠나면서 이모에게 그러겠다고 약속했는데, 약속을 지킬 수 없게 되었다. 하긴, 이모에게 계속 연락하겠다는 약속조차 지키지 못했다.

수십 년간 연이 끊긴 채 살던 이모를 다시 만나 조카로서 넘치는 사랑을 받고 난 후, 한동안 슬픔에 빠져 살았다. 이모는 내가 건국대학교에서 공부하던 여름 내내 한 번도 빠뜨리지 않고 몇 주 동안이나 매주 일요일 오후에 기숙사로 전화를 걸었다. 미국으로 돌아온 나는 설명할 수 없는 침묵으로 그 사랑과 정에 응했다. 크리스마스에 카드를 보내지도 않았고, 새해 첫날에 전화를 걸지도 않았고, 13년간 편지 한 통 쓰지 않았다. 지금 생각하니 한국에서 자라지 못한 절박한 아쉬움과 회한을 감당하지 못해서였다. 피츠버그로 돌아간 후에는 상담치료를 받아야 했고, 한 달 동안 매일 아침 울면서 깨어났다. 그러나 2006년의 나는 여전히 SS와 내 삶의 현실을 부정하며 좋은 남편과 행복한 결혼생활, 좋은 삶을 살고 있다는 환상에 고집스레 매달리고 있었다.

2019년, 서울로 가는 비행기를 타기 전날, 나는 이모의 딸이자 로스앤젤레스에 사는 사촌 니키에게 이메일을 보내 이모의 연락처를 물었다. 한국에 도착하고 나서 전화할 생각이었다. 물론 니키가 답장을 한다면 말이다. 내가 이미 서울에 도착해 있으면 이모가 만남을 거절하기 힘들 거라는 생각에서였다. 그런데 니키는 이메일이 아닌 전화로 응답했다. 나는 늦어도 너무 늦게 연락했다고, 정말 아무런 기대도 없었다고, 당황한 나머지 말까지 더듬으며 횡설수설했다. 내가 한국에 간다는 소식에 이모가 기뻐하며 날 보고 싶어 한다는 사촌의 말을 들은 순간에는 몸이 가벼워지는 느낌이었고 정말 황홀했다. 아, 내가 아주 말아먹지는 않았구나 하는 생각이 들었다.

서울로 가는 버스 안에서, 숙소에 도착하면 바로 낮잠을 잘지 밖에 나가 구경을 할지 피곤한 머리로 고민하다 3주간 지낼 원룸에 당도해서 결정하기로 했다. 그리고 당연히,

퀸 사이즈 침대 앞에 서자 피로가 물밀듯 몰려와 나를 덮쳤음은 말할 것도 없다. 벽 한 면 전체가 유리창이었지만 쏟아지는 햇살도 통제 불능으로 감기는 눈꺼풀을 상대하기엔 역부족이었다. 나는 이불 속으로 기어들어가 한나절 동안 기절해버렸다. 잠에서 깼을 땐 밖이 어두워져 있었다. 나는 물을 마시고 화장실에 갔다가 다시 침대로 향했다. 다음날, 이모의 큰딸 윤정이 전화를 걸어왔고 이튿날 저녁에 이모와 준석과 함께 저녁을 먹자고 했다. 시차 적응은 어떠냐고 묻기에 괜찮다고 거짓말을 했다. 아래층 편의점에서 파는 김밥으로 끼니를 때우며 몇 시간이고 잠만 잤으니, 인간답게 식당에 가서 사람들과 대화를 나누는 게 좋겠다는 생각이 들었다. 불안을 억누르려는 노력이었다. 13년 만에 만나는 이모였다.

서울 인사동에는 여전히 전통 한국식 가옥인 한옥이(대부분 찻집과 식당, 여행객 숙소로 개조되었지만) 많았고, 이곳을 걷고 있노라면 과거로 돌아간 기분이었다. 나는 식사 장소로 윤정이 제안한 비건 식당 주위를 돌아보았다. 원래는 약속 장소에 일찍 도착하기는커녕 시간 맞춰 가는 경우도 드문 나였지만, 이번에는 15분이나 일찍 도착했다. 윤정이 문자를 보내 조금 늦을 것 같으니 식당에 먼저 들어가서 기다리라고 했다. 4월이었지만 밤공기에는 여전히 쌀쌀함이 감돌았다. 전통 방식의 식당이어서 들어가며 신발을 벗었다. 한

교자상 앞으로 안내를 받았고 따뜻한 마룻바닥에 놓인 방석 위에 앉아 보리차가 담긴 컵을 만지작거렸다.

"희선아!" 듣기 좋은 이모 목소리가 왼편에서 들렸다. 나는 고개를 돌렸다.

얼굴에 웃음을 띤 이모가 내 쪽으로 서둘러 걸어오고 있었다.

나도 미소로 화답하며 자리에서 일어나 고개를 숙여 인사했다.

이모는 양손으로 내 손을 부여잡고 꼭 쥐었다.

나는 이모를 꼭 안아준 뒤 사촌인 윤정과 준석도 안아주며 인사했다. 울고 싶었지만 대신 웃어 보였다.

이모는 내 맞은편에 자리를 잡고 앉았다. "한국 떠나서 13년 동안 소식 한 번 없는 조카가 어디 있다니?" 이모가 한국어로 말했다.

사촌들이 입을 모아 말했다. "엄마, 그런 소리 마세요!" 그래도 난 기분 나쁘지 않았다. 웃으면서 이렇게 말했다. "죄송해요. 전 정말 나쁜 사람이에요."

이모가 다시 미소를 지었다. "이제 그 이야기는 됐고, 그동안 어떻게 지냈어?"

"알고 보니 남편이 괴물 같은 사람이어서 10년 동안 이혼 지옥에 갇혀 있었어요." 이모가 다 알아듣지 못할 걸 알고 영어로 바꿔 말했다. "그 사람이랑 결혼한 게 잘못이라는 엄마 말이 맞았어요. 엄마가 쓰레기 놈이라 했거든요." 나는 웃으면서 다시 한국어로 바꿨다. "근데 이제는 다 괜찮을 거예요. 다 견뎌냈어요. 그리고 여기서 이렇게 이모도 만났잖아요."

쓰레기 놈이라는 말을 들은 이모는 눈을 감고 고개를 끄덕였다. 마치 이렇게 말하는 듯했다. 그래, 이해한다.

이모에게는 내 솔직한 감정과 생각을 모두 말하게 되는 특별한 면이 있었다. 말년뿐 아니라 평소에 어머니에게 좀 더 솔직하지 못했던 게 아쉬웠다. 하지만 어렸을 때는 어머니가 무서웠다. 인정받지 못할까 봐, 기대에 미치지 못할까 봐 무서웠다. 어머니는 내게 기대가 무척 컸다. 본인의 야망과 꿈을 내게 걸었다. 그러나 이모는 달랐다. 솔직담백하면서도 함부로 말하지 않았다. 잔인하지 않았다. 이모는 어렸을 때도 형제들과 달랐다고 나중에 내게 말했다. 당신 어머니가 불공평하다고 느껴지면 주저 없이 나섰다고 했다. 그 벌로 매를 맞고 금지되는 게 많았어도 태도를 바꾸지 않았다고 했다. 침묵하고 복종하길 거부한 것이다. 나도 어렸을 때 이모 같았다면 얼마나 좋았을까. 침묵을 지키는 대가를, 착한 한국 딸로 자란 대가를 너무나도 크게 치렀다.

"지난번에 만난 이후로 무척 바빴구나. 지금은 잘 지낸다니 다행이다." 이모의 말에 반어법이나 빈정거림은 없었다.

이모의 판단 없는 성격에 마음이 가벼워졌다. 그래도 내가 뭘 하며 살았는지 정당화할 필요가 없다는 건 여전히 놀라웠다. 그러다가 어머니의 첫 자살 시도 이야기를 꺼냈을 때 그건 내 잘못이 아니고, 나는 잘 살면 된다고 한 사람이 이모였다는 사실이 떠올랐다. 세상과 담을 쌓기로 작정한 채 내 전화를 받지도, 편지에 답장하지도, 찾아가서 문을 두드려도 열어주지 않았던 어머니 때문에 내 마음을 짓누르던 죄책감을 이모가 덜어준 것 같았다. 내 노력에도 어머니는 바뀌지 않았지만, 나는 여전히 내가 더 많이, 더 열심히 시도했어야 한다고 생각했다. 그러나 이모는 어머니가 어떤 삶을 살기로 하든, 그건 내가 통제할 수 있는 범위가 아니라고 했다. "엄마 인생이 비극이었다고 네 인생까지 망치지 마. 그건 네 잘못 아냐" 하던 이모의 말은 오랜 세월 내 머릿속에서 메아리처럼 울렸다. 나는 어쩌면 용서를 구하기 위해 서울에 돌아왔나 보다. 또다시.

식당에서 나는 이모에게 웃어 보였다. "네, 지금은 행복해요."

"쓰고 싶다던 책은 썼고?" 이모가 물었다.

"네, 드디어 끝냈어요."

"언제쯤 출간되니?"

"빨리 나오면 좋겠죠." 우선 에이전트부터 찾아야 하고, 그다음에는 내 책을 내고 싶어 하는 출판사의 편집자를 찾아야 하고, 그다음에는 모든 운이 맞아떨어져야 내 책이 실물로 세상에 나올 수 있다는 자세한 사항은 숨긴 채 이렇게 만 말했다. 그 모든 과정이 넘지 못할 산처럼 다가올 때도 있었지만 책을 썼다는 것만으로도 충분하다는 말은 하지 않았다.

"그래도 이제 의사가 아니라니 아쉽구나. 공부 많이 했잖아. 시간과 노력이 아깝네." 이모가 고개를 저으며 말했다.

"그 이야기를 글로 썼으니 아깝지 않아요. 그리고 글 쓰면서 행복하다는 게 더 중요하잖아요. 의사일 때는 행복하지 않았어요." 내가 대답했다. 수치심이 들지 않아 이상했다. 방어적 태도를 취하게 되지도, 화가 나지도 않았다. 그저 내가 왜 의사 일을 그만두었는지 설명할 뿐이었다. 나는 이모에게 다시 미소를 지었다.

"네가 행복하게 사는 게 제일 중요해. 한 번뿐인 인생이잖아. 잘 살고 있다니 기쁘구나." 이모가 고개를 끄덕이며 웃었다.

이모가 내 선택을 인정하고 존중하고 있음이 강렬하게 느껴졌다. 겉치레로 하는 말이나 날 달래려는 말이 아니었다. 진심으로 나를 위해 기뻐하고 있었다. 물론 계속 의사로 일하면서 책도 쓰면 안 되느냐고 나중에 물어보기는 했다. 나는 웃음을 터뜨리며 동시에 여러 가지 일을 못하는 성격이라 한 번에 하나씩만 잘한다고 했다. 이모는 빙그레 웃으며 다시는 그 이야기를 꺼내지 않았다.

"작년에 자매들이 엄마 보내주러 왔을 때 너는 왜 안 왔어?" 이모가 물었다.

"한국에 올 돈이 없어서요." 최대한 무표정을 유지하며 내가 말했다.

"언니들이나 동생이 안 도와줬어?" 이모의 몸이 알아챌 수 없을 정도로 아주 미세하게 뒤로 물러났고, 눈썹도 치켜 올라갔다.

"이혼 과정을 겪는 10년 내내 도와준 적 없었으니 한국 오는 비용을 도와줄 리 없죠."

긴장된 목소리로 말이 거칠게 쏟아져 나왔다. 하지만 이혼을 겪는 동안 자매들에게서 그 어떤 친절도 기대할 수 없었다는 사실이 얼마나 큰 상처였는지 자세한 이야기를 보태지는 않았다. 내 잘못이 아니었다는 위로의 말도, 생활고에 시달릴 때 돈을 빌려주는 것도, 혼자 아이들을 키우기가 너무 힘겨워서 소리 지르고 싶을 때 단 몇 시간만이라도 아이들을 봐주는 것도, 아빠의 사랑을 받지 못한 아이들이 사랑을 느낄 수 있게 도와주는 것도 기대할 수 없었다. 자매들의 성격이나 행동을 바꿀 수 없음을 받아들이게 되었다. 내가 바꿀 수 있는 건 자매들을 대하는 내 반응과 우리 사이의 거리뿐이었다. 길고 외롭고 잔인했던 그 시간을 이겨낼 수 있게 도와준 친구들에게 감사한다. 견뎌냈음에 감사한다. 나는 여전히 고통과 슬픔을 감내하고 있고, 아마 앞으로 한동안 그럴 것 같다. 치유는 하룻밤 사이에 일어나지 않는다. 심지어 몇 년이 걸려도 끝나지 않는다. 수십 년이 걸리기도 한다. 그러지 않으면 좋겠지만 그렇다. 그래도 나는 계속 앞으로 나아가며 아름다움을 발견하고, 즐거움을 찾고, 성장하며 진화할 것이다.

이모는 인자한 눈으로 나를 바라보았다. 내가 말하지 않은 이야기까지 이해하고 있었다. 그리고 대화 주제를 바꿔 비행은 어땠는지, 건강은 어떤지 물었다. 내가 쓰고 있는 소설 자료 조사에도 관심을 보였다. 사촌들도 대화에 합류했다. 준석은 불고기에 쓰인 대체육은 전혀 고기 맛이 아니라는 농담을 했다. 나는 한국 음식은 어차피 대체로 채소라 했고, 윤정은 비건식 매운 닭 요리는 정말 닭고기 맛이라고 했다. 그게 몸에도 더 좋다면서. 그러자 두부로 고기 맛을 내려는 게 무슨 의미가 있느냐고 이모가 말했다. 육식을 포기할 거라면 채소로 고기 맛을 내려고 하질 말아야 한다고. 우리는 모두 웃었다. 그날 저녁의 마무리는 전통찻집이었다. 이모는 내게 녹차를 좋아하면서 왜 주문하지 않느냐고 물었다. 난 이제 늙어서 카페인을 먹으면 잠을 못 자기 때문이라 했다. 이모는 안정 효과가 있어서 잠이 잘 온다는 국화차를 마셨고, 다음 주 토요일에 집으로 저녁을 먹으러 오라며 나를 초대했다. 윤정도 나중에 파스타를 요리해주겠다고 나섰다. 윤정은 이모와 같은 아파트 단지에 살고 있었다.

토요일이 되었고, 윤정은 내게 전화를 걸어 시험지를 채점하느라 자신은 장을 보지 못했다고 했다. 대신 이모가 모두를 위해 저녁을 준비한다고, 내게 한국 음식을 해주고 싶어 한다고 했다. 나는 이모가 마시는 유일한 술인 독일산 아이스와인을 준비해 갔고, 준석은 프랑스산 화이트와인과 레드와인 여러 병을 가져왔다. 이모가 온갖 음식으로 잔칫상을 준비하느라 열심인 동안 우리는 와인을 마셨다. 잡채, 해물파전, 구운 갈비 등 엄청났다. 이모는 주방과 거실을 오가며 계속해서 음식을 내오고 빈 접시를 치웠다. 사촌들과 나는 옻칠한 밥상 앞에 앉아 음식을 먹고, 이야기하고, 술을 마셨다. 이모는 우리 셋을 보며 빙그레 웃었다. 나도 이모의 자식이 된 것 같았고, 정말 절실하게 이모의 자식이고 싶었다.

준석이 레드와인을 한 모금 마시고 씩 웃었다. "난 서울에 식민지역사박물관이 있는 줄 몰랐어."

"그런 것도 모르다니." 내가 장난스럽게 말했다. "너도 한번 가봐. 숙명여자대학교 근처야. 일제에 협력한 이들의 명단을 철저하게 모아놨더라. 일본 식민 정부의 음모에 동조한 한국인 블랙리스트가 실제로 있어. 광주 출신은 없는지 물어봤는데, 다행히 강 씨는 없었어."

"다행이다! 우린 매국노 아니었네." 준석이 말했다.

"우리보다 한국 역사를 더 잘 아는구나." 윤정이 농담조로 말했다.

내가 고개를 저었다. "역사는 전혀 몰랐지. 서대문형무소 역사관에 전화해서 영어로 전시 안내가 가능한지 물어봤더니 이러는 거야. '아뇨, 원래는 하지 않지만 마침 내일 아침 9시에 영어 설명이 진행될 예정이니 그때 오셔도 돼요. 조금 일찍 오시고요.' 근데 길을 헤매다가 9시 정각에 역사관 로비에 도착하니 나머지 참가자들이 아직 안 왔다더라고. 안내를 놓치지 않았다는 것만으로 너무 기뻐서 '나머지 참가자들'이 무슨 뜻인지 묻지도 않았지. 5분 후에 적어도 50명은 되는 인원이 촬영용 카메라와 마이크를 든 사람들과 함께 로비로 우르르 들어오더라."

사촌들이 웃었다.

"목요일에 서대문에 갔어?" 한 명이 물었다.

"응!"

"엄청 큰 MBC 스튜디오 무대 못 봤어?"

"못 봤어!"

"MBC가 거기서 올해 내내 뉴스와 특집 방송을 하거든. 지난 목요일인 4월 11일은 대한민국 임시정부 수립 100주년 기념일이었고." 사촌들은 일제강점기의 독립운동에 관해 아는 게 거의 없는 나를 신기하다는 듯 바라보았다. 마치 미국인이 독립기념일인 7월 4일을 모르는 것처럼.

"우선 촬영장이 서대문형무소 입구에 있지 않아서 전혀 몰랐고, 나랑 통화했던 직원이 독립투사의 후손들을 위한 특별 안내라고 말을 안 해줬어. 거기서 안중근 의사의 손자를 만났지 뭐야." 나는 그 안내가 영어로 진행된 이유는 서대문형무소에 갇혔던 혁명가의 후손들이 독일, 호주, 아르헨티나, 영국, 미국 등 전 세계 각지에 흩어져 있어서라고 설명했다.

사촌들이 나를 뚫어지게 쳐다봤다. "안중근 의사의 후손을 만났다고?"

"말도 안 되지?"

사촌들은 내가 한국 역사에서 정치적으로 중요한 인물의 손자를 만났다는 사실에 크게 놀랐다. 미국에서 조지 워싱턴의 후손을 만난 것에 비견할 일인 듯했다. 5천 년 이상 한국은 주로 왕이 다스리는 나라였다. 1910년, 일본의 강제 식민 통치가 시작되자 수많은 한국인이 저항에 나섰고, 일본은 한반도에 수백 곳의 감옥을 지어 독립운동을 억압했다. 서대문형무소는 그중에서도 최대 규모였고 서울에서 가장 악명 높은 곳이었다. 1919년 4월 11일, 중국 상하이에 모인 독립운동가들이 망명정부 수립을 공식 선언하였고, 임시정부 헌장을 제정하여 대한민국이라는 국가의 존재를 확립했다.

나는 서대문형무소역사관을 방문하기 전까지 이러한 내

용을 전혀 몰랐다. 바보가 된 것 같았다. 자기 나라 역사도 모르는 한국인이라니. 하지만 부모님은 한국 역사를 언급한 적이 한 번도 없었다. 태어난 나라 밖에서 삶을 살아내느라 너무 바빴다. 나와 자매들이 영어를 잘하고, 학교에서 좋은 성적을 받고, 돈 잘 버는 직업을 찾는 일에 관심이 더 컸다. 벽에 걸린 그림과 족자, 유리 장식장 안의 화병 등 고향의 추억이 담긴 소중한 물건을 간직하기는 했지만 한국 이야기를 꺼내지는 않았다. 역사도, 정치도, 하다못해 왜 그곳을 떠났는지도. 어쩌다가 내가 물으면 어머니는 나와 자매들이 미국에서는 가질 수 있는 기회를 한국에서는 여자라는 이유로 가질 수 없어서라고 하며 우리가 미국에 있어서 다행이라 했다. 아들을 낳을 수 없어서였다고, 이모에게 듣기 전까지는 부모님이 한국을 떠난 진짜 이유를 알지 못했다. 내가 아들이 아니어서 죄스러웠고, 부모님이 가엾게 느껴졌다. 그 사실 하나에서 오는 수치심이 두 분의 인생을 망쳤다.

그날 모임에서 사촌들에게 내가 서대문에서 알게 된 끔찍한 사실들을 말하지는 않았다. 일본 식민 통치자들은 기발할 만큼 잔인한 방법으로 한국인 수감자들을 고문했다. 손톱을 뽑고, 발의 뼈를 모조리 부러뜨려 걷지 못하게 하고, 숨 막힐 듯 좁은 나무 상자 안에 서 있는 자세로 며칠씩 가두고, 몸에서 피부를 벗겨내기도 했다. 나는 역사관에서 나온 후 공원 벤치에 앉아 파란 하늘과 우뚝 솟은 나무들을 바라보았다. 한없이 약해진 기분이었다. 누가 손이라도 대면 깨져버릴 듯한 유리잔처럼.

한국에 관한 나의 무지에서 오는 슬픔과 함께 2016년에 경복궁을 처음 방문했던 때가 생각났다. 입구에 들어서자 흰색 박석이 깔린 넓은 조정의 전경이 즉시 내 시선을 사로잡았다. 암색 기와지붕의 아름다운 곡선이 초록색과 빨간색으로 칠한 거대한 나무 기둥 구조물로 매끄럽게 이어졌다. 영화 〈마지막 황제〉의 한 장면 같았다. 이런 기분이구나. 나는 대학 시절에 베르나르도 베르톨루치 감독의 그 영화를 보았다. 중국의 마지막 황제인 어린 소년이 총천연색 휘장을 젖히며 자금성을 뛰어다니다가, 마지막 휘장이 걷히자 드넓은 궁정에 엎드린 수천 명의 신하가 보인다. 갑자기 멈춰 선 꼬마가 멍하니 그들을 바라본다. 영화의 뒷부분은 잘 기억나지 않지만, 그 장면은 내 기억에 또렷이 남아 있다. 궁궐의 장대함을 마주하자 아무 생각도 나지 않았다. 나도 소속감을 느끼고 싶었다. 경복궁을 가리키며 '여기가 내 조국이야'라고 말하고 싶었다. 슬프게도 나는 한국 역사, 특히 20세기 한국 역사보다는 중세 영국의 장미전쟁과 헨리 8세의 여섯 부인에 관해 더 많이 알고 있었다. 나는 백인의 시선, 백인의 기준, 백인의 기대에 점령당했다.

사촌들에게 슬픈 마음을 털어놓는 대신, 나는 한국의 순

국선열에 관한 나의 무지를 농담거리로 삼았다. 내가 무능하게 느껴진다고는 말하지 않았다. 역사 속 혁명가들의 후손을 만난 이야기에 놀란 사촌들은 주방에 있는 이모까지 불러서 우연히 역사적 순간을 함께하게 된 포레스트 검프와도 같은 나의 이야기를 전했다.

"안중근이 누군지도 몰랐대요!" 한 명이 이모에게 말했다. 나를 무시하려는 의도는 아니었다. 그들이 평생 당연히 알고 살았던 것들을 나는 모른다는 사실에 깜짝 놀랐을 뿐이었다.

나는 웃으며 바보임을 인정했다.

"무슨 소리야. 여기서 살지 않았으니 모르는 게 당연하지." 이모가 말했다.

안도감이 몸을 훑었다. 이모는 간단한 말 한마디로 내 부끄러움을 누그러뜨렸다.

이모의 위로와 인정은 몇 주 후 제주도에 있는 나를 만나러 왔을 때도 계속되었다. 제주도 동쪽 끝에 위치한 사화산 분지인 성산일출봉의 화산암에 설치된 나무 계단을 오르다가, 나는 계단 곳곳에 놓인 벤치에 앉아 잠시만 쉬자고 이모에게 청했다.

헉헉대며 숨을 가다듬는 나와 달리 이모의 호흡은 규칙적이었다.

"희선아, 이모가 생각을 좀 해봤어." 이모가 말했다.

나는 여전히 숨을 몰아쉬면서도 아차 싶었다. 마음을 단단히 먹었다. 누군가의 생각 끝에 기분 좋은 결정이 나오는 경우는 없었다. 깨달음은 대개 고통스러운 법이다.

"언니들이랑 동생이 너를 안 좋아해도 네 잘못은 아냐. 너희 엄마가 그렇게 대놓고 편애하질 말았어야지. 그러면 형제간에 불화만 생기거든. 엄마의 행동에 상처받아서 그 화풀이를 너한테 하는 거야. 그래도 이제 다들 성인이니 그렇게 행동해선 안 돼. 각자 자기 인생 살라 하고 너도 네 인생 살아."

나는 참았던 숨을 내쉬고 눈을 감았다. 이모 말이 옳았다. 나는 내 인생을 살아야 한다. 누구도 대신 살아주지 않는다. 그러니 최대한 누려야 한다. 나는 이모에게 웃어 보였다.

"감사해요."

이모가 고개를 끄덕였다. "할머니도 너희 엄마만 예뻐하셨어. 결혼해서 광주를 떠났을 때 며칠이고 우셨지. 남은 형제들은 아무것도 아닌 사람이 된 기분이었어. 난 그래도 굽히지 않고 내 인생을 살았다. 안 그러면 어떡하겠어?"

나는 이모가 현실적이고 뒤끝 없는 사람이어서 무척 뿌듯했다. 나도 이모를 닮고 싶었다. 아니, 이모이고 싶었다. 그러나 그냥 웃을 뿐이었다.

"이제 정상으로 올라가요." 내가 일어서며 말했다.

"넌 젊은 애가 이 정도로 힘들어하면 안 되지." 이모가 나무랐다.

나는 웃으며 영어로 답했다. "알겠습니다."

제주도에서 주말 연휴를 함께 보낸 후, 나는 이모와 공항에 앉아 이모가 탈 서울행 비행기 출발 안내를 기다렸다. 사촌 윤정과 윤정의 딸은 감귤스무디를 사러 갔다. 제주도는 서양에서 클레멘타인이라고 부르는 종을 비롯해 다양한 감귤류로 유명하다.

나는 이모와 함께 금속 의자에 나란히 앉아 이모의 손을 꼭 잡았다. 작별 인사를 하고 싶지 않았다. 나는 그날 오후 서울로 올라갔다가 다음 날 아침 뉴욕으로 돌아가는 일정이었다. 이모는 그날 밤 이모 집에서 자고 가라 했지만, 이미 호텔을 예약해둔 상태였다. 나는 우아한 작별 인사에는 영 소질이 없다. 심지어 작별 인사를 싫어한다. 계속 울기만 할 뿐이다. 하지만 이번에는 여러 시간대를 거치며 스무 시간 동안 두 번의 비행을 해야 하는지라 퉁퉁 부은 얼굴로 갈 수는 없었다.

"희선아, 고통을 겪어야 강해질 수 있어." 이모가 말했다. "대신 조금만. 너무 아파도 좋은 건 아니니까. 나는 아팠기 때문에 강한 사람이 됐어. 너도 아팠던 만큼 강해졌고. 앞으로는 괜찮을 거야."

"맞아요." 내가 말했다. "지금 이 상태도 괜찮아요." 나는 누구에게랄 것 없이 영어로 말했다. 아무런 분노도 없었다.

"보고 싶을 거예요." 이모에게 영어로 말했다. 눈물이 차올랐다. 한국어로는 감정 표현이 여전히 어색했다. 영어로 하는 게 더 자연스러웠다.

이모는 나를 보며 고개를 저었다. "울면 약해지는 거야."

나는 웃었다. "엄마도 그 말 자주 했어요! 하지만 엄마가 더 자주 울었다면 좋았을 것 같아요. 그러면 도움이 됐겠죠. 전부 속에 담아두지 않고요. 비밀을 감추면 건강에 좋지 않아요."

"나도 예전에는 많이 울었어." 이모가 말했다. "먼저 떠난 남편은 그걸 싫어했지. 지금은 안 울어. 늙으니까 눈물도 마른 것 같아."

"이모 안 늙었어요." 내가 바로 받아쳤다. "성산일출봉 계단을 오를 때 저는 숨이 차서 헉헉댔는데 이모는 뛰어가셨잖아요."

이모가 웃으며 내 손을 잡고 토닥였다. 이모가 일어서자 나도 따라 일어섰다. 갈 시간이었다. 나는 이모가 비행기 탑승구 안으로 사라지기 전 나를 돌아볼 때 얼굴에 미소를 띠고 손을 흔들었다. 통유리 창 앞에서 기다리며 '진에어'라고 쓰인 글씨를 바라보았다. 비행기가 게이트에서 멀어질 때 항공사 심벌인 나비의 파란색과 갈색 날개가 퍼덕이는 듯했다. 연료의 증기가 마치 햇빛에 빛나는 물결처럼 아른아른하게 퍼졌다. 나는 멋진 이모가 떠나는 모습을 보며 울지 않으려고 애썼다.

서울역 근처 호텔에(아침에 인천국제공항으로 가는 직행열차를 탈 수 있어서) 체크인한 뒤 나는 서울 남쪽 중앙에 위치한, 말 그대로 남쪽에 있는 산이라는 뜻의 남산에 가보기로 했다. 남산에는 2006년에 이모와 함께 간 적 있었다. 서울타워까지 쏜살같이 오르는 이모를 따라잡느라 고생깨나 했다. 빨리 좀 오라고 꾸짖던 이모가 생각나 빙그레 웃었다. 이번에는 꾀를 부려 버스를 탔지만, 꼭대기에 뾰족한 라디오 송신탑과 전망대 유리창을 갖춘 흰색의 원통형 타워 아래까지 주차장에서 거의 수직으로 올라가야 하는 과제는 남아 있었다. 파리에 있는 다리에서 관광객들이 하듯 한국의 연인들이 난간과 울타리에 금속 자물쇠를 채워둔 곳까지 올라갔을 때는 이미 숨이 가빴다. 지평선 너머로 태양이 사라지며 땅거미가 내려앉는 서울의 풍경은 기가 막힐 정도로 아름다웠다. 사방에서 조명이 반짝였다. 슬프면서도 행복했다.

아들이 보고 싶어서 전화를 걸었다. 워싱턴DC는 아침 8시였지만 아직 자고 있을 게 분명했다. 아들은 웅얼거리며 전화를 받았다. "응, 엄마."

"깨워서 미안, 아들. 오늘이 서울에서의 마지막 밤이라 이야기할 사람이 필요해서." 이기적이었지만 개의치 않으며 내가 말했다.

"괜찮아. 무슨 이야기 할까?"

나는 서울타워가 색색의 조명과 상업 시설, 음악, 대규모 식당가를 갖춘 엄청난 관광지가 되었다는 이야기를 했다. 독학으로 주얼리 디자인을 공부한 어느 아가씨가 만든 아주 근사한 귀걸이 한 쌍을 미화 약 10달러의 저렴한 가격에 샀고, 그 아가씨에게 미국으로 수출하라고 독려했다는 이야기도 했다. 촌스러운 미국인처럼 햄버거와 감자튀김을 먹었지만 한국인들은 진정 맛을 낼 줄 아는 사람들이어서 맛있었다고, 한국은 미식가의 나라라고도 했다. 리엄은 적재적소에서 웃어주었고, 내가 이모 이야기를 하며 울먹일 때는 괜찮다며 위로했다.

"한국에 또 갈 거야?"

"응." 나는 말하고 나서 웃었다. "근데 서울에 올 때마다 그렇게 말하잖아. 겨우 두 번이지만. 아무튼, 매번 '내년'이라고 하지." 나는 잠시 말을 멈췄다. 리엄은 재촉하지 않고 수화기 건너편에서 참을성 있게 기다렸다. "그래도 이번에는 다른 것 같아. 내가 다른 사람이 됐으니까. 13년 전에는 느끼지 못했는데, 이제는 서울과 통하는 것 같아. 예전에는 몰랐던 역사와 과거뿐 아니라, 현재와도 통하는 느낌이야. 더 알고 싶고, 내 슬픔을 헤치고 나아가 새로운 나를 발견하고 싶다는 강렬한 욕구가 들어. 한국인으로서의 나를. 이모 때문일 수도 있고, 내가 한국에 관한 소설을 쓰고 있어서인지도 모르지만, 여기서 내 자리를 찾을 수 있을 것 같아."

아들에게 내 기분을 설명하며 SS를 언급하거나 그 사람이 얼마나 오랫동안 나를 구속했는지, 자신이 생각하는 좋은 아내의 이상형에 나를 맞추기 위해 얼마나 억압했는지는 말하지 않았다. 아들이 본인의 한국인 혈통과 조상들에 유대감을 느끼길 얼마나 바랐는지 모른다. 아들이 이 나라에 유대감을 느끼려면 나부터 그래야 한다. 그러나 나는 어릴 때 서울을 떠난 후로 내 뿌리가 한국에 있다는 느낌을 받지 못했다. 어머니가 내게 한국인이라 했으니 나도 내 정체성을 그렇게 받아들일 줄 알았겠지만, 한국에 관해서나 그곳에 있는 친척들 혹은 떠나기 전 우리의 삶에 관해서 이야기한 적은 거의 없었다. 어머니와 나의 관계는 상당히 유교적이었고, 군주와 신하의 관계에 가까웠다. 어머니가 명을 내리면 나는 그에 따랐다. 하지만 아들과 나의 관계는 좀 더 평등하고 미국적이다. 난 요구하기보다 제안을 한다.

그리고 이제는 나의 한국적 면모를 밀어내고 싶지 않다. 그로 인해 내가 더 강해짐을 알게 되었다.

리엄은 여섯 살 이후로 한국에 온 적이 없었다. 경제적인 문제도 있었지만, 잔인한 이혼에 휘둘려 아들이 자신의 문화를 모르는 슬픔을 이겨내도록 인도할 감정적 여력이 없었던 내 탓이 컸다. 이제는 아들이 한국인으로서 자신을 발견하고, 잃었던 정체성을 되찾아 완성할 수 있게 도와줄 수 있을 것 같다. 다시 '희선'이 될 수 있을 것 같다.

"내년에 엄마랑 같이 오자." 내가 말했다.

"그럼 좋지, 엄마."

이제야 숨이 쉬어지는 듯했다. 크게 들이쉬고 내쉬었다. 목에 아무런 답답함도 없고, 가슴에 아무런 압박도 없었다. 나는 웃으면서 아들에게 사랑한다고, 며칠 후 뉴욕에서 보자고 말했다.

한국어판 작가의 말

이 책은 나의 기억과 기록, 법원 문서와 몇몇 관련 지인의 도움을 받아 집필했다. 대부분의 등장인물은 이름을 바꾸어 신원과 사생활을 보호하고자 했다. 이 책은 내가 끌어낼 수 있는 최대의 솔직함으로 들려주는, 그 누구도 아닌 나의 이야기다. 하지만 기억은 실수를 범하기도 한다.

한국어판을 출간할 수 있도록 도와준 마음산책과 우아름 번역가에게 감사드린다. 덕분에 나의 오랜 꿈이 실현되었다.

옮긴이의 말

번역가로 산 10여 년 동안 내 손을 거쳐간 작품은 저마다의 방식으로 기억에 남았다. 재미있는 장면이나 마음에 드는 구절, 인물과의 공감 등 단편적 요소일 때도 있고, 끝나고도 한동안 작품 속 감정에 빠져 있기도 했다. 그래도 대개 허구의 세상이고, 실화를 다룬 작품이더라도 나와 직접적인 관계가 있지는 않으니, 나 외의 누군가에게 주는 의미까지 깊이 생각한 적은 없었다. 어차피 내가 100퍼센트 이해할 수는 없으니 섣불리 판단할 수도 없고, 그저 내가 만든 통로로 이야기가 잘 전달되길 바라며 나만의 뿌듯함과 성취감으로 포장할 뿐이었다.

이 책은 하마터면 아픈 기억으로 남을 뻔했다. 작가가 오랜 시간에 걸쳐 다시 희선으로 태어나기까지의 진통이 지구 반대편의 독자들에게 전달되도록 타인의 아픈 과거사를 여러 번 곱씹으며 지웠다 썼다 반복하는 과정은 내게도 상당한 고통이었다. 허구의 인물이 아닌 어딘가에 존재하는 '진짜 사람'의 이야기라는 사실도 적잖은 부담이었다. 그리고 번역 중 문의할 내용이 있어 그와 연락이 닿았을 때, 그 부담은 거의 공포가 되었다. 누구보다 작가 본인이 가장 잘 들려줄 수 있는 지극히 개인적인 이야기에 내가 개입해 난도질을 하고 있지나 않은지 걱정스러웠고, 작가의 기억 깊은 곳에 남아 있을 한국어가 내 번역 표현이나 단어와 맞지 않을 때마다 경보음을 울릴 것만 같아 무서워졌다. 내면 어딘가에 이미 완벽한 한국어로 존재할 이야기일 테니까.

어찌 됐든 원고를 넘기고 씁쓸하나마 일을 마쳤다는 뿌듯함으로 정리될 무렵, 작가에게서 다시 메일이 왔다. 출판사에서 출간 확정 소식을 들었다고, 이 이야기를 꼭 한국어로 펴내고 싶었던 꿈을 이뤄주어 고맙다는 인사였다. 비록 이 세상에는 더 이상 안 계시지만, 돌아가신 어머니께서 또 다른 평행우주 어디에선가 내가 번역한 한국어판을 읽을지도 모른단 상상만으로 마음이 편해진다는 말도 함께였다. 누군가의 꿈을 이루는 과정을 함께했다니 생각지도 못했던 과분한 영광이었고, 다른 언어를 거쳐 먼 길을 돌아온 소중한 꿈에 박수를 보내고 싶었다. 그러니 어떤 우연으로 접하게 되었든, 지금 독자분의 손에 있는 이 책은 물리적 형태로 구현된 한 사람의 꿈이고, 이 이야기를 읽으면서 그 꿈을 함께 나누고 있다는 의미를 새겨주셨으면 한다.

마지막으로, 혹시라도 부족한 번역 때문에 작가와 그 주변인들이 느낄지 모를 불쾌감의 책임은 전적으로 역자에게 있음을 밝히는 바이다.

2023년 가을

우아름